MAREIKE KRÜGEL | Die Tochter meines Vaters

Das Buch
Felix – eigentlich Felizia – soll, als einzige Tochter des Bestatters, das Firmenerbe in Kleinulsby bei Eckernförde antreten. Doch Felizia entflieht ihrem Bestatter-Schicksal und zieht in die Stadt, wo sie ihren Lebensunterhalt mit der Deutung von Tarotkarten verdient. Nur leider läßt sich die eindringliche Erziehung des schrulligen Vaters, der sie für ein Leben mit den Toten geschult hat, nicht so leicht abschütteln: Felizia meidet in ihrem eigenen Leben genau jene großen Gefühle, die sie täglich für andere aus den Karten liest. Folgerichtig schwärmt sie für Cary Grant, denn da er schon tot ist, kann sie ihn nicht mehr verlieren.
Als Felizia eines Tages einem Mann begegnet, der von hinten – nicht von vorne – aussieht wie Cary Grant, tastet sie sich langsam in sein Leben vor. Doch Cary Grant entpuppt sich als ein ganz gewöhnlicher Malte Schmidt und die Liebe im wirklichen Leben als ein wahrhaft riskantes Unterfangen ...

Pressestimmen
»Großartig, wie eine 26jährige die gefährlichen Facetten der Liebe zum Schillern bringt!« *Salzburger Nachrichten*
»Die Kielerin Krügel skizziert in stimmigen Bildern die anrührenden, komischen und traurigen Szenen einer Kindheit.« *Frankfurter Neue Presse*

Die Autorin
Mareike Krügel wurde 1977 in Kiel geboren und studierte am Deutschen Literaturinstitut in Leipzig. 2003 erschien ihr erster Roman »Die Witwe, der Lehrer, das Meer« (Steidl Verlag), für den sie mit dem Förderpreis der Stadt Hamburg ausgezeichnet wurde. Mareike Krügel erhielt zahlreiche Stipendien, u. a. in der Villa Decius in Krakau, und den Friedrich-Hebbel-Preis 2006. Die Autorin lebt in Hamburg.

MAREIKE KRÜGEL

Die Tochter meines Vaters

Roman

Diana Verlag

FSC
Mix
Produktgruppe aus vorbildlich
bewirtschafteten Wäldern und
anderen kontrollierten Herkünften

Zert.-Nr. SGS-COC-1940
www.fsc.org
© 1996 Forest Stewardship Council

Verlagsgruppe Random House FSC-DEU-0100
Das für dieses Buch verwendete
FSC-zertifizierte Papier *München Super*
liefert Mochenwangen Papier.

Taschenbucherstausgabe 02/2007
Copyright © Schöffling & Co. Verlagsbuchhandlung GmbH,
Frankfurt am Main 2005
Lizenzausgabe mit freundlicher Genehmigung
Copyright © dieser Ausgabe 2007 by Diana Verlag, München,
in der Verlagsgruppe Random House GmbH
Printed in Germany 2007
Umschlagillustration | Anja Filler
Umschlaggestaltung | Hauptmann & Kompanie Werbeagentur,
München-Zürich, Teresa Mutzenbach
Herstellung | Helga Schörnig
Satz | Christine Roithner Verlagsservice, Breitenaich
Druck und Bindung | GGP Media GmbH, Pößneck

ISBN 978-3-453-35159-2

http://www.diana-verlag.de

Kleinulsby

F. Lauritzen Bestattungen hatte auf dem Schild gestanden, das im Fenster des Beratungszimmers hing. Ein kleines, schwarzweißes Schild mit einer klaren Schrift. Mein Vater hatte es selbst entworfen. Meine Mutter fand es zu klein und hätte gern noch ein schwarzes Kreuz oder etwas Ähnliches zur Verzierung gehabt, aber mein Vater wollte es so diskret wie möglich.

Wenn man die Straße zum Strand nahm, die am Ortskern von Kleinulsby vorbeiführte, ungefähr auf der Höhe des Neubaugebiets, lag das Haus mit dem Schild im Fenster auf der rechten Seite. Wenn jemand das Beratungszimmer von der Straße aus betrat, leuchtete in unserem Wohnzimmer ein Lämpchen. Dann rückte mein Vater seinen Krawattenknoten zurecht und ging, um den Kunden zu empfangen. Meine Mutter hätte lieber eine hübsche Türglocke gehabt; die Meldelampe im Wohnzimmer störte sie, weil sie nur aus einer Glühbirne bestand, auf eine Art Ständer geschraubt, mitten auf der Anrichte, und weil das Kabel unter der Decke verlief, wo mein Vater es mit Klebeband befestigt hatte. Aber mein Vater bevorzugte es, wie ein Geist aus dem Nichts aufzutauchen, allwissend und diskret.

Wir hatten nicht viele Kunden. Die alten Leute in Kleinulsby gingen zu den Bestattern in Eckernförde oder Kappeln, weil sie niemandem trauten, der erst so kurze Zeit im Ort wohnte wie wir, und aus dem Neubaugebiet starben nicht so viele. Da wohnten junge Familien in Häusern, die sie sich aus einem Katalog ausgesucht hatten, mit Gärten davor, in denen noch nichts wuchs außer ein paar kleinen Papiertütchen auf Holzstöckchen. Die Todesfälle im Neubaugebiet waren besonders traurig, und wir übernahmen sie mit besonders viel Sorgfalt. Mein Vater spekulierte auf Stammkundschaft. Er machte sich nichts daraus, daß das Geschäft nicht gut lief, weil er wußte, daß er den Boden bereitete für die kommende Generation. Also für mich. Wenn ich ungefähr dreißig war, würden die Leute aus dem Neubaugebiet anfangen, eines natürlichen Todes zu sterben, einer nach dem anderen, und dann würden sie alle zu F. Lauritzen Bestattungen kommen, weil sie meinem Vater vertraut hatten und nun mir. Das war das Prinzip eines Familienunternehmens, und mein Vater hatte eines gegründet. Deshalb heiße ich Felizia. So brauchte ich später nicht einmal das F in »F. Lauritzen« zu ändern.

Meine Mutter, die gern im voraus an alles dachte und einen feinen Sinn für Ästhetik hatte, fing im sechsten Monat an, Namen zu sammeln und eine Liste zu erstellen, die sie nachts unter ihr Kopfkissen schob. *Friedrich, Fridolin, Frieder, Fileas, Ferdinand, Florian, Frederic* stand auf der Liste. Als ich geboren wurde und ein Mädchen war, wußte sie keinen Namen mit F für mich.

»Sag schnell was, dann kann ich gleich zum Standesamt und es anmelden«, sagte mein Vater.

»Felizia«, sagte meine Mutter. Als mein Vater weg war, fielen ihr auf einmal viel schönere Namen mit F ein (Floriane, Franziska), aber es war zu spät. Und es war auch egal, solange mein Name nur F. Lauritzen war.

Meine Mutter gab die Hoffnung nicht auf und behielt die Liste unter ihrem Kopfkissen, aber nach mir kam keiner mehr.

Mein Vater war ein kleiner Mann mit sehnigen Händen und ledriger Haut. Er trug stets einen dunklen Anzug. Gerade in den ersten Jahren bemühte er sich, in seiner freien Zeit (und davon hatte er mehr, als ihm lieb war) recht oft unter Menschen zu kommen, damit sie sich an ihn gewöhnten. Wann immer es ihm angemessen erschien, nahm er mich mit, während meine Mutter zu Hause die Stellung hielt, und wir verbrachten viel Zeit damit, uns bei Veranstaltungen und Vereinsfesten herumzutreiben, bei der Knochenbruchgilde und der Eckernförder Beliebung und natürlich bei den Gemeindefesten und den regelmäßigen Feiern und Veranstaltungen der Kirche. Ich stand dann dicht neben ihm und lernte.

Mein Vater unterhielt sich bei diesen Gelegenheiten selten, es sei denn, jemand sprach ihn an. Er war ausgesprochen höflich. Er brachte mir bei, daß es die wichtigste Disziplin eines Bestatters war, immer da zu sein, wenn man gebraucht wurde, sich aber nie in den Vordergrund zu spielen. Der bloße Anblick eines Totengräbers konnte eine ganze Festgesellschaft zum Schweigen bringen, andererseits konnte in extremen und schwierigen Situationen seine Anwesenheit augenblicklich Trost spenden. Mein Vater glaubte außerdem an die Wirkung der Werbung auf das Unterbewußtsein.

»Wenn einer von diesen Leuten hier einen Todesfall in der Familie hat, dann schlägt er das Telefonbuch auf, um ein Bestattungsunternehmen zu suchen und mit der Angelegenheit zu beauftragen«, sagte er zu mir. »Und er wird uns anrufen. Weißt du auch, warum? Wir sind in seinem Unterbewußtsein. Wenn er sich einen Bestatter vorstellt, dann erscheint unser Bild vor seinem inneren Auge. So funktioniert Werbung, und deshalb stehen wir jetzt einfach hier herum und sind unauffällig sichtbar. Hast du das verstanden, Felix?«

Ich nickte.

※

An einem der letzten sonnigen Herbsttage dieses Jahres saß ich aus Gründen, die mir selbst nicht ganz einleuchteten, in der Krone eines Baumes und schaute durch mein Opernglas.

Die Astgabel, in der ich saß, ächzte unter meinem Gewicht. Sie war an Kinder gewöhnt, nicht an großgewachsene Frauen um die dreißig. Der Baum – eine Linde – stand in einem Hinterhof in der Holtenauer Straße in Kiel, und wenn ich durch das Opernglas guckte, sah ich verschwommene grüne und gelbe Flecken, das waren die Blätter, und irgendwo dazwischen die Fenster der Wohnungen und, wenn der Winkel stimmte, durch die Fenster in die Räume, die dahinter lagen. Auf einem Balkon im vierten Stock stand ein graues Fahrrad, und auf diesen Balkon konzentrierte ich mich.

Ich konzentrierte mich lange. Das Fahrrad war sauber und kaum verrostet, der Besitzer mußte es vier Stockwerke hochgetragen haben, weil er dem Fahrradkeller nicht traute. Das Glas der Balkontür reflektierte das späte Sonnenlicht und verhinderte, daß ich in das Innere der Wohnung sehen konnte. Solange ich schaute, gab es keine Bewegung, keine Veränderung, nur die verschwommenen Flecken wiegten sich sanft vor der Linse; ich starrte angestrengt, weil ich wie jeder normale Mensch wußte, daß es auf die Details ankam und auch der komplizierteste Mordfall sich lösen ließ, wenn man nur genau genug hinsah, aber es blieb dabei: ein kahler Balkon mit einem grauen Fahrrad. Meine Hand fing an zu zittern und das Bild zu verwackeln. Ich mußte das Opernglas absetzen und ließ für einen Moment den Ast los, an dem ich mich festhielt, um mir mit der freien Hand die Augen zu reiben, als plötzlich eine Stimme von irgendwo weit unter mir rief: »Was machen Sie da?«

Ich fiel beinahe herunter vor Schreck. In Windeseile stopfte ich das Opernglas in meinen Hosenbund, kletterte von der Linde, befand mich für einen kurzen Moment Aug in Auge mit einem hutzeligen alten Mann mit Schubkarre, der den Bösen Blick zu haben schien, und machte mich, so schnell ich konnte, aus dem Staub.

Als ich zurückkam in die Yorckstraße, warteten Randi und Kohlmorgen auf mich. Randi saß vor meiner Wohnungstür auf der Treppe und schaute mir mit gespielter Langeweile entgegen. Als sie sah, daß ich eine Hose und ein Männerhemd trug, hob sie die Augenbrauen.

»Kohlmorgen ist drinnen«, sagte sie.

»Danke für die Vorwarnung«, sagte ich und setzte mich neben sie.

Sie hatte ihre Haare in zwei Gummis gezwängt und sah aus wie ein kleiner Teufel, weil ihr Haar nicht lang genug war, um richtige Zöpfe zu ergeben. Sie trug ein bauchfreies Oberteil trotz der spürbaren herbstlichen Kühle, und man konnte allzu deutlich das Nichtvorhandensein einer entsprechenden Oberweite erkennen.

»Hast du mir Zigaretten gekauft?« fragte sie.

»Rauchen ist schlecht für die Gesundheit, man kriegt Lungenkrebs und Raucherbeine und stirbt, weil man keine Luft mehr bekommt. Also hör auf mit dem Scheiß«, sagte ich und friemelte die Zigaretten aus meiner Hemdtasche. Randi riß mir die Packung aus der Hand, öffnete sie und steckte sich eine an, schneller, als ich ihr mit den Augen folgen konnte. Sie nahm einen tiefen Lungenzug und lehnte ihren Oberkörper zurück. Ich sah sie an.

»Fang jetzt nicht damit an. Erzähl mir lieber, wieso du eine Hose anhast«, sagte sie.

»Ich mußte auf einen Baum klettern«, antwortete ich. Ich suchte in der zweiten Hemdtasche nach den Mandeln, die ich mir als Proviant für meine Expedition eingesteckt hatte, fand sie und stopfte mir ein paar in den Mund. Randi richtete sich mit einem Ruck auf und stieß mir ihren Ellbogen in die Seite.

»Hey«, sagte sie. »Kannst du mir beim nächsten Mal vielleicht was zu trinken besorgen?«

Wieder sah ich sie an.

»Was denn?« fragte sie.

»Du bist dreizehn«, sagte ich, lehnte mich nun meinerseits zurück und ließ mir eine Handvoll Mandeln in den Mund fallen. Wir schwiegen eine ganze Weile, und erst als Randi sich die zweite Zigarette ansteckte, merkte ich, daß sie mir eine Reaktion schuldig geblieben war, und begriff, daß ich sie beleidigt hatte, als ich sie auf ihr Alter hinwies. Ich beugte mich vor, legte ihr den Arm um die Schultern und sagte: »Ich verrate dir, was ich auf dem

Baum gemacht habe, und du versprichst mir, nicht so viel zu trinken.«

Ihre Mundwinkel waren leicht herabgezogen, auf der Stirn zeigte sich eine kleine senkrechte Falte, ich konnte Randi dabei zusehen, wie Stolz und Neugierde miteinander kämpften, bis die Neugierde langsam einen Sieg errang.

»Das brauche ich dir gar nicht zu versprechen«, sagte sie. »Du bringst mir ja sowieso nichts zu trinken mit.«

»Also gut«, sagte ich, nahm ihr die Zigarette aus dem Mund und drückte sie unter meiner rechten Schuhsohle aus. »Ich habe ihn gefunden.«

Randi verstand mich sofort.

»Im Ernst? Cary Grant?« Sie zündete sich eine neue Zigarette an.

CARY GRANT war vor vielen Jahren verstorben, und vorher hatte er in Hollywood gelebt, was aus meiner Sicht ein unglücklicher Umstand war, da ich mir von einer Begegnung mit ihm einiges versprochen hätte. Aber ich hatte ein Photo gesehen, auf dem das Gesicht eines Mannes gewesen war, der eine gewisse Ähnlichkeit mit Cary Grant hatte. Oder wenigstens eine Ahnung, ein Hauch von ihm war in seinem Gesicht, irgend etwas um den Mund herum und in den Augen, vielleicht.

Das Photo gehörte einer Kundin, die ein paar Tage zuvor bei mir gewesen war. Eine komische, verklemmte Frau, die sich an mich wandte, weil ihr der Mann abhanden gekommen war, ebenjener auf dem Photo. Ich legte ihr eine Kelch-Königin und eine Auferstehung, eine Schwert-Königin und eine Kelch-Sieben, woraufhin die Kundin sich in ihrem Verdacht bestätigt sah, daß »eine Andere Frau« hinter der ganzen Sache steckte, noch bevor ich etwas dazu sagen konnte. Manchmal tat meine Arbeit sich ganz von selbst, ich brauchte nur dazu zu nicken. Leider fühlte sich die Kundin von mir so verstanden, daß sie mir gleich die ganze Geschichte ihrer Ehe erzählte und alles mit einem Handtaschenfach voller Photos belegte.

»Und jetzt willst du ihn der Anderen Frau wieder ausspannen?« fragte Randi.

»Ich will ihn mir nur mal ansehen, mehr nicht«, sagte ich.

»Felix«, sagte Randi streng, »das ist deine Chance jetzt, begreifst du das nicht? Du suchst seit Jahren nach Cary Grant, dann findest du ihn, und alles, was du willst, ist, ihn dir mal ansehen?«

»So«, sagte ich, »nun geh mal besser wieder rein. Du holst dir noch den Tod hier auf den kalten Stufen.«

»Oder wenigstens eine anständige Blasenreizung.«

»Keine Witze über Krankheiten«, sagte ich. Sie grinste unverschämt und stand auf. Bevor sie hinter ihrer Wohnungstür verschwand, drehte sie sich noch einmal um und sagte laut: »Nierenbeckenentzündung.« Ich rappelte mich schnell hoch.

Dann streckte ich mich ein bißchen, zog meine Kleidung zurecht, atmete durch und bereitete mich darauf vor, meine eigene Wohnung zu betreten und Kohlmorgen zu begegnen.

※

Mag sein, daß ich das war, was man ein überbehütetes Kind nennt. Natürlich gab es andere Kinder in Kleinulsby, mehr als genug sogar, aber ich hatte wenig Interesse an ihnen. Ich brauchte sie nicht. Bei uns im Haus gab es immer etwas zu tun, immer war jemand da, und meine Eltern freute es, wenn ich ihnen bei der Arbeit zusah. Um mitzuhelfen, war ich noch zu klein, und um zu begreifen, worum es in den Telefonaten ging, die meine Eltern ständig führten, auch. Ich hatte keine Ahnung von Friedhofsverordnungen, Dokumentenbeschaffung, Anträgen auf Witwenrente oder dem Layout von Todesanzeigen. Aber ich war zufrieden, ihnen bei diesen Erledigungen zuzuhören, meinen Vater auf seinen Werbefeldzügen zu begleiten und zu sehen, wie glücklich meine Anwesenheit sie machte. Wenn sie einen Verstorbenen abholten, mußte ich zur Nachbarin gehen und dort eine Weile auf sie warten. Mein Vater konnte die meisten Verstorbenen nicht alleine tragen, deshalb mußte meine Mutter mitfahren. Manchmal waren sie fürchterlich gehetzt, wenn sie wiederkamen, mein Vater setzte meine Mutter mit dem Auto ab und fuhr weiter, zu einem Trauergespräch oder einem unvorhergesehenen anderen Termin. Meine Mutter jammerte dann, zwei Personen seien einfach zuwenig, um ein solches Unternehmen anständig zu führen, wer wisse denn schon, wie oft die Meldelampe geleuchtet habe, während sie weg waren, wie oft das Telefon geklingelt habe. Meistens aber gab es bei uns zu Hause viel zu viel freie Zeit.

Sie hatten nicht vor, mir so früh schon eigene Pflichten zu übertragen. Aber ich wollte mithelfen. Wenn ich schon nicht telefonieren konnte oder Anträge ausfüllen, so wollte ich wenigstens Aktenordner tragen, das Schild im Fenster polieren und meinem Vater den Tee bringen, wenn er am Schreibtisch saß.

Ein erstes sinnvolles Betätigungsfeld fand mein Eifer, wenn es um den Blumenschmuck ging. Nie wieder konnte ich mich so für Blumen begeistern wie in dieser Zeit, als ich noch nicht zur Schule ging und für keine andere Aufgabe im Unternehmen wirklich geeignet war. Meine Mutter bedauerte das noch Jahre später zutiefst.

»Früher hast du mir so gerne beim Dekorieren geholfen. Weißt du das denn nicht mehr?« sagte sie manchmal. Ich tat dann so, als könne ich mich nicht erinnern.

Der Blumenschmuck fiel in ihren Zuständigkeitsbereich, sie war froh, wenn sie mit den Verstorbenen selbst möglichst wenig zu tun hatte. Sie war auf ihre Art genauso gründlich wie mein Vater und legte großen Wert darauf, die Arbeit des Floristen stets persönlich zu überprüfen. Ich durfte mit ihr kommen, wenn sie kurz vor Beginn des Trauergottesdienstes noch einmal in die Kirche ging, um die Kränze und Gestecke auf und um den Sarg herum zurechtzurücken, an irgendwelchen Blüten zu zupfen, empört »Das gibt's doch gar nicht« zu murmeln und am Ende ein paar Schritte zurückzutreten und kritisch den Kopf schief zu legen. Ich half ihr, die verwelkten, abgefallenen Blätter und Blüten aufzusammeln, zog die Schleifen glatt, damit man die Aufschriften lesen konnte, brachte ihr die Kamera, mit der sie schließlich noch ein Photo machte, entweder als Beleg für den Floristen, damit sie ihm seine Unzulänglichkeiten daran nachweisen konnte, oder weil die Dekoration besonders gelungen war und Einzug halten durfte in das Album für die Kunden. Sie fand mich ausgesprochen begabt im Bereich Floristik/dekorativer Trauerschmuck. Sie behauptete, ich hätte ein angeborenes gutes Auge für das korrekte und phantasievolle Schmücken des Sarges (und das hätte ich ja nun ganz bestimmt nicht von meinem Vater geerbt).

Ich war sehr gern mit meinen Eltern zusammen.

Ich kam in die erste Klasse der Grundschule von Kleinulsby, als ich gerade sechs geworden war. Meine Mutter hatte schon vorher versucht, mich in den Kindergarten zu stecken, aber ich muß einen so verstörten Eindruck gemacht haben, als ich nach dem ersten Tag wiederkam, daß sie mich lieber noch ein bißchen zu Hause behielt.

»Sieh zu, daß du Kontakte knüpfst«, riet mir mein Vater am ersten Schultag. »Es ist wichtig, daß du die Menschen kennenlernst. Ein großer Teil unserer Arbeit besteht darin, mit Menschen zu reden, und es ist gut, wenn du mit ihnen aufwächst und dich zwischen ihnen bewegst. Also geh in die Schule und such dir Freunde.«

Ich war ein wenig verzagt angesichts der vielen Kinder, aber ich war wild entschlossen, meine Sache gut zu machen. Ich verhielt mich genau so, wie mein Vater es mir beigebracht hatte: unauffällig, diskret, höflich, schweigsam. Ich wurde neben einen sommersprossigen Jungen gesetzt, der Gunnar hieß und einen Dreckrand am Hals hatte. In der ersten Stunde bekamen wir jeder ein Blatt Papier von der Lehrerin und den Auftrag, ein Selbstporträt zu malen.

Also legte ich das Blatt vor mich hin und den Kugelschreiber, den mein Vater mir zur Einschulung geschenkt hatte, auf dem *F. Lauritzen Bestattungen* eingraviert war, schloß die Augen, um mich ganz auf mich selbst zu konzentrieren und auf mein eigenes Gesicht zu besinnen. Als ich die Augen wieder öffnete, hatte Gunnar meinen Kugelschreiber geklaut und malte damit auf der Tischplatte. Ich wußte nicht, was ich tun sollte. Die Lehrerin ging durch die Reihen und beachtete uns nicht, und unter gar keinen Umständen wollte ich laut nach ihr rufen.

»Gib mir den Stift zurück«, flüsterte ich. Aber Gunnar

schien mich gar nicht zu hören. Er war völlig vertieft in seine unsinnige Beschäftigung.

»Gib her!« zischte ich und versuchte, ihm den Kugelschreiber zu entreißen, den er merkwürdigerweise in der linken Hand hielt, aber Gunnar wich geschickt aus, ohne mit dem Malen aufzuhören. Er malte Linien und Gekrakel, er versaute den ganzen Tisch, und noch immer sah die Lehrerin in eine andere Richtung. Ich beugte mich zu ihm hinüber, so daß mein Gesicht sehr nahe an seinem Oberarm war, und dann, ganz plötzlich, biß ich hinein. Ich preßte die Kiefer so fest zusammen, wie ich konnte, und ließ nicht locker, bis ich hörte, wie der Kugelschreiber auf den Tisch fiel.

Als ich Gunnar freiließ, sah er mich stumm an und legte eine Hand auf die Stelle, wo ich ihn gebissen hatte. Ich nahm meinen Kugelschreiber und begann zu zeichnen. Gunnar saß einfach da und tat gar nichts. Ich zeichnete meine Augen, meine Nase, meinen Haaransatz, erst da begriff ich, daß er keinen Stift hatte. Ich suchte in meiner Federtasche und schob ihm wortlos einen grünen Filzstift zu. Wir zeichneten eine ganze Weile, dann warf ich einen Blick auf sein Blatt. Gunnar malte ein Schiff. Da verlor ich ein bißchen die Geduld.

»Gib mir das, bitte«, flüsterte ich und griff nach seinem Bild. Ich drehte das Blatt um und begann auf der Rückseite, ihn zu zeichnen. Ich schaute ihn mir genau an, dann malte ich ihm eine Nase, die dreieckig war und in deren Nasenlöcher man geradeaus hineinschauen konnte wie bei einem Schwein. Als ich anfing, die Sommersprossen zu malen, begriff er endlich, daß er es war, den ich da porträtierte, und er griff sich seinerseits mein Blatt, drehte es um und begann, mich zu zeichnen.

»Sehr schön, alle beide«, sagte die Lehrerin, als sie im Vorbeigehen unsere Bilder mit einem flüchtigen Blick streifte.

Am Ende der Stunde wurden alle Bilder im Klassenraum aufgehängt, fünfzehn mehr oder weniger gut getroffene Porträts. Und als der erste Schultag zu Ende war, war Gunnar mir treu ergeben und bis in den Tod verpflichtet, weil ich ihn davor bewahrt hatte, als einziger ein Schiff zu malen.

※

Kohlmorgen mußte sich irgendwann den Schlüssel nachgemacht haben, ohne mich zu fragen. Da er oft mitten in der Nacht kam, war das an sich sinnvoll, aber es gefiel mir trotzdem nicht, und ich war froh, daß Randi mich gewarnt hatte. Kohlmorgen schlief. Das war immer das erste, was er tat, wenn er kam: Er legte sich hin, um zu schlafen, denn meistens kam er von einer Tour.

Ich machte mir einen Tee, so konnte ich ihn ungestört weiterschlafen lassen und ein bißchen nachdenken über das, was ich an diesem Nachmittag gemacht hatte – auf Bäume klettern und fremde Wohnungen ausspionieren – und wie sich ein sauberes graues Fahrrad mit Cary Grant zusammenbringen ließ. Aber Kohlmorgen mußte mich gehört haben; er kam in die Küche, nur mit einer Unterhose bekleidet, ein Hüne von einem Mann mit vereinzelten blonden Haaren auf dem Bauch.

»Tag Kohlmorgen«, sagte ich.

»Felizia, mein Augenstern«, sagte Kohlmorgen, kratzte sich an der Schulter und holte sich eine Tasse aus dem Schrank.

»Seit wann bist du wieder in der Gegend?« fragte ich überflüssigerweise, denn er kam immer direkt zu mir.

»Seit heute«, antwortete er, ließ sich auf den zweiten Stuhl fallen und schenkte sich Tee ein.

»Aha«, sagte ich.

Er trank einen Schluck und bekam Gänsehaut an den Armen.

»Wie lange bleibst du?« fragte ich.

»Fünf Uhr früh«, sagte er. »Ich bin ganz leise und laß dich schlafen, versprochen.«

Ich hatte keine rechte Lust auf eine ganze Nacht mit Kohlmorgen. Es war jedesmal derselbe Ablauf, wenn er auftauchte, und ich konnte meine Rolle auswendig. Ich wünschte, er würde sich etwas überziehen, anstatt frierend in Unterhose in meiner Küche zu sitzen. Der Anblick der Gänsehaut auf seinen hellen Oberarmen mit den Leberflecken machte mich ganz beklommen. Mein Blick verirrte sich auf seiner genoppten Haut, und für einen Moment verlor ich jedes Zeitgefühl. Weil ich spürte, daß ich mich ekelte, bekam ich ein schlechtes Gewissen, und das brachte mich wieder zur Besinnung.

»Mußt du nicht was zu essen haben, Kohlmorgen?« fragte ich, und er sah mich geradezu erleichtert an, weil ich endlich gefragt hatte.

»Wäre nicht schlecht, weißt du«, sagte er. Er wußte, daß er sich in meiner Küche nehmen durfte, was er wollte, wenn ich nicht da war, aber er machte niemals von diesem Recht Gebrauch. Er war wohlerzogen. Er benutzte Ausdrücke wie »Das weiß ich zu schätzen« und »Wenn es keine Umstände macht«.

Während ich aufstand und mich auf die Suche nach etwas

Vorzeigbarem machte, fing er zögernd an zu reden. Von der Fahrt erzählte er, von der Ladung, von einem Freund, der eine ganz andere Ladung hatte, schließlich von seinem neuen Auftrag, von seinem Chef und von der Einsamkeit. Ich versteckte meinen Kopf im Kühlschrank, als er mit der Einsamkeit anfing.

»Felizia«, sagte er. »Ich liebe dich.«

Also zog ich meinen Kopf wieder aus dem Kühlschrank heraus, ging zu ihm und ließ mich umarmen. Er fing an, sich an meinen Hemdknöpfen zu schaffen zu machen. Er sagte nichts dazu, daß ich eine Hose trug, er fand mich in jeder Aufmachung entzückend (so hatte er mir bei anderer Gelegenheit versichert). Ich versuchte, ihm tief in die Augen zu sehen. Aber seine Augen hielten nicht still, sie fuhren meinen Körper entlang, sie folgten seinen eigenen Händen, sie streiften die Spüle hinter mir. Ich griff nach seinem Kinn und hielt es fest. Für einige Augenblicke sahen wir uns direkt an. Ich bemühte mich, seinen Blick einzusaugen und hinuntergleiten zu lassen in meinen Bauch, um dort ein Gefühl zu erzeugen. Manchmal klappte das, meistens nicht. Kohlmorgen hatte blasse Augen mit unsichtbaren Wimpern, und ich spürte im Bauch höchstens ein leichtes Unwohlsein, wenn ich hineinsah. Ich ließ sein Kinn wieder los. Er machte sich über meine Hose her.

Ich bestand darauf, ins Bett zu gehen. Ihm war es egal, er schlief auch auf dem Küchentisch mit mir oder auf dem Flurfußboden, wenn es sich so ergab, aber ich wollte ungern die ganze Zeit seine Gänsehaut vor Augen haben. Wir ließen die Kleider in der Küche liegen, ich würde das später aufräumen, hinterher, wenn Kohlmorgen noch ein bißchen schlief. Ich hatte es nicht gern, wenn Sachen auf dem Boden herumlagen, meine Wohnung mußte jederzeit kundentauglich sein.

Kohlmorgen war von einer gutmütigen Unerbittlichkeit. Er faßte mich fest an, aber nicht grob, schob mich rückwärts zum Bett und bog mich, bis ich auf dem Rücken lag. Er entledigte sich seiner Unterhose mit einer Hand, was für einen Moment irritierend kompliziert war, dann hatte er es geschafft, und wir konnten anfangen. Ein paar Mal versuchte ich noch, seinen Blick einzufangen, dann gab ich es auf und konzentrierte mich auf die Zimmerdecke.

Als Kohlmorgen später seinen Kopf in meiner Armbeuge abzulegen und eine bequemere Position zu finden versuchte, dieser Hüne von einem Mann, vertrieb ich mir die Zeit damit, mich an die Eigenarten der Männer zu erinnern, mit denen ich zusammengewesen war. An ihre Geräusche, ihr Verhalten danach, die ersten Sätze, wenn sie wieder zu sprechen anfingen; ich hatte all das in meinem Kopf gespeichert, ohne daß es mich wirklich interessierte. Es waren einige, die da durch mein Gedächtnis wanderten, und keiner hatte mir besonders viel bedeutet. Das konnte sich jetzt ändern. Ich wußte nur noch nicht, wie ich es anstellen sollte, Cary Grant für mich zu erobern. Dann würde ich das Türschloß austauschen, damit Kohlmorgen sich nicht mehr, ohne zu fragen, in mein Bett legen konnte. Ich würde aufräumen in meinem Leben, wer wußte schon, was sich alles ergäbe, wenn ich mich endlich verliebte: ein richtiger Job, Freunde, vielleicht eine Familie. Und dort, in den großen Krakenarmen von Kohlmorgen, der leise neben mir durch die Nase blubberte und hörbar mit den Zähnen knirschte (der Arme hatte noch immer einen leeren Magen), machte ich ein kleines Geschäft mit den großen Mächten: Wenn sie mir halfen, Cary Grant zu bekommen, würde ich ihnen ein Opfer bringen und meine Eltern anrufen.

※

Ich war sehr zufrieden, daß ich gleich am ersten Schultag einen Kontakt geknüpft hatte. Leider blieb es vorläufig bei diesem einen, was mich persönlich nicht weiter störte, denn ich mußte feststellen, daß dort, wo mehr als zwei Kinder zusammen waren, immer Lärm entstand, den ich nur schwer ertragen konnte. Gunnar war in erholsamer Weise stumm, aber er sprach, wenn es nötig war, und seit dem ersten Tag hielt er sich in der Schule stets an mich, weshalb ich sozusagen von Anfang an besetzt war. Bald begannen wir, uns auch nachmittags zu treffen.

Mein Vater teilte mich gern mit Gunnar, solange ich nur weiterhin genügend Zeit hatte, mich unserem Beruf zu widmen. Ich war inzwischen alt genug, um ab und zu auch in der Leichenhalle dabeizusein, wo wir die Verstorbenen versorgten, umkleideten und einsargten.

»Je früher man damit zu tun bekommt, desto selbstverständlicher wird einem der Umgang damit sein«, sagte mein Vater.

Meine Mutter dagegen war nicht sehr angetan von Gunnar. Er hatte einen schlechten Einfluß auf mich, sie gab ihm die Schuld an all den dummen Angewohnheiten, die ich an den Tag legte, und sie beklagte sich darüber bei meinem Vater.

Aber der sagte: »Sie braucht eben einen Ausgleich.

Wenn ich einen schwierigen Fall habe, brauche ich doch auch meine Gartenarbeit.«

Meine Mutter schnitt mir meine Haare alle zwei Monate. Sie waren dunkelbraun und glatt, von Anfang an, obwohl meine Eltern beide blond waren. Ich mußte mein Haar kinnlang tragen, gerade abgeschnitten, und ich mochte es nicht, wenn die frischgeschnittenen Haare noch zu kurz waren, um sie hinter die Ohren zu klemmen. Sie hingen mir immerzu vor den Augen, blieben im Mundwinkel kleben, hinderten mich daran, mich beim Klettern mit beiden Händen festzuhalten, weil ich mir immerzu den Blick freikämmen mußte. Ich gewöhnte mir an, sie aus der Stirn zu pusten, und das tat ich so oft, daß es meine Mutter ganz verrückt machte. Aber sie war unerbittlich; ich durfte keine Spangen tragen, keine Haarreifen, weil sie wollte, daß ich lernte, mich anständig zu benehmen und meinen Kopf ruhig zu halten. Wenn mein Vater schon nicht einsah, daß der Umgang mit Gunnar meiner Damenhaftigkeit schadete, und etwas dagegen unternahm, so fand sie eben ihre eigenen Methoden, mich nach ihren Vorstellungen zu formen.

Sie nähte viele meiner Kleider selbst, und ich mußte oft lange in ihrem Nähzimmer herumstehen und die zusammengesteckten Sachen anprobieren. Die Kleider waren immer ein bißchen zu groß – zum Reinwachsen –, trotzdem mußte ich sie vorher anprobieren. Meine Mutter wuselte geschäftig um mich herum, zupfte am Stoff, steckte eine Nadel um, packte mich bei den Schultern, um mich umzudrehen, trat ein paar Schritte zurück und mußte sich zuweilen mit einem Stoffetzen die Augenwinkel tupfen, weil sie von meinem Anblick so gerührt war.

Nicht gerührt allerdings war sie von meinem Anblick, wenn ich vom Spielen mit Gunnar nach Hause kam. Zu Beginn der zweiten Klasse wurde mir ein Hosenanzug gewährt, den ich fortan tragen sollte, wenn ich Gunnar traf, und ich war über die Maßen glücklich, weil ich mir davon eine ganze Menge mehr Bewegungsfreiheit versprach. Als Gunnar mich sah, lief er puterrot an, er bekam kaum noch Luft, dann warf er sich auf den Boden und wand sich dort vor Lachen. Ich hatte gehofft, er würde in meinem neuen Hosenanzug etwas Militärisches sehen können, einen Kampfanzug, eine Einsatzuniform, aber leider war mein Anzug lila. Meine Mutter hatte mir gesagt, sie werde einen dunklen Stoff verwenden, damit man den Dreck nicht sofort sehe.

»Wenn du schon Hosen tragen mußt, dann wenigstens nicht in einer Jungsfarbe«, sagte sie.

Als Gunnar fertiggelacht hatte, stand er auf und zog mich am Ärmel, damit ich ihm folgte. Er führte mich zum Schulrasen und zeigte auf den Boden. Gehorsam legte ich mich hin, und dann begann er, mich zu wälzen. Als ich begriff, was das sollte, machte ich begeistert mit. Ich schubberte auf dem Rasen herum und wälzte mich einen ganzen Nachmittag lang, neben mir ein stummer, konzentrierter Gunnar, ebenfalls nach Kräften bemüht, sich mit Schmutz zu verkrusten, und die Sonne schien warm auf uns herab, als wir völlig erschöpft nebeneinander im Gras liegenblieben.

Die lehmige Erde fiel von meinem lila Anzug wieder ab, sobald sie trocken war, aber die Grasflecken blieben, sogar meine Mutter war machtlos dagegen. Ich bewunderte Gunnar. Er hatte sehr viel Ahnung von Dreck.

Ich wußte gut Bescheid, wenn es um Hygiene ging. Das wiederum interessierte Gunnar nicht im geringsten. Wenn ich ihm davon erzählen wollte, hörte er nicht zu, und ich gab es bald auf, ihm von irgend etwas zu berichten, das mit dem Bestattungsunternehmen zusammenhing. Dabei lernte ich gerade jetzt sehr viel und hatte den Kopf voll davon. Ich sah meinem Vater bei der Arbeit zu, wenn er Verstorbene umkleidete oder reinigte, und lauschte seinen Erklärungen, die zuweilen so ausführlich waren, daß ich mich fragte, ob er womöglich auch ohne meine Anwesenheit die ganze Zeit mit sich selber redete. Manchmal ließ er mich Dinge wiederholen oder fragte Tage später nach, um zu überprüfen, ob ich sie mir gemerkt hatte.

»Was tut man als erstes, wenn jemand gestorben ist?« fragte er beispielsweise.

»Man ruft einen Bestatter an«, sagte ich.

»Ja, aber vorher?«

»Einen Arzt.«

»Genau. Und warum?« fragte mein Vater.

»Damit er den Tod feststellt und einen Totenschein ausstellt«, sagte ich.

»Ohne Totenschein geht gar nichts«, sagte er. »Und woran sieht man, daß jemand tot ist?«

»Die drei Merkmale sind: Leichenflecken, Totenstarre und sinkende Körpertemperatur.«

»Sehr gut«, sagte mein Vater dann. »Und jetzt geh an die frische Luft und spiel ein bißchen. Man soll nicht versuchen, sich alles auf einmal zu merken.«

GUNNAR KANNTE SICH DESWEGEN SO gut mit Dreck aus, weil er von einem Bauernhof kam. Der Hof lag ein paar Kilometer entfernt an der Straße Richtung Eckernförde, gleich bei dem Gut Ludwigsburg. Meine Mutter sah es nicht gerne, daß ich ihn dort besuchte, aber mein Vater sagte: »Wer die Menschen hier verstehen will, muß auch das Land kennen, in dem sie leben.« Daraufhin bekam ich ein Fahrrad zum Geburtstag und konnte fortan zu Gunnar fahren, wann immer ich freihatte, denn nichts, was es in Kleinulsby gab, war vergleichbar mit den Möglichkeiten, die Ludwigsburg bot.

Die Landschaft, in der wir lebten, hieß Schwansen – ein schmaler Streifen Land zwischen der Eckernförder Bucht und dem langen Fjordarm der Schlei an der schleswig-holsteinischen Ostsee. Überall gab es einzelnstehende Bäume, vor allem Eichen, die sich im Winter mit ihren verkrümmten Ästen in den Himmel krallten. Mein Vater erklärte mir, daß die großen Eichen in unserer Gegend besonders alt waren, Hunderte von Jahren alt, und daß niemand sie mehr fällen durfte. Und ich sah, daß sie alt waren, denn sie sahen genauso aus wie die Alten bei uns im Dorf, deren Haut aus Rinde war und deren Arme zu Ästen geworden waren.

Im Sommer war Schwansen so grün, daß man Angst hatte, die Büsche, die links und rechts der Straße standen, könnten einen zwischen sich erdrücken, wenn sie sich nur noch ein paar Zentimeter weiter ausdehnten. Es gab einige kleinere Moore, es gab Hünengräber, Mischwälder, künstliche Alleen, die zu den zahlreichen Gutshäusern führten, und es gab das Meer. Dort, wo wir wohnten, war das Meer allerdings nicht besonders beeindruckend. Die Eckernförder Bucht war so schmal, daß man das andere Ufer bei fast jedem Wetter sehen konnte und meinte, hinüberschwimmen zu können. Gerade deshalb war es ausgezeichnet geeignet zum Baden, und daher gab es zu beiden Seiten der Bucht einen Campingplatz neben dem anderen.

Direkt beim Strand von Kleinulsby begann ein bescheidenes Stückchen Steilküste, von der regelmäßig große Teile abbröckelten und auf den Strand fielen.

Mitten in all der Landschaft lag der Hof von Gunnars Eltern, wo es so viel zu besteigen gab, daß ein Leben dafür nicht auszureichen schien.

Unsere Leidenschaft für das Klettern begann, als auf dem Spielplatz der Schule von Kleinulsby eine Kletterwand aufgestellt wurde. Gunnar kam am ersten Tag bis zur Hälfte der Höhe, das machte ihn sehr verdrossen (besonders, weil ich es gleich beim ersten Versuch bis ganz nach oben schaffte). Mit gerunzelter Stirn und mahlenden Kiefermuskeln übte er fortan in jeder Schulpause an der Kletterwand. Dann begannen wir, nach und nach alles in Kleinulsby zu erklimmen, was sich uns bot: Bäume, Schuppen, Zäune, die Werkstatt, die zur Schule gehörte, den Denkmalstein zu Ehren der Gefallenen, sogar auf die Straßenschilder zogen wir uns hoch. Irgendwann gab es in Kleinulsby nichts mehr für uns zu tun, und wir verlegten unsere Aktivitäten nach Ludwigsburg.

Ich weiß nicht, ob es auf Gunnars Hof Tiere gab, abgesehen von den Hunden, die im Hausflur lagen und immerzu schliefen. Gunnar interessierte sich nicht für Landwirtschaft und hatte folglich keine Lust, mir alles zu zeigen und zu erklären. Die einzigen Tiere, die ihm gefielen, waren die Pferde, die auf dem benachbarten Gut gezüchtet wurden. Sie waren unwahrscheinlich groß und glatt, und Gunnar machte sogar einmal den Mund auf, um mir zu erklären, es gebe Cowboys in Amerika, die ohne Steigbügel auf solche großen Pferde klettern könnten.

»Bestimmt mit Anlauf und dann springen«, sagte ich.

Gunnar runzelte die Stirn, und ich wußte, er überlegte jetzt, ob springen genauso gut war wie klettern oder ob man Leute, die Anlauf nehmen mußten, um auf ein Pferd zu kommen, verachten sollte.

❦

Pünktlich um fünf Uhr morgens machte Kohlmorgen sich am nächsten Tag aus dem Staub. Nicht jedoch, ohne mir vorher einen Antrag zu machen (obwohl er mir versprochen hatte, mich nicht zu wecken).

»Felizia, ich muß gehen, und wann ich wiederkomme, ist ungewiß.«

»Ich weiß, Kohlmorgen. Gute Fahrt.«

»Wenn ich weg bin, was machst du dann?«

»Lange schlafen«, sagte ich.

»Tatsächlich?«

»Auf dich warten, natürlich.«

»Ach«, sagte Kohlmorgen. Und dann, nach einer langen Pause, in der ich kurz wieder eingedöst war: »Du weißt, was ich dir gegenüber empfinde, und deshalb möchte ich dich fragen: …«

Ich ließ die Augen geschlossen, es wäre unhöflich gewesen, sich die Decke über den Kopf zu ziehen.

»…Willst du meine Frau werden?«

Ich nahm mir fest vor, diesmal vor seinem nächsten Besuch wirklich das Türschloß auszuwechseln.

»Ich weiß nicht«, sagte ich. »Vielleicht.«

Kohlmorgen küßte mich gerührt zum Abschied, er hatte keine Zeit mehr, das Thema zu diskutieren. Als er schon auf dem Flur war, rief ich: »Nimm dir was zu essen mit.«

Ich schlief bis zehn. Den restlichen Vormittag über räumte ich auf, kratzte Wachs vom Boden und tauschte heruntergebrannte Kerzen aus. Eine Kundin kam, angemeldet, eine Stammkundin, die es eilig hatte, weil sie den Termin in ihre Mittagspause geschoben hatte, und die sehr zufrieden war, als sie ging (die Karten hatten gesagt, daß eine Entscheidung, die sie – zu ihrem Verdruß – bereits getroffen hatte, ohne das Tarot zu befragen, ein gutes Ergebnis erzielen werde).

Zwei Leute riefen an, um Termine bei mir zu machen, und später legte ich mich für eine Stunde noch mal hin. Das Geschäft lief etwas flau zur Zeit, das war normal, sobald die Tage kürzer wurden, würde es besser werden. Es war lediglich ärgerlich, daß ich in Zeiten wie diesen ständig zuwenig Bargeld hatte, und der Blick in den Kühlschrank machte mich immer ein bißchen traurig, weil die vereinzelten Lebensmittel so verloren aussahen. Es konnte passieren, daß ich es nicht über mich brachte, zwei friedlich vor sich hin dösende Yoghurtbecher gewaltsam zu trennen, um einen von ihnen leer zu essen.

Nachmittags nahm ich mir frei, und ungefähr um vier Uhr stand ich wieder im Hinterhof des Hauses in der Holtenauer Straße, in dem Cary Grant wohnte. Vielleicht würde ich ihn um diese Zeit zu Hause antreffen.

Ich hatte mein Opernglas dabei, eine praktische Hose an, aber als ich vor dem Baum stand, traute ich mich nicht hinaufzuklettern. Ich wollte kein zweites Mal da oben erwischt werden von irgendeinem verschrumpelten Männlein, das womöglich Anzeige erstattete. Kurzentschlossen griff ich nach einer Balkonbrüstung im Erdgeschoß und zog mich hoch. Die Balkone waren untereinander mit Metallstangen verbunden, eine Konstruktion, die geradezu eine Einladung für Einbrecher war.

Ich spähte über den Balkonrand in die Wohnung, und als ich sah, daß der Fernseher lief – eine Gerichtssendung –, setzte ich einen Fuß auf die Brüstung und schwang mich hoch. So machte ich es bei allen Stockwerken, nachdem ich mich jeweils wie ein Affe an den Zwischenstangen hinaufgezogen hatte. In zwei weiteren Etagen lief der Fernseher, in einer war alles dunkel, und weil auf dem Balkon mit dem grauen Fahrrad ebenfalls nichts zu sehen war, ließ ich mich möglichst geräuschlos in die Hocke fallen und watschelte dann mit gebeugten Knien zur Glastür, um in die Wohnung zu schauen.

Ein Vorhang war zur Hälfte zugezogen, so daß ich mich dahinter hocken konnte, ohne von innen gesehen zu werden.

Ich war außer Atem. Ich war nicht mehr so jung und beweglich, wie ich glaubte, außerdem war ich vollkommen aus der Übung. Früher hätte ich diese Kletterpartie mühelos bewältigt. Und offensichtlich litt ich neuerdings auch an leichter Höhenangst, denn zwischen dem dritten und vierten Stock hatte ich ein mulmiges Kribbeln im Bauch verspürt.

Der Mann, den ich suchte, hieß Schmidt. Als die Kundin, die seine Frau war, sich vorgestellt hatte, hatte ich für einen kurzen Moment das Gefühl gehabt, es handele sich um einen Decknamen.

»Schmidt«, hatte die Kundin geflüstert, als sie mir die Hand hinstreckte, in einem solch verschwörerischen Tonfall, daß es sich wie die dümmste aller Tarnungen anhörte.

Schmidt besaß fast keine Möbel: ein paar locker verteilte Klappstühle, auf denen verschiedene Dinge lagen – Bücher, Kleidungsstücke –, ein lächerlicher Metalltisch, wie ihn Wohnmobilbesitzer auf ihren Campingplatzparzellen stehen lassen, wenn sie unterwegs sind. Es mußte eine separate Küche geben, denn ich konnte keinen Herd entdecken. Das kleine Fenster neben dem Balkon, das ebenfalls zur Wohnung gehören mußte, war offensichtlich das Badezimmerfenster, Schmidt hatte von innen Butterbrotpapier dagegen geklebt, um es undurchsichtig zu machen.

Ich schaute auf meine Uhr. Es war halb fünf, und Schmidt war noch nicht zu Hause. Ich vertrieb mir die Zeit damit, mir die möglichen Gründe aufzuzählen. Erstens: Der arme Schmidt hatte einen langen Nachhauseweg von seiner Arbeit. Zweitens: Der fleißige Schmidt machte Überstunden. Drittens: Der leichtlebige Schmidt ging nach der Arbeit mit Kollegen etwas trinken. Viertens: Der ominöse Schmidt hatte einen komischen Beruf, der nicht um vier Uhr aufhörte. Das waren die Möglichkeiten, die einigermaßen plausibel klangen. Oder hörten alle richtigen Berufe später auf? Mir fiel auf, daß ich nicht sehr viele Leute kannte, die einen normalen Beruf hatten. Auch das konnte sich jetzt ändern, wenn ich es fertigbrachte, Cary Schmidt zu erobern. Ich richtete mich darauf ein zu warten.

ER KAM UM ZWANZIG NACH FÜNF nach Hause. Durch eine geheimnisvolle Seitentür, die ich von meinem Platz aus nicht sehen konnte, betrat er das Zimmer, machte Licht und bewegte sich dann in mein Blickfeld.

Von hinten hatte er gar nichts von Cary Grant, nicht das geringste. Es sah sogar so aus, als sei er blond (wogegen auf dem Photo seine Haare dunkel gewirkt hatten). Er bewegte sich eckig.

Durch Telepathie versuchte ich, ihn dazu zu bringen, sich umzudrehen, damit ich ihn von vorne begutachten konnte. Aber er setzte sich auf einen der Klappstühle, mit dem Rücken zu mir, und zauberte eine Zeitung hervor, die er umständlich auseinanderfaltete. Dazu hörte ich ein unsichtbares Radio spielen. So also sah der Feierabend normaler Leute aus: Zeitungen und Gerichtssendungen. Ich beschloß, auf der Stelle wieder runterzuklettern und die ganze Sache aufzugeben, falls Schmidt sich umdrehte und auch von vorn nicht das geringste von Cary Grant hätte. Es wurde langsam kühl.

Ich sah Schmidt dabei zu, wie er gemächlich die Seiten der Zeitung umblätterte. Ich sah, wie er rauchte, sich am Schulterblatt kratzte, wozu er mit der freien Hand auf den hochragenden Ellbogen des kratzenden Armes drückte, um die richtige Stelle besser zu erreichen. Mir wurde immer kälter. Auch wenn die Tage noch sonnig waren, so trug die Abendkühle, sobald die Sonne untergegangen war, bereits eine Ahnung von Frost in sich. Ich mußte meine Hände in die Kniekehlen klemmen, um sie zu wärmen, und immer noch las Schmidt und drehte sich nicht um.

Ich fühlte mich dumm. Ich hockte frierend auf einem Balkon, auf den zu klettern nicht jeder geschafft hätte, und schaute seit geraumer Zeit jemandem beim Zeitunglesen zu. Ich entschied, daß ich es morgen noch einmal versuchen wollte, diesmal durch die Vordertür, da würde Schmidt mir schließlich nicht rückwärts öffnen. Vorsichtig bewegte ich mich zur Seite, um keinesfalls seine Aufmerksamkeit zu erregen oder ein überraschendes Geräusch zu machen, und im selben Moment stand Schmidt auf, ging mit schnellen Schritten zur Balkontür und zog den Vorhang zu, ohne mich zu bemerken und ohne mir Zeit zu geben, ihn von vorn mit Cary Grant zu vergleichen. Entweder waren die großen Mächte gegen mich, oder sie hatten andere Pläne. Ich ärgerte mich.

Steif erhob ich mich, kletterte über die Balkonbrüstung und ließ mich an der metallenen Verbindungsstange hinuntergleiten, die Hemdärmel über die Hände gezogen. Wieder hatte ich Glück, daß keiner der Bewohner aus dem Fenster schaute. Auch in der Wohnung, die zuvor leer gewesen waren, lief inzwischen der Fernseher, und ich kam unbeachtet bis nach unten.

⁂

Als wir in die dritte Klasse kamen, hatte Gunnar während des Sommers einen kleinen Unfall. Wir kletterten im Stall von Gut Ludwigsburg, wo wir nicht gern gesehen, aber geduldet waren, weil es regnete. Gerade als Gunnar unter der Stalldecke hing und versuchte, daran entlang und parallel zum Boden in Richtung Heuluke zu klettern, rutschte er ab und fiel in eine Box mit einem großen Braunen namens Bochum. Er landete weich auf dem Stroh, aber der unerwartete Segen von oben erschreckte Bochum so sehr, daß er aus Versehen auf Gunnars Bein trat. Schienbein und Wadenbein waren kompliziert gebrochen, und Gunnar mußte für den Rest des Sommers einen Gips tragen.

Seine Mutter war außer sich, weil wir ihr nicht plausibel erklären konnten, wie es zu diesem Unfall gekommen war, denn wir hatten vergessen, uns abzusprechen. Unsere Kletterei war schon mehrmals von allen möglichen Erwachsenen verboten worden, und nach dem Unfall war es uns fortan untersagt, uns dem Stall auch nur zu nähern.

Als ich Gunnar auf seinem Hof besuchte, ein paar Tage nachdem er den Gips bekommen hatte, sah ich zum ersten Mal sein Zimmer, das sehr klein und dunkel war, mit einem Poster von Spiderman, an einer Hausfassade hängend, an der Wand, das aus einer Zeitschrift stammen mußte. Man sah deutlich, wo es gefaltet gewesen war.

»Laß uns hier abhauen und was Anständiges machen«, sagte Gunnar, nachdem wir eine Weile schweigend nebeneinander auf dem Bett gesessen hatten. Ich war darauf eingestellt gewesen, den ganzen Nachmittag Mau-Mau zu spielen, dies war schließlich ein Krankenbesuch, aber das kam für ihn nicht in Frage.

Wir liefen als erstes zum alten Apfelgarten von Gut Ludwigsburg. Gunnar benutzte ein Paar Krücken, die er mich nicht ausprobieren ließ, aber er konnte sich sehr behende mit ihnen bewegen, weil er in den letzten Tagen wie ein Verrückter geübt hatte. Außerdem besaß er die härtesten Oberarmmuskeln, die ich kannte. Als wir bei den Apfelbäumen ankamen, blieb er stehen, schaute sich die einzelnen Exemplare an und zeigte schließlich mit seiner Krücke auf eines der größeren. »Der da«, sagte er und sah mich an.

Meine Mutter hatte sich bei meinem Vater beklagt, Gunnar und ich würden uns in Gefahr begeben. Sie hatte uns zweimal erwischt, als wir auf unsere Garage kletterten.

»Laß sie spielen«, hatte mein Vater gesagt. »Spielen fördert die Kreativität, und du weißt genau, wie wichtig Kreativität für einen Bestatter ist.« Und zu mir gewandt: »Phantasie und Einfühlungsvermögen sind besonders wichtige Eigenschaften in unserem Beruf.«

Gehorsam ging ich zu dem bezeichneten Baum und begann hinaufzuklettern. Ab und zu schaute ich hinunter zu Gunnar, und er nickte mir aufmunternd zu. Als ich wieder herunterkam, war ich außer Atem, weil ich mich besonders angestrengt hatte für Gunnar. Ich kletterte ja jetzt sozusagen stellvertretend für ihn mit. Aber ich bekam keine Pause.

»Jetzt der«, sagte er und zeigte auf den nächsten Baum. Wir verbrachten den ganzen Nachmittag und auch die folgenden auf diese Art. Gunnar suchte das Objekt aus, ich kletterte hinauf. Unter seiner Aufsicht bestieg ich mehrere Bäume im Gutspark, den Unterstand der Wildschweine im Wald, die Rückseite der Reithalle, die Räucherei, die Leiter eines Futtersilos und ein kleineres Pferd auf den Koppeln am Moor, wo niemand uns sehen konnte. Vor keiner der Aufgaben drückte ich mich. Nur als Gunnar mir voran zum Ludwigsburger Torhaus mit seinem runden Backsteinturm humpelte, spürte ich meinen Magen. Während wir den Hof überquerten, sahen wir, daß eine Frau mit einem Putzeimer aus dem Gebäude kam. Dort oben lagen Zimmer, in denen die Ferienkinder wohnten, die zweimal im Jahr auf das Gut kamen. Zur Zeit standen sie leer. Die Frau beachtete uns nicht und verschwand in der Räucherei. Auf halber Höhe hatte sie auf der Vorderseite des Torhauses ein Fenster zum Lüften geöffnet. Gunnar bestimmte es als Ziel, indem er mit der Krücke hinaufdeutete.

Das Herrenhaus von Ludwigsburg wurde von der Sonne angestrahlt und blitzte mit zahllosen Fenstern. Niemand war zu sehen, niemand, der uns das Klettern hätte verbieten und mich retten können. Auf dem Rondell in der Hofmitte graste ein einsames Pferd, aus dem sumpfigen Graben am Fuß des Torhauses stieg modriger Geruch auf. Es war ruhig und friedlich, nur ein Generator surrte. Ich begann, mich langsam hochzuziehen. Es gab nicht viel, woran Hände und Füße guten Halt finden konnten. Ich mußte mich mit den Fingern in die Ritzen zwischen den Backsteinen krallen und die Füße möglichst wenig Gewicht tragen lassen. Ich biß die Zähne zusammen und kletterte. Als mein Fuß mehrmals hintereinander ins Leere trat, versuchte ich, meine Schuhe loszuwerden, und dabei schaute ich aus Versehen nach unten. Ich war nicht sehr hoch, aber mein Halt war so unsicher, daß ich anfing zu zittern und mich plötzlich gar nicht mehr bewegen konnte.

»Gunnar«, sagte ich und räusperte mich, »ich komme wieder runter.«

»Wieso?« fragte er.

»Ist irgendwie doof hier oben.«

»Wieso?« fragte er.

Ich sagte nichts, weil ich alle Kraft brauchte, um meinem Körper zu befehlen, er solle sich wieder bewegen, ganz egal, in welche Richtung. Ich klebte an der Backsteinwand, und irgendwann löste sich mein gelockerter Schuh und fiel ins Gestrüpp.

»Hoppla«, sagte Gunnar und lachte. Ich fing an zu heulen.

Eine ganze Weile hing ich dort am Torhaus und heulte, während Gunnar schweigend unten stand und zu mir heraufsah.

»Dann komm halt runter«, sagte er schließlich.

»Ich kann nicht«, sagte ich und schluchzte laut. Das war zuviel für Gunnar.

»Mädchen«, sagte er, und ich konnte hören, wie er mit einer Krücke ärgerlich gegen die Mauer schlug.

Plötzlich konnte ich mich wieder bewegen. Ich merkte, wie mir das Blut ins Gesicht schoß, hob einen Arm, krallte meine Finger in eine Ritze zwischen zwei Backsteinen und stieß mich mit dem Fuß ab. Verbissen kletterte ich nach oben, ich hörte nichts als mein eigenes Atmen und das Blut in meinen Ohren. An einem Fuß einen Schuh, am anderen nur eine Socke, hörte ich nicht auf zu klettern. Es war einfach Glück, daß meine Kräfte bis zum offenstehenden Fenster reichten.

Ich zog mich hoch auf das Sims, hievte mich über den Rahmen und landete unsanft auf dem Teppich. Ich wollte sofort aufstehen und die Treppen hinunterrennen zu Gunnar, aber noch eine ganze Weile mußte ich liegenbleiben, weil meine Beine mir nicht gehorchten.

Schließlich stand ich auf, ging wackelig durch die leere Ferienwohnung zum Treppenhaus und stieg Stufe um Stufe nach unten. Im Hof erwartete mich Gunnar. Er sah mir ernst entgegen, aber seine Sommersprossen leuchteten mehr als sonst, und es sah so aus, als würde er mit ihnen triumphierend grinsen. Ich ging möglichst aufrecht, um mir von der Wackeligkeit meiner Beine nichts anmerken zu lassen.

Für diesen Tag war es genug gewesen mit dem Klettern, wir machten uns auf den Weg zu Gunnars Haus, um bei seiner Mutter in der Küche etwas zu essen. Wir bekamen Brote mit einem stinkenden Käse darauf und dazu Apfelsaft.

»Na, ihr zwei Krieger, was habt ihr denn heute verbrochen?« fragte Gunnars Mutter, die sich von meiner Mutter in vielerlei Hinsicht unterschied, nicht nur, wenn es um Dreck ging.

Wir zuckten einträchtig unsere Schultern, Gunnar und ich. Sie sah mich lange an und lächelte dann ein bißchen schief.

»Du bist ein ungewöhnliches Mädchen, Felix«, sagte sie.

»Sie ist kein Mädchen«, sagte Gunnar mit vollem Mund.

»So? Was ist sie denn dann?« fragte seine Mutter.

»Weiß nicht«, sagte Gunnar. »Was anderes.«

Ich wußte, was ich war. Ich war Bestatter, und Bestatter kannten keine Angst, und wenn doch, so konnten sie lernen, sie zu überwinden. »Manche Dinge kosten Überwindung«, pflegte mein Vater mir zu sagen. »Aber gemacht werden müssen sie.«

✻

Es ließ mir keine Ruhe. Ich mußte Schmidt von vorne sehen. In der Nacht, die auf meine Spionagetätigkeit in der Holtenauer Straße folgte, schlief ich unruhig, obwohl ich das Bett ganz für mich alleine hatte. Immer wieder sah ich Schmidt vor mir, der auf mich zukam und den Vorhang zuzog, und jedesmal war sein Gesicht undeutlicher, bis ich überhaupt nicht mehr in der Lage war, mir auch nur das geringste Detail ins Gedächtnis zu rufen. Ich verbrachte viel Zeit damit, mir einen geeigneten Plan zu überlegen, um ihm in aller Ruhe ins Gesicht sehen zu können.

Gern hätte ich mich mit Randi beraten, aber die war den ganzen nächsten Vormittag in der Schule. Sie verstand mich, wenn es um Cary Grant ging. Auch nach der Schule kam sie nicht nach Hause, ich horchte auf jedes Geräusch im Treppenhaus, aber offensichtlich hatte sie irgendwo etwas zu essen bekommen (oder etwas zu trinken).

Eine Kundin hatte ich gegen Mittag, eine andere rief an und wollte eine Beratung übers Telefon. Normalerweise ließ ich mich nicht darauf ein, weil die Menschen allzu häufig vergaßen, mich für diese Art des Wahrsagens zu bezahlen, aber diesmal machte ich eine Ausnahme, weil meine Finanzen so düster aussahen, daß ich lieber ein Risiko einging, als einen Kunden zu verlieren. Danach saß ich alleine in der Küche und dachte über einen Plan nach, da mir das meiste, was ich mir in der Nacht ausgedacht hatte, wieder entfallen war. Es war sehr still im Haus, und ich hätte so gerne Randi bei mir gehabt oder meinetwegen auch Kohlmorgen. Zum ersten Mal seit Jahren war ich in ernsthafter Versuchung, mir selber die Karten zu legen.

Um mich abzulenken, beschloß ich, kurz rauszugehen und ein Päckchen Räucherstäbchen zu besorgen. Die verbrauchten sich sehr schnell, und es war immer gut, einen Vorrat zu haben, falls unangekündigte Laufkundschaft kam.

Vor der Haustür lag ein sterbender Hamster. Ein winzig kleiner pelziger Körper, der unmotiviert zuckte, die Augen fest zusammengekniffen, halb auf der Seite liegend. Ich hatte keine Ahnung, wie ein Hamster in einen Hauseingang in der Yorckstraße kam, aber er war gekommen, um zu sterben, und es gab nichts, was ich dagegen tun konnte. Es war, als hätte er gewartet, bis ich die Treppe heruntergekommen war, damit ich seinen letzten Atemzug auf keinen Fall verpaßte. Als er ganz still geworden war, nahm ich ihn mit zwei Fingern hoch. Mit dem toten Hamster in der Hand ging ich ein paar Meter bis zum nächsten Baum, der an der Stelle wuchs, die die Stadtverwaltung für ihn vorgesehen hatte und an der ein paar Bürgersteigplatten ausgespart waren. Mit dem Schuh scharrte ich ein Loch direkt am Stamm, hackte mit dem Absatz die Erde weg und buddelte schließlich noch mit einer Hand nach, dann legte ich den Hamster dort ab. Ich bedeckte ihn mit einer Erdschicht, die so dünn war, daß ich die Nachgiebigkeit seines kleinen Körpers spüren konnte, als ich sie festklopfte. Eilig ging ich weg, denn ich hatte schließlich etwas zu erledigen. Ich hatte meine Wohnung nicht verlassen, um mich um verendete Hamster zu kümmern. Leider stellte ich fest, daß ich vergessen hatte, was ich hatte besorgen wollen, und ich kaufte in der Drogerie ein paar Kerzen, weil es immer gut war, davon einen Vorrat zu haben.

Einige Dinge hatte ich stets im Haus. Es kam vor, daß Kunden unangemeldet zu mir kamen. Manchen war ich empfohlen worden, andere hatten ein Kärtchen mit meiner Adresse in dem kleinen Esoterikladen in der Schauenburger Straße gefunden, und immer sagten sie dann, sie seien ganz zufällig in der Gegend gewesen, hätten sich plötzlich an mich erinnert und einfach mal auf die Klingel gedrückt. Ich erwiderte in diesen Fällen, daß das Schicksal die Kunden zu mir geführt habe, denn genau das schienen sie hören zu wollen, es war wie eine Rechtfertigung.

Für solche Kunden war die Atmosphäre besonders entscheidend. Räucherstäbchen, Kerzen, leise Musik, sie wollten auf dem Boden sitzen, sie warfen alle im Vorbeigehen einen Blick in meine Küche (aus diesem Grund hatte ich einen Strauß getrockneten Waldmeisters gut sichtbar an das Gewürzregal gehängt, er verlieh dem Raum eine Aura von Hexenküche), und wenn alles ungefähr so war, wie sie es sich vorgestellt hatten, dann waren sie letztendlich auch bereit, meinen Karten zu glauben. Je mehr ich blufte, desto glaubwürdiger war ich.

»Verzweifelte Menschen wollen keine Überraschungen«, hatte mein Vater zu mir gesagt. »Die Welt ist erschüttert, wenn jemand gestorben ist. Niemand will in einer solchen Situation überrascht werden. Deshalb tragen wir bei einem Trauergespräch immer einen dunklen Anzug, denn von einem Totengräber erwartet man einen dunklen Anzug.«

Wenn meine Kundschaft kam, trug ich ebenfalls eine besondere Montur, die genau wie Waldmeister und Räucherstäbchen ihren Teil zu meiner Glaubwürdigkeit beitrug. Besonders wichtig waren Ohrringe. Gern hätte ich längere Haare gehabt, am besten mit Henna gefärbt, aber ich ertrug es nicht, wenn mir die Haare im Nacken hingen oder beim Zähneputzen in meinen Mund einzudringen versuchten. Meine Haare blieben kurz und dunkelbraun, weil es wegen ihrer Glätte unmöglich war, sie zu färben. Häufig wickelte ich mir einen Schal oder ein Tuch um den Kopf, so daß ein Turban entstand, unter dem sich lange, rote Haare hätten verbergen können. Es gefiel mir sehr, daß die Wahrsagerinnen-Montur so ganz anders war als die Totengräberuniform meines Vaters. Die Kleider, die ich für meine Kunden trug, waren gebatikt und in warmen Farben gehalten, sie zerknitterten leicht und verströmten auch nach wiederholtem Waschen einen Geruch wie von irgendeinem freundlichen, stark behaarten Tier. Man mußte sie nicht auf Bügel hängen und abbürsten, und wenn sie einen Kaffeefleck bekamen, rieb ich nicht mit einem feuchten Lappen daran herum, sondern ließ ihn einfach, wo er war.

Abends machte ich mich auf den Weg in die Holtenauer Straße. Es war bereits dunkel; die Dämmerung setzte jetzt täglich ein wenig früher ein, man meinte es spüren zu können. Das Haus sah von vorne langweilig aus, ein allzu billiger Neubau an einer Stelle, an der während des Krieges ein Baugrundstück freigebombt worden war. Als ich es zum ersten Mal durch den Vordereingang betrat – die Tür war nicht abgeschlossen –, überlegte ich meinen Text. Ich trug einen langen Mantel, war nicht geschminkt und hatte eine bebilderte Bibelbroschüre in der Handtasche, die mir die Zeugen Jehovas vor ein paar Tagen in den Briefkasten gesteckt hatten. Ich rechnete nicht damit, daß Schmidt mich in die Wohnung lassen würde, er würde bestenfalls in der Tür stehenbleiben und mir die Broschüre abnehmen, aber das verschaffte mir immerhin eine Möglichkeit, ihn genau anzusehen.

Im vierten Stock klebte neben einer der beiden Wohnungstüren ein Stück Kreppband an der nackten Wand, auf dem sein Name stand: *M. Schmidt*. Ich zögerte, einfach zu klingeln, und las mir erst einmal durch, was auf dem Türschild der Nachbarwohnung stand. Dort wohnte eine mehrköpfige Familie; auf dem getöpferten Schild war jedem Familienmitglied ein anderes Tier zugeordnet, das Ganze wurde umrahmt von einem Regenwurm, der sich selbst in den Schwanz biß. Noch während ich das Türschild betrachtete, öffnete sich Schmidts Wohnungstür, und heraus kam die Andere Frau, von der meine Kundin gesprochen hatte. Sie beachtete mich nicht, schloß die Tür hinter sich und ging an mir vorbei die Treppe hinunter. Ich versuchte, ihren Weg durchs Treppenhaus zu verfolgen, indem ich durch die Geländergitter in die Tiefe spähte, wo ich ab und zu einen Zipfel ihrer Kleidung, ihre Hand und auch einmal ihren Scheitel ausmachte. Die Andere Frau hatte blonde, schulterlange Haare, die nicht besonders gepflegt waren, sie trug hohe Absätze, die mit hallendem Geräusch durch das Treppenhaus klapperten.

Ich stand vor der verschlossenen Wohnungstür, starrte auf den Türspion, auf das Kreppband, um mich noch einmal zu vergewissern, daß der Name stimmte, dann ließ ich die Bibelbroschüre in der Handtasche und machte kehrt.

※

Natürlich wollte meine Mutter, daß ich mit Mädchen spielte. Mit Gunnar zu spielen war gefährlich und schmutzig und trug dazu bei, daß ich verwilderte. Selbst mein Vater fand das Ganze auf Dauer etwas zu einseitig, wenn ich die Menschen kennenlernen wollte. Ich war der Meinung, ich hätte genug Leute um mich, wenn ich in der Schule war, ich war alles andere als erpicht darauf, sie besser kennenzulernen. Mit Gunnar zusammenzusein war anstrengend genug, und da mußte ich noch nicht einmal reden. Ich wußte, daß es von mir erwartet werden würde zu reden, wenn ich mit Mädchen spielte, alle Mädchen redeten fast ununterbrochen. Es war nicht so, daß ich nicht ebenfalls den Kopf voller Gedanken hatte, ich wußte nur nie, wie ich anfangen sollte, und außerdem hatte ich stets Zweifel, ob der Aufwand des Formulierens sich lohnte, denn Gunnar verabscheute überflüssige Sätze und strafte jeden Versuch zu plaudern mit eisigem Schweigen. Aber mein Vater verkündete, von meiner Mutter angestachelt, seinen Beschluß, es werde mir guttun, auf einen Kindergeburtstag zu gehen.

Die Mädchen in der Schule waren freundlich zu mir, niemand versuchte, mich zu ärgern oder herauszufordern, aber es schien, als hätte ich es bei meiner Strategie des unauffällig Sichtbarseins mit der Unauffälligkeit etwas übertrieben, denn nachdem der Familienrat beschlossen hatte, ich solle an einem Kindergeburtstag teilnehmen, schien der Plan schlicht daran zu scheitern, daß ich gar nicht eingeladen wurde. Dabei hatte meine Mutter mir extra ein Geburtstagskleid genäht, das aus hellblauem Flanell war und sich genauso anfühlte wie mein Schlafanzug. Und so nahm sie die Sache schließlich in die Hand und organisierte mir gleich mehrere Einladungen, indem sie sich bei der Lehrerin nach den Terminen erkundigte und die Mütter der Geburtstagskinder anrief.

Der erste Geburtstag, den ich besuchen sollte, fand in Großulsby statt, bei Swantje Kruse. Leider wollte es der Zufall, daß diese wichtige Verpflichtung ausgerechnet auf den Tag fiel, an dem unser neuer Hygieneraum im Keller betriebsfertig wurde. Schon vormittags war mein Vater in ausgesprochener Feierlaune. Während sich im Keller noch ein einsamer Installateur am Waschbecken zu schaffen machte, lief mein Vater bereits durchs Haus wie ein Kind am Heiligabend. Er rieb sich die Hände, lachte ohne erkennbaren Anlaß und kniff meiner Mutter in die Wange, sobald sie ihm in den Weg kam.

Nach reiflicher Überlegung hatte er eine größere Investition getätigt, die sich in einigen Jahren amortisieren sollte. Er versprach sich vom neuen Hygieneraum nicht nur mehr eigene Bequemlichkeit (ganz abgesehen von den Benzinkosten, die man sparte, weil man nicht mehr ständig zur Leichenhalle fahren mußte), sondern vor allem die Möglichkeit zu einer besseren, persönlicheren Betreuung der Kunden.

»Es gibt den Menschen ein Gefühl von Sicherheit, wenn sie wissen, der Bestatter ihres Vertrauens hat den Verstorbenen immer in der Nähe«, hatte er uns erklärt. Aber genaugenommen war er es, dem es ein Gefühl von Sicherheit gab. Mein Vater war ein verantwortungsbewußter Mensch, und die Tatsache, daß von nun an alle ihm anvertrauten Verstorbenen in seinem eigenen Haus aufbewahrt werden würden und nicht viele Kilometer weit weg, ließ ihn ruhiger schlafen.

Als der Installateur fertig war, nach dem Mittagessen, ging mein Vater allein in den Keller. Meine Mutter und ich warteten oben in der Küche, hielten Orangensaft und Plätzchen bereit und sprachen kein Wort miteinander vor lauter Aufregung. Dann öffnete mein Vater ganz vorsichtig die Küchentür und winkte uns. Ich trug die Plätzchen, meine Mutter drei Gläser Saft auf einem Tablett, und wir folgten meinem Vater die Kellertreppe hinunter. Mit einer großzügigen Geste drückte er die Tür auf und ließ uns eintreten. Früher hatten hier mein Schlitten gestanden, zwei Paar Langlaufskier, Kisten mit Kartoffeln und Äpfeln und Kartons mit allerlei Kram, den man noch gebrauchen konnte. Jetzt stand man plötzlich in einer Art Badezimmer.

»Na, was sagt ihr?« sagte mein Vater.

»Großartig«, sagte meine Mutter.

»Großartig«, sagte ich.

»Alles Kacheln«, sagte mein Vater. Seine Stimme klang vor lauter Freude ganz gequetscht. »Und Edelstahl.«

Über dem Waschbecken gab es Regale für die Desinfektionsmittel, für Handschuhe und Papierschürzen. In der Mitte des Raumes stand eine silberne Liege auf Rollen.

»Jetzt kommt das Beste«, sagte mein Vater. Er ging zur hinteren Wand, öffnete dort eine Stahltür, und ehrfürchtig traten meine Mutter und ich näher heran und schauten in das Innere der Kühlzelle.

»Da passen zwei rein«, erklärte mein Vater zu mir gewandt, »übereinander. Und wenn man nur einen hat, kann man die Liege ganz bequem raus- und reinschieben.« Er machte es vor, schob die Liege in die Kühlzelle und wieder heraus. Dann schloß er die Stahltür und sagte noch einmal: »Was sagt ihr?«

Meine Mutter drückte ihm ein Glas Orangensaft in die Hand, ich stellte die Keksdose auf der Liege ab. Meine Mutter nahm sie erschrocken wieder hoch.

»Keine Sorge«, sagte mein Vater. »Man kann alles desinfizieren.« Dabei machte er mit seiner freien Hand eine Bewegung, die das Betätigen eines Sprühkopfes andeuten sollte.

Es war das erste und das letzte Mal, daß im Hygieneraum gegessen wurde. Fortan waren Lebensmittel in unserem Keller streng verboten. Aber dieses eine Mal picknickten wir gemeinsam dort unten und waren ausgelassener Stimmung, bis es an der Haustür klingelte. Meine Mutter nahm die geleerten Gläser an sich, ich übernahm die Plätzchen, und im Gänsemarsch stiegen wir die Kellertreppe wieder hoch. Mein Vater öffnete die Tür, während meine Mutter, die über unserer kleinen Feier vollkommen die Zeit vergessen hatte, sofort Kaffee aufsetzte. Um die neue Investition zu feiern, hatte mein Vater ein paar Bekannte eingeladen, zwei Bestatter aus Eckernförde und unseren Familienzahnarzt mit seiner Frau.

Meine Mutter deckte in Windeseile den Eßtisch, die anderen besichtigten in der Zwischenzeit den Keller. Ich wurde nach oben geschickt, um mein gutes Kleid anzuziehen und meine Lackschuhe, denn jede Minute konnte nun die Mutter von Dörte kommen, die mich mitnehmen sollte zum Kindergeburtstag.

Ich war froh, daß ich nicht alleine in Großulsby ankam, denn Dörte wußte, wie man vorzugehen hatte. Ihre Mutter ließ uns vor Swantjes Haus aus dem Auto steigen und fuhr davon. Wir erklommen die Eingangsstufen, fuhren uns durch die Haare, hielten unsere Geschenkpäckchen bereit, dann drückte Dörte die Klingel. Einen Moment lang passierte gar nichts, ich horchte dem Klingelton nach, dann flog plötzlich die Tür auf, und eine sehr dicke Mutter packte mich und zog mich ins Innere des Hauses.

»Swantje«, brüllte sie. »Noch mehr Gäste!«

Wie sich herausstellte, war es tatsächlich nicht einfach, einen Geburtstag zu bewältigen. Es wurde von Anfang an fürchterlich viel geredet, und ich mußte mich wappnen gegen die vielen unbekannten Situationen, die mir bevorstanden, aber ich erinnerte mich immer wieder selbst daran, warum ich hier war. Das Ziel war, die Menschen kennenzulernen, die Häuser, in denen sie lebten, von innen zu sehen, mir ein Bild von ihrem Leben zu machen. Ich sollte mit ihnen spielen, damit ich Kreativität entwickelte (und wenn möglich, sollte ich dabei das Geburtstagskleid nicht allzu schmutzig machen). »Mach einfach immer das, was die anderen machen, dann kann dir gar nichts passieren«, hatte meine Mutter mir geraten.

Fast alle Mädchen aus meiner Klasse waren da, aber kein einziger Junge. Es tat gut zu sehen, daß auch andere Leute Lackschuhe trugen. Als erstes standen wir herum, begutachteten Swantjes Geschenke – Puppensachen, Smarties, ein Poesiealbum, Hörspielkassetten –, bis alle Gäste da waren. Dann gab es etwas zu essen. Meine Mutter hatte das vorausgesagt. Wir setzten uns um einen großen Eßtisch und bekamen Limonade und Kuchen mit noch mehr Smarties darauf. Swantje pustete eine Kerze aus und wünschte sich etwas mit fest geschlossenen Augen. Ich schaute genau, was die anderen machten. Sie aßen den Kuchen mit kleinen Löffeln, sie wischten sich den Mund mit Papierservietten ab (Gunnar hätte uns alle höchst lächerlich gefunden), sie lachten die ganze Zeit. Also lachte ich auch. Ich wollte so schnell wie möglich wieder nach Hause. Dort saßen jetzt meine Eltern mit ihren Bekannten um den Eßtisch im Wohnzimmer, aßen Waffeln mit Pflaumenmus und Schlagsahne und redeten über das Geschäft und die Investitionen. Ich könnte dabeisitzen und zuhören, und wenn ich mit meiner Waffel fertig wäre, könnte ich in mein Zimmer gehen oder noch einmal in den neuen Hygieneraum und vielleicht die Edelstahlliege ein bißchen genauer anschauen und herumschieben.

Swantjes Mutter lief von einem zum anderen und fragte, ob wir etwas brauchten, sie legte Kuchen nach und reichte die Limonade, und irgendwann stellte sie sich zu mir und fragte: »Alles in Ordnung bei dir, Felizia?« Dabei strich sie mir übers Haar. Ich nickte. Und dann sagte sie laut in die ganze Runde: »Felizia ist zum ersten Mal auf einem Kindergeburtstag.«

Die anderen Mädchen schauten hoch, ich merkte, wie mir die Röte ins Gesicht stieg, und eins von ihnen sagte: »Das wissen wir doch, Frau Kruse.«

Nach dem Kuchenessen wurden Spiele gespielt. Auch das hatte meine Mutter vorausgesagt, aber sie hatte nicht gewußt, was das für Spiele sein sollten. »Laß dich überraschen«, hatte sie gesagt, und nichts erschien mir erschreckender, als mich überraschen zu lassen. Ich war erleichtert zu hören, daß wir Vorschläge machen durften.

»Was wollt ihr denn gern spielen?« fragte Swantjes dicke Mutter, und alle Mädchen schrien gleichzeitig Wörter durcheinander, die ich nicht verstand.

»Ganz ruhig, Kinder, wir machen das so: Jeder sagt reihum sein Lieblingsspiel, und dann schauen wir, welches am häufigsten genannt wurde. Gut? Das Geburtstagskind fängt an«, sagte Swantjes Mutter.

»Topfschlagen«, sagte Swantje.

»Zublinzeln«, sagte ihre Nachbarin.

»Fußball«, sagte ich.

Dann gab es eine Pause. Alle sahen mich an, und Swantjes Mutter lächelte verrutscht. Der Kuchen, den ich gerade gegessen hatte, fühlte sich in meinem Bauch plötzlich lebendig an.

»Topfschlagen«, sagte ich schnell.

»Plumpssack«, sagte meine Nachbarin.

SPÄTER FUHR SWANTJES MUTTER mich und einige andere Mädchen nach Kleinulsby zurück. Es war schon dunkel, als ich völlig erschöpft vor unserer Haustür stand. Meine Mutter öffnete mir die Tür, ich ging ins Wohnzimmer, in der Hand die kleine Tüte mit den Süßigkeiten, die alle Gäste als Preis beim Topfschlagen bekommen hatten. Mein Vater saß gemütlich auf dem Sofa und las Zeitung, auf dem Eßtisch standen noch die Kaffeekanne, eine Schale mit Plätzchen, ein voller Aschenbecher und einige kleine Gläser sowie zwei verschiedene Sorten Likör.

Mein Vater ließ die Zeitung sinken, lächelte mich an und fragte: »Na, kleiner Felix, hast du dich wacker geschlagen?«

Ich konnte nicht antworten, weil ich mich auf meine Lackschuhe übergab.

Es gab fortan, bis die Grundschulzeit zu Ende war, keinen Kindergeburtstag in der Gegend von Kleinulsby, zu dem ich nicht eingeladen war. Zunächst mußte meine Mutter noch anrufen – worum ich sie ausdrücklich bat –, nach einer Weile bekam ich richtige Einladungen überreicht oder in den Briefkasten gesteckt. Nie wieder wollte ich so versagen. Ich wollte um jeden Preis der beste Bestatter von ganz Kleinulsby werden, und wenn ich mich dafür auf Kindergeburtstagen bewegen können mußte, so wollte ich das üben, bis ich es darin zur Meisterschaft gebracht hätte.

Ich lernte mit der Zeit all die Lektionen, die nötig waren. Ich lernte, genau um die richtige Zeit zu spät zu kommen, ich lernte die ewige Reihenfolge kennen, das Herumstehen, das Begutachten der Geschenke, dann das Essen und Trinken und danach das Spielen (es sei denn, man wurde in einen Tierpark gefahren). Ich übte, trockenen Kuchen mit kleinen Gabeln zu essen, ich kannte bald alle Spiele mit sämtlichen Regeln und hatte auch schnell heraus, wie man dem Verlieren dabei aus dem Weg ging. Ich war kein auffälliger Gast. Ich trug stets das hellblaue Flanellkleid, das meine Mutter am Saum immer weiter ausließ, ich verhielt mich still, angepaßt, aufmerksam, diskret und sickerte langsam in das Unterbewußtsein der Anwesenden. Ich wurde nicht eingeladen, weil meine Anwesenheit eine Party interessanter gemacht hätte, aber ich füllte auf, und auch dafür muß man ein Talent haben. Ich wußte, mein Vater wäre sehr stolz gewesen, hätte er mich sehen können.

※

Randi kam später am Abend noch zu mir. Sie klopfte an die Wohnungstür, um mich mit der Türklingel nicht zu erschrecken, falls ich bereits im Bett war. Sie wußte, daß ich zuweilen sehr früh schlafen ging.

Ich öffnete die Tür mit einer verkrusteten Heilerdemaske im Gesicht, die sie kommentarlos registrierte, dann ließ sie mich stehen und ging in die Küche. Schweigend suchte sie einige Schränke ab und entschied sich schließlich für Knäckebrot und Honig. Erst als sie zwei Scheiben gegessen hatte, mochte sie wieder sprechen: »Mal wieder nichts im Haus bei uns.«

»Willst du was mitnehmen für morgen früh?« fragte ich.

Sie schüttelte den Kopf, stand auf und holte sich Milch aus dem Kühlschrank.

»Deine Mutter nicht da?« fragte ich.

»Natürlich nicht. Irgendwas mit Tierschutz«, sagte Randi. »Kann ich hierbleiben?«

In solchen Fällen verstand sich das von selbst.

Randi sah klein aus dort am Küchentisch, kindlich und

verloren. Unter ihren Augen waren dunkle Schatten von Wimperntuschestaub, der sich im Laufe des Tages dort abgelagert hatte. Ihre Haare lagen strähnig und flach am Kopf, schwer von Schaumfestiger und Haarspray, mit denen Randi versucht hatte, sie struppig zu machen. Ihre Hände hatte sie um ihr Milchglas gelegt, die Arme waren fast ganz gestreckt, sie bewegte sich eine Weile gar nicht und schien nachzudenken. Ich mochte es nicht, wenn ihr Anblick mich zwang, rührige Gefühle für sie zu hegen. Ich war nicht ihre Ersatzmutter, sondern ihre Freundin.

Ich lächelte, und ein feiner Krümelregen fiel aus meinem Gesicht auf den Boden.

»Ich sollte mir das Zeug abwaschen«, sagte ich. »Ich sehe sicher aus wie eine Moorleiche.« Aber Randi lachte nicht. Ich verschwand im Badezimmer.

Als ich wiederkam, waren ihre Lebensgeister zurückgekehrt. Sie rauchte und blätterte dabei in einer Modezeitschrift.

»Alte Zeitschrift«, sagte sie, als ich neben sie trat.

»Ich kauf keine mehr«, sagte ich. »So was trägt doch kein Mensch. Und die Texte sind langweilig.«

»Aber die Frisuren«, sagte Randi weise. »Auf die Frisuren kommt es an.«

WIE IMMER, wenn Randi bei mir übernachtete, machten wir einen Videoabend. Sie durfte den Film aussuchen und wählte »Charade«. Sie bewunderte Audrey Hepburn, die für meinen Geschmack zu dünn war (genau wie ich selbst), und sie setzte sich ganz nah an den Fernseher heran.

Alle Filme, die ich besaß, waren mit Cary Grant. Seinetwegen hatte ich mir einen Videorekorder gekauft.

Randi aß ununterbrochen, während sie fernsah. Ich stellte ihr Mandeln hin, eine ganze Schale voll, und sie aß sie, ohne ihren Blick zu wenden, bis die Schale leer war, und auch, als ich sie wieder nachgefüllt hatte. Vermutlich tat sie das, weil in meinem Wohnzimmer Rauchverbot herrschte, um die gezielt eingesetzte Räucherstäbchenatmosphäre nicht zu beeinträchtigen.

Ich saß auf dem Sofa, Randi auf dem Fußboden, und ich hatte freie Sicht auf ihren gekrümmten Rücken, die kalte Pause zwischen Pullover und Hose, wo ein gebräuntes Stück Haut zu sehen war. Randi gab ihr Taschengeld fürs Solarium aus, falls ihr nicht irgend jemand Zigaretten davon kaufte. Sie ärgerte damit ihre Mutter, die ihr zum Geburtstag Bescheinigungen schenkte, auf denen stand, sie habe in Randis Namen Geld gespendet, für gute Zwecke; Randi wollte, daß ihre Mutter auf jeden Fall sah, daß sie ihr Taschengeld nur für sich selber verwendete.

Sie kommentierte den Film mit vollem Mund, erklärte mir die Szenen und traf Voraussagen, die immer zutrafen, denn sie hatte den Film schon oft gesehen.

»Gleich wird er sie küssen, jetzt gleich, wenn das Boot durch den Tunnel fährt«, mampfte sie. Sie verlangte nicht, daß ich antwortete, es reichte, wenn ich ab und an zustimmend grunzte. Dann drehte sie sich um und nickte mir komplizenhaft zu.

Während ich den Film sah, blieben meine Gedanken immer wieder bei Schmidt hängen, der nach allen bisherigen Erkenntnissen nicht das geringste von Cary Grant hatte. Aber vielleicht ja doch. Der dann meine Chance war, wie Randi es ausgedrückt hatte. Den ich mir deswegen nicht entgehen lassen durfte. Den ich der Anderen Frau wegnehmen mußte, so leid mir das tat. Denn sie würde sicherlich noch viele Gelegenheiten haben, sich zu verlieben, und mir blieb nur diese eine.

»Du mußt mir einen Rat geben«, sagte ich zu Randi, als ich am Ende des Films zu keinem Ergebnis gekommen war.

Die ganze Geschichte ließ sich nicht so einfach erklären, wie ich dachte.

»Du wolltest ihm ein Heftchen schenken?« fragte Randi.

»Ich wollte nur gucken, wie er von vorne aussieht«, sagte ich. »Ich fand, das war eine gute Idee.«

»Damit sein erster Eindruck von dir ist, daß du ein Sektenmitglied bist?«

»Erstens hat er mich gar nicht gesehen, und zweitens habe ich es dir nur deshalb erzählt, weil da eine andere Frau aus seiner Wohnung kam.«

»*Die* Andere Frau«, verbesserte Randi.

»Meinetwegen«, sagte ich.

»Also, was willst du machen?« fragte Randi.

»Bitte«, sagte ich, »ich hab doch gesagt, ich brauche deinen Rat.«

Randi schaltete den Fernseher ab und drehte sich zu mir um, ohne ihre unnatürlich gelenkigen Beine zu entwirren, die sie zu einem Lotussitz geknotet hatte. Sie stützte sich einfach mit beiden Händen auf, hob ihren ganzen Körper in die Höhe, drehte ihn herum und ließ ihn wieder auf dem Boden nieder. Ich beneidete sie sehr darum, daß sie das konnte, denn es würde einen großen Eindruck auf meine Kunden machen, wenn ich solche Kunststücke beherrschte;

Menschen, die ungewöhnliche Verrenkungen konnten, wirkten glaubwürdig, wenn es um Esoterik ging.

»Laß uns zunächst die Situation klären«, sagte sie. »Wie sah sie aus?«

Ich überlegte. Mir fiel nur ein, daß sie älter war als ich. Und breiter, aber das war keine Kunst.

»Aber sah sie gut aus?« wollte Randi wissen. Ich hatte keine Ahnung. Woher sollte ich das wissen? Sollte ich das wissen?

»Muß ich das wissen, so was?« fragte ich.

»Absolut«, sagte Randi. »Eine Frau erkennt eine Frau sofort.«

Ich fühlte mich keiner Konkurrenz gewachsen, egal ob älter oder breiter, und schon gar nicht in diesem speziellen Fall. Ich hatte nie darüber nachgedacht, was wäre, wenn ich Cary Grant träfe und einfach abgewiesen würde. Ich glaubte nicht, daß ich das ertragen könnte.

»Ich finde, wir vergessen die ganze Sache«, sagte ich.

»Spinnst du?«

»Ich habe keine Chance«, sagte ich.

»Wir müssen an deinem Selbstbewußtsein arbeiten«, sagte Randi. Ich angelte mir eine Handvoll Mandeln aus der Schale, stopfte sie mir in den Mund und kaute. Ich war froh, nicht sprechen zu müssen.

»Du willst meinen Rat?« fragte Randi. »Gut, hier ist er: Hol dir den Typen, wenn er wirklich so wichtig ist, und nimm keine Rücksicht auf irgendwas.«

Wir verbrachten den Rest des Abends gemeinsam im Badezimmer und arbeiteten an mir und meinem Selbstbewußtsein. Randi probierte Verschiedenes mit meinen Haaren aus, sie holte die Zeitschrift aus der Küche, um mir anhand von Modephotos zu erläutern, wie ein gutes Makeup aussah. Es war für alle Welt offensichtlich, daß ich auf dem Gebiet mehr Ahnung hatte als sie, und die Möglichkeiten meiner Haare hatte ich bereits kennengelernt, aber ich ließ Randi machen. Sie gab mir das Gefühl, als wüßte sie genau, was sie tat. Sie malte auf mir herum, gab Anweisungen, und bei alldem strahlte sie eine absolute Sicherheit aus. Es war, als habe man ein geheimes Programm in ihr aufgerufen, das da hieß: Einer anderen den Mann ausspannen.

Wenn ich sie nur genau genug beobachtete, könnte ich vielleicht herausfinden, wie das Programm aussah, und es mir selbst beibringen. Zunächst ging es darum, die Konkurrentin äußerlich zu übertrumpfen, und dazu war es eben nötig, daß Randi mir dunkelgrauen Lidschatten rund um die Augen malte und aus meinen kurzen Haaren mit Hilfe zweier Haargummis, die sie in ihrer Hosentasche hatte, Rattenschwänze machte, die links und rechts von meinem Kopf wegstanden, so daß ich am Ende aussah wie ein völlig übermüdeter Außerirdischer (oder wie Björk, wenn man Randi glaubte).

Danach kam das Sich-gut-Zureden. Randi und ich standen vor dem Spiegel, sahen uns unser Werk an, und dann begann sie, eine Lobrede auf mich zu halten. Sie stupste mich an, damit ich zustimmte, und ich sagte brav, ja, sie habe recht, ich sei tatsächlich umwerfend, einfach großartig, und so interessant.

Danach wurde das Programm komplizierter. Randi entwickelte, an meinem Küchentisch sitzend, einen großangelegten Plan, und wenn man ihr zusah, mit welcher Sachkenntnis sie vorging, so erinnerte sie dabei eindeutig an meine Mutter.

※

Wir hatten wenig Kundschaft bei F. Lauritzen Bestattungen, als ich klein war. Um mich zu unterrichten, hatte mein Vater daher keinerlei Scheu, bei der Konkurrenz reinzuschauen, die Hauptsache war schließlich, daß ich das Handwerk gut erlernte. Also gingen wir zu jeder Beerdigung, die in Kleinulsby oder den Nachbargemeinden stattfand, manchmal nahm er mich mit nach Eckernförde. Unser Auto war ein schwarzlackierter VW-Bus, dessen Fahrgastraum für Sargtransporte ausgebaut worden war. Um möglichst viel zu sparen, hatte mein Vater einige Umbauten selbst vorgenommen. Eigenhändig hatte er die vorgeschriebene Trennwand eingesetzt, eine in Form gesägte Plexiglasscheibe, am Rand, den Vorschriften entsprechend, mehr oder weniger luftdicht verklebt. Vorne konnte man ganz gut zu dritt sitzen, wenn es sein mußte, oder auch eine Kiste mit Einkäufen verstauen. Der hintere Teil des Wagens wurde nur in absoluten Ausnahmefällen zweckentfremdet (beispielsweise, wenn wir zu Weihnachten einen Baum geschlagen hatten). Die Scheiben des ehemaligen Fahrgastraumes waren mit schwarzer Gaze verhängt.

Wir konnten uns kein zweites Auto für den Alltag leisten. Für die offiziellen Fahrten hatte mein Vater Klebefolien anfertigen lassen, die man abziehen und wieder verwenden konnte. Sie zeigten den Schriftzug *F. Lauritzen Bestattungen* und paßten genau an die Türen. Mein Vater sprach oft davon, daß ich später einen echten Leichenwagen haben sollte, ein edles Sondermodell – keinen klobigen umgebauten Bus – mit getönten Scheiben, später, wenn ich das Geschäft und die Stammkundschaft übernehmen würde, wenn F. Lauritzen Bestattungen die erste Adresse für Sterbefälle in Schwansen geworden war. Er sparte, soviel er konnte, weil er mich zu meinem achtzehnten Geburtstag mit einem Leichenwagen überraschen wollte. Es reichte letztendlich nicht für den Wagen, aber er ließ von seinem Ersparten eine getönte Heckscheibe in den VW-Bus einbauen, als ich achtzehn wurde.

Auf den Beerdigungen der Konkurrenz stand ich so dicht neben ihm, wie ich als ganz kleines Kind neben ihm gestanden hatte auf den Veranstaltungen, zu denen er mich mitnahm: so dicht, daß ich den Stoff seines Anzuges riechen konnte. Während des Gottesdienstes warteten wir draußen vor der Kirche (bei unseren eigenen Fällen nahmen wir gelegentlich auch daran teil); wenn der Sarg herausgetragen wurde, begann mein Vater flüsternd mit den Erklärungen, immer wieder dieselben, damit sie sich mir einprägten, und ich verstand, wie das, was wir zu Hause taten, mit dem, was hier auf dem Friedhof vor sich ging, zusammenhing. Wir folgten der Trauergemeinde zum offenen Grab und sahen aus diskretem Abstand zu, wie der Sarg hinuntergelassen wurde. Über den Blumenschmuck sprach mein Vater, über die Sargträger, die Orgelmusik und über Kondolenzlisten, aber auch über das Essen, das man den Kunden empfehlen konnte, die richtige Speisenauswahl und die Auswahl der Räumlichkeiten.

»Viele haben nach der Beerdigung großen Hunger«, flüsterte er, wenn wir den Trauergästen hinterhersahen, die langsam und ernst den Friedhof verließen, nachdem sie Erde auf den Sarg geworfen und sich gegenseitig die Hand gegeben hatten. »Beim Trauern verbrennt man eine Menge Kalorien, ohne daß man es merkt. Viele möchten hinterher lieber ein großes Käsebrot essen als Kuchen oder Gebäck. Das sollte man beim Trauergespräch thematisieren. Außerdem solltest du immer vorher noch einmal in der ›Eiche‹ anrufen und denen sagen, daß sie niemanden an den Flipper lassen sollen, solange die Beerdigungsgäste da sind.«

Die meisten Trauermahle in Kleinulsby fanden in der »Eiche« statt, gleich am Ortseingang. Mein Vater und ich blieben zumeist noch eine Weile auf dem Friedhof, wenn alle gegangen waren, und sahen uns die Gräber an.

IM WINTER WURDE ES zu früh dunkel, um mit dem Fahrrad nach Ludwigsburg zu fahren, und auch Gunnar mußte nach der Schule gleich nach Hause kommen. Wenn mein Vater mir freigab, streifte ich auf eigene Faust herum in meinem lilafarbenen Spielanzug und haute mit Stöcken gegen Weidenzäune, baute mir geheime Höhlen, in denen ich allerlei Fundsachen lagerte, legte am Strand Botschaften für die Flugzeuge aus Muscheln und Steinen oder ließ Butterstullen flitschen. Darin war ich ziemlich gut, anders als die anderen Mädchen in der Schule, die keine Ahnung hatten von Wurftechnik. Bisweilen sprangen die Steine über zehn Mal auf dem Wasser, am Ende so schnell, daß man nicht mehr mitzählen konnte. Und manchmal fand ich ein totes Tier.

Ich kann mich nicht an die erste Tierbeerdigung erinnern, die ich durchführte, aber unten am Wasser, ein bißchen abseits vom Fahrweg, gab es einen ziemlich großen Tierfriedhof, und alle, die hier begraben lagen, waren Kunden von F. Lauritzen Bestattungen. Es gab viele Spitzmäuse, überfahren oder vergiftet, vertrocknete Frösche ebenso wie Spatzen mit eingeschlagenen Schädeln, die gegen eine Scheibe geflogen waren, ein paar Maulwürfe, ein Kaninchen, zwei Silbermöwen und eine überrollte Katze, die ich beerdigte, bevor ich wußte, daß sie Frau Börnsen vom Bäcker Börnsen gehört hatte. Frau Börnsen vermißte ihre Katze sehr und hängte überall im Ort Bilder von ihr auf, damit man sie zurückbringen konnte. Obwohl ich lange darüber nachdachte, traute ich mich nicht, die Katze wieder auszugraben und auf die Straße zu legen, wo ich sie gefunden hatte. Mein Vater hatte mir gesagt, daß die Toten in der Erde verwesen, und ich hatte keine Ahnung, wie schnell das ging. Frau Börnsen wäre sicherlich mißtrauisch geworden, wenn auf der Straße ihre verweste Katze gelegen hätte, ich wollte nicht das Risiko eingehen, daß man mir lästige Fragen zu meinen Freizeitbeschäftigungen stellte.

Es gab keine Särge für die Tiere, aber es gab Beerdigungen nach allen Regeln der Kunst. Ich stand lange am offenen Grab und sang, ich warf Erde hinab und schluchzte, und ich betete das Vaterunser, so weit ich es auswendig konnte. Dann ging ich ein bißchen spazieren und kam später wieder, um das Grab vollständig zuzuschaufeln (diesmal in meiner Funktion als Tierfriedhofsverwalter). Das Abendessen zu Hause war der Totenschmaus, aber das wußte keiner außer mir. Nicht einmal Gunnar erzählte ich von dem Friedhof, denn Gunnar hatte kein Verständnis dafür, daß ich nachmittags etwas anderes machte als Kletternüben.

Es war ein feuchtkalter Nachmittag, ich muß ungefähr neun Jahre alt gewesen sein. Gunnar war nach der Schule mit dem Bus nach Hause gefahren, ich hatte zu Hause Mittag gegessen und meinen lila Spielanzug angezogen, der mir bereits an Armen und Beinen zu kurz geworden war. Ich lief los, so schnell ich konnte, weil mir bis zum Einbruch der Dunkelheit nicht sehr viel Zeit blieb, und wenn die Laternen angingen, mußte ich wieder zu Hause sein. Ich rannte die Straße zum Strand hinunter und wurde erst langsamer, als ich die letzten Häuser hinter mir gelassen hatte. Dann überlegte ich, was ich mit dem Nachmittag anfangen sollte. Ich beschloß, am Strand Butterstullen zu werfen.

Über dem Wasser hing Nebel, und die feuchte Luft legte sich mir auf Gesicht und Hände. Ich begann, flache Steine zu suchen, aber es war kein guter Tag für Butterstullen. Ich fand nicht sehr viele, und die meisten davon waren obendrein viel zu groß für meine Hand, klobig und rauh, und wenn ich sie ins Wasser warf, sprangen sie ein paar Mal, dann verschluckte sie der Nebel. Ich lief immer weiter an der Steilküste entlang in die Bucht hinein, den Blick fest auf den Boden gerichtet. Wenn ich einen geeigneten Stein fand, hob ich ihn auf, machte ihn sauber, wog ihn in der Hand und drehte ihn so lange, bis er zwischen Daumen und Zeigefinger die richtige Position hatte. Dann ging ich so nahe ans Wasser wie möglich, stellte den linken Fuß vor, holte aus und schleuderte den Stein aus dem Handgelenk flach über die Wasseroberfläche.

Nur eine einzige Butterstulle fand ich an diesem Tag, die wirklich zum Flitschen geeignet war. Glatt und sehr flach, die Unterseite leicht gewölbt, nicht größer als meine Hand, und ich hatte ein feierliches Gefühl, als ich mich mit diesem Stein an den Wassersaum stellte. Damit würde ich mindestens zwölf Sprünge schaffen. Aber als ich ihn schleuderte, fiel mein Blick auf etwas, das vor meinen Füßen im Wasser lag, sich sanft mit den Wellen hin- und herrollte, und ich ließ die Stulle nicht im richtigen Moment los, sie beschrieb einen Bogen, traf die Oberfläche mit einem lauten »Plopp« und versank sofort. Ich lenkte meinen Blick wieder nach unten, aber was ich da sah, erschien mir so unwahrscheinlich, daß ich es für eine Täuschung hielt. Also hockte ich mich hin, beugte mich vor, damit meine Schuhe nicht naß wurden, und holte das Ding aus dem Wasser. Ich trug es zum Fuß der Abbruchkante, setzte mich dort auf einen großen Stein und machte für einen Moment die Augen zu. Als ich sie wieder öffnete, hielt ich noch immer genau das in Händen, was ich bereits im Wasser erkannt hatte.

Es war ein ganzer Arm, von der Achsel bis zu den Fingerspitzen. Er hatte eine gräuliche Farbe, die Adern an der Unterseite waren blau, der Ellbogen war leicht violett. Er war schwer und klamm, aber ich ließ ihn nicht fallen. Weil ich das Gefühl hatte, daß ich im Gehen besser nachdenken konnte, und weil es allmählich zu dämmern begann, machte ich mich auf den Weg am Strand zurück nach Ulsby. Ab und zu mußte ich stehenbleiben, weil der Arm wirklich schwer war, und auch, weil ich ihn ansehen mußte.

Es war ein Frauenarm. Und das war etwas, über das ich lange nachdenken mußte. Wenn ich meine Arme ansah, so konnte ich nicht sehen, was an ihnen mädchenhaft sein sollte. Sie sahen nicht viel anders aus als Gunnars. Aber hier hatte ich einen Arm ohne den dazugehörigen Körper, und trotzdem konnte ich sofort entscheiden, ob es ein

Frauen- oder ein Männerarm war. Ich überlegte: Wenn ich ein Bein gefunden hätte, wäre es dann auch klar? Oder einen Rumpf? (Dann natürlich, wegen der Brüste.) Einen Fuß? Ein Gesicht? Einen Hals? Ja, sogar, wenn ich nur eine Nase gefunden hätte oder eine Stirn, ich hätte mit großer Wahrscheinlichkeit sagen können, ob sie einem Mann oder einer Frau gehört hatten. Etwas an dem Gedanken beunruhigte mich zutiefst. Was war mit dem, was *in* einem war? Ich war mir plötzlich sicher, daß man das Geschlecht einer Person auch dann erraten konnte, wenn man lediglich ein paar einzelne Organe fand.

Ich blieb stehen und betrachtete den Arm. Ich hielt meinen eigenen daneben. Ein rechter Arm, die Fingernägel waren eckig gefeilt, das faszinierte mich, weil die meiner Mutter oval waren. Ich strich mit der Fingerkuppe über die Nägel, und ich wunderte mich ein bißchen, daß sie so sauber waren; kein Sand, keine Algen hatten sich darunter gesammelt. Der Arm konnte noch nicht sehr lange im Wasser gelegen haben. Aber wieso lag er überhaupt im Wasser? Wo war die dazugehörige Person? Diese Frage stellte ich mir erst, als ich bereits am Ende der Steilküste angekommen war, dort, wo die Straße nach Kleinulsby begann. Wenn man den oberen Teil des Armes anschaute, so sah man, daß er unterhalb der Schulter abgetrennt worden war. Ich betrachtete im Vergleich meinen eigenen Armansatz. Der Schnitt war glatt und gerade, selbst der Knochen war sauber durchtrennt. Ich sah mir die Schnittkante genauer an und kam zu dem Schluß, daß der Arm von jemandem abgehackt worden war. Bei uns im Dorf gab es viele, die mit Holz heizten, und ich wußte genau, wie glatt ein Beil einen Holzscheit spalten konnte. Es war das einzige mir bekannte Instrument, das für einen solchen Schnitt in Frage kam. Jemand hatte den Arm von der Frau mit einem Beil abgehackt und ins Wasser geworfen.

Auf dem geheimen Friedhof hob ich mit einem Stock ein extra großes Grab aus. Der Boden war lehmig und feucht, es dauerte nur ein paar Minuten. Das Grab war nicht lang genug geworden, aber man konnte den Arm schließlich falten. Ich legte ihn hinein und wurde sehr ernst. Inzwischen dämmerte es, und der Nebel war vom Wasser weiter ins Land gezogen. Er machte mein Gesicht naß, meine Hände waren eiskalt, aber ich stand aufrecht am Grab des unbekannten Armes und betete das Vaterunser, so weit ich es konnte. Dann sang ich »Lobt Gott ihr Christen« und hielt eine kleine Predigt.

»Hier ruht ein Arm. Heute nachmittag von Felix Lauritzen aus dem Wasser gefischt, ganz in der Nähe von Kleinulsby. Es ist ein Frauenarm, und jemand hat ihn abgehackt mit einem Beil. Es war ein guter Arm, er war sehr nützlich und schön. Jetzt hat es Gott gefallen, ihn zu sich zu nehmen. Wir nehmen Abschied in großer Trauer. Der Arm ruhe in Frieden. Im Namen des Vaters und des Sohnes und des Heiligen Geistes.«

Bei den letzten Worten warf ich drei Handvoll Erde in das Grab. Weil es schon fast dunkel war, hatte ich keine Zeit, später wiederzukommen und das Grab in Ruhe zuzuschaufeln. Also verzichtete ich auf den Segensspruch und machte mich sofort an die Arbeit. Ich schob mit den Händen den ganzen Erdhaufen wieder in das Loch zurück und klopfte danach den Boden ein bißchen fest. Weil es zu dieser Jahreszeit keine Blumen gab, überlegte ich, was ich statt dessen auf das frische Grab legen konnte. Ich zog

den Ring ab, den ich beim Zahnarzt bekommen hatte (und
den Gunnar sowieso nicht leiden konnte), und bohrte ihn
so in die Erde, daß nur der rote Stein herausguckte. Das
sah sehr edel aus. Aber schließlich war dies nicht einfach
das Grab eines gewöhnlichen Feldspatzes oder einer Spitz-
maus.

»Amen«, sagte ich schnell, und dann rannte ich den
ganzen Weg nach Hause, damit es keinen Ärger gab.

ZWEI TAGE SPÄTER saßen wir beim Abendessen und aßen
Blumenkohlauflauf, als mein Vater plötzlich sagte:

»Sie haben eine Leiche geborgen, in Damp. Ist auch
schon wieder freigegeben. Damann hat den Auftrag bekommen.«

»Wie schade«, sagte meine Mutter. »Das wäre mal wieder was gewesen. Wir hatten schon viel zu lange keinen
Kunden mehr. Mann oder Frau?«

»Junge Frau«, sagte mein Vater.

»Ertrunken?« fragte meine Mutter.

»Bootsunfall«, sagte mein Vater.

Ich drückte in meinem Blumenkohl herum, weil ich
hoffte, er würde vielleicht im Teller verschwinden.

»Wäre eine schöne Sache geworden«, sagte meine Mutter, »so eine junge Frau. Wenn ich allein an den Blumenschmuck denke. Ach, Fritz, warum hat sie denn nicht in
Kleinulsby angeschwemmt werden können? Dann hätten
wir den Auftrag vielleicht bekommen. Immer treiben sie
nach Damp.«

Sie stand auf, um meinem Vater noch mehr Auflauf auf
den Teller zu häufen. Er nahm eine Gabel voll, kaute,
schluckte und sagte: »Sie hatte nur einen Arm.«

Meine Mutter setzte sich wieder. Mein Vater zuckte die Achseln: »Bootsunfall. Was will man machen. Wenn man in die Schraube kommt, kann's einem schon mal leicht was abreißen. Ich hoffe, Damann hat so viel Anstand, noch ein paar Tage zu warten mit der Beisetzung. Vielleicht finden sie den Arm ja noch, nicht wahr.«

Ich schwieg und schaute auf mein zermatschtes Essen.

»Ihr Mann war dabei«, sagte mein Vater und lehnte sich zurück. »Er hat zugesehen, wie sie über Bord ging, aber er konnte nichts machen – ging alles zu schnell.«

»Was das für ein Gefühl sein muß«, sagte meine Mutter und schob ihren Teller beiseite. »Ich meine, er muß doch gemerkt haben, wie sie in die Schraube geraten ist, das ruckelt doch und stottert. Unangenehm so was.«

Ich mochte nicht weiteressen und legte die Gabel mit einem klirrenden Geräusch auf den Teller. Meine Mutter sah mich an, und dann schickte sie mich sofort ins Bett, weil ich so blaß aussah. Aber ich konnte nicht einschlafen, weil ich immerzu an den Arm denken mußte. Ich wußte genau, daß die Geschichte mit der Schraube Unsinn war. Auch die Rechtsmedizin konnte sich irren. Ich hatte den Schnitt gesehen, und ich war mir sicher, daß es eine Axt gewesen war. Der Mann hatte der Frau einen Arm abgehackt und sie dann ins Wasser geworfen. Ich sah ihn vor mir, den Mann, die Augen verengt und die Lippen zusammengepreßt, wie er die Axt hob und sie dann niedersausen ließ.

※

Für den Plan, den Randi und ich erarbeitet hatten, um Schmidt für mich zu gewinnen, mußte ich Urlaub nehmen.

Ich sagte die festen Termine ab und klebte für die Laufkundschaft einen Zettel über die Klingel: *Bin leider krank!*

Frühmorgens machte ich mich auf den Weg zur Holtenauer Straße. Es war schlagartig kalt geworden, herbstlich und verregnet, von einem Tag auf den anderen. Ein hinterhältiger, scharfer Wind sorgte dafür, daß der Regen schnell herantrieb und einen möglichst gründlich durchnäßte.

Ich hatte mich wetterfest angezogen in einem unauffälligen Graugrün. Da ich nicht genau wußte, wann Schmidt sich auf den Weg zur Arbeit machte, hatte ich Zeit eingeplant und erreichte sein Haus um halb sieben. Ich ließ meinen Roller außer Sichtweite stehen, stellte mich in den Eingang, verschränkte die Arme vor der Brust, um die Wärme festzuhalten, und begann zu warten. Gegen sieben Uhr kam der erste Mensch aus dem Haus. Ich bemerkte ihn zu spät und schaffte es nicht, hinter die Mülltonnen zu springen, bevor er mich gesehen hatte. Danach stellte ich mich so, daß ich den ersten Treppenabsatz durch den verglasten Teil der Tür im Auge behalten konnte. Fortan gelang es mir, hinter den Mülltonnen zu verschwinden, nachdem ich die Schuhe des Herunterkommenden auf den Stufen bemerkt hatte.

Schmidt kam gegen zwanzig nach sieben. Ich erkannte ihn nicht an seinen Schuhen, wie ich gehofft hatte (polierte Schnürschuhe mit Ziernähten), aber ich verschwand wie bei allen anderen hinter den Tonnen und blieb unbemerkt. Er stemmte die Haustür auf, in einer Hand trug er eine Aktentasche. Einen Moment lang blieb er stehen, setzte die Tasche ab und stellte seinen Mantelkragen auf. Ich hatte endlich Gelegenheit, ihn in Ruhe zu betrachten, und mußte leider feststellen, daß die Ähnlichkeit mit Cary Grant einiges zu wünschen übrigließ. Schmidt war blond, hatte ein breites, kräftiges Gesicht mit einem eckigen Kiefer, er war insgesamt eher untersetzt. Ich stellte ihn mir in Schwarzweiß vor, aber ich mußte ehrlich zugeben, daß Frau Schmidts Photographie mir etwas vorgemacht hatte. Das wäre der geeignete Moment gewesen, diese ganze lächerliche Aktion abzubrechen, hinter den Mülltonnen aufzutauchen, als wäre das ganz normal, pfeifend zu meinem Roller zu schlendern und nie wiederzukommen. Ich könnte Randi sagen, ich hätte mich getäuscht, Schmidt sei nicht der Mann, den ich suchte, nicht Cary Grant, und in ihrer verdrehten Teenagerweisheit würde sie das verstehen.

Schmidt griff sich seine Aktentasche und ging. Ich folgte ihm in sicherem Abstand.

Ich schaffte es, mich nicht abhängen zu lassen, als ich ihm quer durch die Stadt hinterherfuhr. Der Berufsverkehr half mir dabei. Schmidt fuhr einen weißen Mazda mit einem Delphinaufkleber am Heckfenster, an dem ich seinen Wagen immer wieder identifizieren konnte, wenn ich ihn für Momente aus den Augen verlor. Wir fuhren nach Mettenhof. Dort kannte ich mich nicht aus und verursachte zweimal beinahe einen Unfall, weil ich ganz plötzlich die Spur wechseln mußte, um Schmidt nicht zu verlieren.

Er hielt schließlich vor dem Gebäude einer Firma, die medizinische Geräte herstellte. Ich fuhr mit meinem Roller noch ein Stück weiter, damit er keinen Verdacht schöpfte, bog in eine Seitenstraße, lief zurück und sah gerade noch, wie er im Eingang verschwand. Da ich bis zur Mittagspause, wenn er das Gebäude wieder verlassen würde, noch viel Zeit hatte, beschloß ich, mir selbst einen Kaffee zu spendieren, damit meine Füße die Gelegenheit bekamen, ein wenig aufzutauen. Ich merkte mir den Namen der Straße, in der Schmidt geparkt hatte, und machte mich auf die Suche nach einem Café.

Selten habe ich einen ereignisloseren Tag verbracht. Ich fuhr ziellos herum, verirrte mich in den Straßen von Mettenhof, die alle gleich hießen, zwischen den Hochhäusern, die alle gleich aussahen. Außer mir schien an diesem ungemütlichen Tag kein Mensch unterwegs zu sein, abgesehen von ein paar abgetakelten Hausfrauen mit Einkaufstüten, die sich beim Gehen gegen den Wind lehnten. Einige Kinder spielten mit einem Apfel Fußball, ihre Schultaschen standen auf einer Bank, keine fünfzig Meter vom Schulgebäude entfernt, in dem hinter allen Fenstern Licht brannte. Ich schob meinen Roller, weil ich hoffte, das würde mir helfen, die Zeit schneller verstreichen zu lassen und mich warmzuhalten. Zwischen zwölf und zwei trieb ich mich in der Nähe der Firma herum, in der Schmidt arbeitete, behielt den Eingang im Auge, aber Schmidt kam nicht. Weil ich fürchtete, seinen Feierabend zu verpassen, wollte ich mich nicht mehr allzu weit von seinem Auto entfernen und verbrachte einen langen, trüben Nachmittag in einer Seitenstraße in Mettenhof.

Es war leichtsinnig von mir, mich so nahe an den Eingang heranzuwagen, so kurz vor Arbeitsschluß. Aber es war inzwischen dämmerig geworden, und mir war so langweilig, daß ich es nicht mehr aushielt. Ich wollte nur ein bißchen durch die Fenster gucken, nur ein bißchen Schmidts Auto in Augenschein nehmen, aber ich achtete nicht auf die Uhrzeit. Schmidt kam aus der Tür, zusammen mit einem Kollegen, als ich gerade mitten auf dem Fußweg stand und versuchte, in die oberen Fenster zu spähen. Vor ihm hatte noch niemand das Gebäude verlassen, ich war nicht im geringsten vorgewarnt. Wo waren die Ströme von Arbeitern, die nach Betriebsschluß die Firma verließen? Ich stand auf dem Präsentierteller und gefährdete den ganzen schönen Plan. Ohne auch nur eine Sekunde nachzudenken, hechtete ich in ein nahes Gebüsch.

Schmidt stand lange mit seinem Kollegen vor dem Eingang und unterhielt sich. Ich saß währenddessen in einem Busch und rührte mich nicht. Ich konnte nicht verstehen, was die Männer sagten, aber ich konnte ihre Stimmen hören, über mir knisterte leise das Laub und hielt den letzten Rest Tageslicht von mir fern. Ich merkte, wie erst zögerlich und dann immer energischer eine Beklemmung in mir hochstieg, der ich nicht mehr lange standhalten konnte. Das Atmen fiel mir schwer, in meinem Kopf entstand ein Schwindelgefühl, das ich nur zu gut kannte. Ich betete, daß Schmidt sich verabschieden, zu seinem Auto gehen, wegfahren würde. Er stand und unterhielt sich, und die Dunkelheit kroch von außen durch meine Poren, mir wurde fürchterlich kalt, und ich versuchte, an alles mögliche zu denken, daran, was ich gestern zu Mittag gegessen hatte, daran, wie ich als Kind …

Und dann sprang ich plötzlich wie ein aufgescheuchtes Reh aus dem Busch, direkt vor Schmidts Nase, und rannte zappelnd die Straße hinunter.

※

Wenn man von Ludwigsburg ein Stückchen weiter auf der Straße Richtung Eckernförde fuhr, kam man an Karlsminde vorbei. Ich kannte die Namen der Orte und Güter auswendig, die an der Strecke lagen, denn mein Vater sagte sie immer laut für mich, wenn wir gemeinsam in unserem schwarzen Bus nach Eckernförde fuhren. Erst kam Ludwigsburg, dann Karlsminde, dann Gast, dann Hohenstein, dann Hemmelmark.

Nach Karlsminde lief ich in einer Nacht im August, die sehr warm war, und neben mir rannte Gunnar. Er hatte Geburtstag, deshalb hatte meine Mutter mir erlaubt, bei ihm in Ludwigsburg zu übernachten. Ich war die einzige, die er eingeladen hatte, und meine Mutter hatte mir meinen Schlafanzug und die Zahnbürste eingepackt und mir einen Zettel mit unserer Telefonnummer in die Jackentasche gesteckt, damit Gunnars Mutter sie jederzeit anrufen konnte, falls ich gerne nach Hause wollte.

Nach dem Abendbrot, das aus Bratkartoffeln und Rühreiern bestand, durften wir noch mal rausgehen. Das hatte Gunnars Mutter großzügig erlaubt, weil er Geburtstag hatte; wir mußten hoch und heilig versprechen, wenn es dunkel wurde, wieder zu Hause zu sein. Aber im August war es lange hell in Schwansen. Also gingen wir raus, spazierten über den Feldweg zum Gut und trieben uns ein bißchen dort herum. Wir sahen nach, ob Wasser im Schloßgraben war, und probierten, ob man die heruntergefallenen Äpfel schon essen konnte, und dann sagte Gunnar, seiner Meinung nach sei es bereits dunkel genug und wir sollten nun wieder nach Hause gehen.

»Aber wir haben doch noch gar nichts Anständiges gemacht«, sagte ich.

»Wir machen später noch was«, sagte er, und damit mußte ich mich zufriedengeben.

Gunnars Mutter war sehr zufrieden mit uns, als wir zurückkamen und verkündeten, wir wollten gleich ins Bett gehen. Ich half ihr, neben Gunnars Bett eine Matratze aus Sofakissen zu bauen und mit einem Spannbettlaken zu beziehen. Ich bekam einen Schlafsack aus bedrucktem Stoff und ein Kissen, auf das ein Spruch gestickt war. Gunnar und ich zogen unsere Schlafanzüge an und putzten unsere Zähne. Ab und zu sah ich zu ihm hinüber, um wenigstens ein Augenzwinkern oder ein verschwörerisches Grinsen zu erhaschen, aber nichts an Gunnar deutete darauf hin, daß er noch Pläne für uns hatte. Ich hatte keine Lust, ins Bett zu gehen, ich war überhaupt nicht müde, aber ich folgte seinem Beispiel und kroch in meinen Schlafsack.

»Macht bald das Licht aus, ihr Lieben«, sagte Gunnars Mutter, bevor sie die Tür schloß. Wir löschten es sofort und lagen dann schweigend auf dem Rücken und schauten uns die Sterne an Gunnars Zimmerdecke an, die im Dunkeln leuchteten. Wir hörten, wie seine Mutter herumtappte, wie sein Vater durchs Haus polterte, wir sahen, wie das Licht im Flur ausging. Erst als es ganz still war im Haus, bewegte sich Gunnar. Er begann, sich anzuziehen.

Im Dunkeln kam mir der Weg nach Karlsminde sehr lang vor. Wir waren ihn schon unzählige Male gelaufen, aber immer nur bei Tageslicht. Es gab dort, wenn man auf die Straße einbog, die zum Wasser führte, ein Langbett, ein besonders großes Hünengrab, mit einem kleinen Parkplatz und einer Schautafel daneben, die erklärte, wie und wann es gebaut worden war. Es war freigelegt worden, so daß man die Steine sehen konnte, die die Grabkammern bildeten. Obendrauf wuchsen Gras und Bäume. Gunnar und ich liefen stets einmal ganz herum, bevor wir hinaufkletterten und all das taten, was man mit einem Hünengrab so machen konnte. Wir zogen uns auf die Bäume hoch, legten uns ins Gras und schauten in die Wolken oder hängten uns kopfüber in die Steinkammern, in denen allerlei Abfall lag.

Es war noch immer warm, aber wir hatten unsere Jakken mitgenommen. Wir rannten so lange, bis Gunnar eine Schnecke zertrat. Danach bewegten wir uns langsamer. Das Hünengrab war von der Straße aus gut zu sehen. Es zeichnete sich weithin sichtbar als schwarze Silhouette vor dem hellen Sommernachtshimmel ab. Gunnar marschierte unbeirrt darauf zu, und ich folgte ihm.

Wir gingen, der Tradition entsprechend, einmal ganz um das Langbett herum und kletterten anschließend hinauf, um oben von einem Ende zum anderen zu laufen. Ich hielt mich dicht an Gunnar, ich war nie gerne im Dunkeln draußen. Dann suchte er uns einen Platz zum Schlafen. Er wählte eine der Steinkammern, die in der Dunkelheit nichts waren als schwarze Löcher. Ich ließ ihn vorangehen. Drinnen war es nicht besonders geräumig, und man sah überhaupt nichts.

»Ich bin ziemlich müde«, verkündete Gunnar, schob mit dem Fuß irgendwelchen Unrat beiseite und legte sich auf den Boden.

»Wie lange bleiben wir?« fragte ich.

»Angst?« fragte Gunnar.

Die Stille, die uns umgab, war ganz anders als die Stille, die ich von unserem Haus kannte, wenn alle schlafen gegangen waren. Ich saß mit angezogenen Knien gegen eine Wand gelehnt und versuchte, im Dunkeln Gunnar zu erkennen. Ich hörte ihn atmen.

»Ich geh mal raus«, flüsterte er nach einer ganzen Weile. Mein Bein war eingeschlafen, und ich wäre auch gern aufs Klo gegangen, aber ich sagte nur leise »Okay« und blieb, wo ich war.

Gunnar bewegte sich auf die Öffnung zu, die Haut seines Gesichts schimmerte im Dunkeln; dann verdeckte er für Sekunden das helle Stück Himmel, das man durch die Öffnung sehen konnte, und war draußen. Ich blieb allein zurück und vertrieb mir die Zeit, bis er zurückkam, indem ich das kleine Einmaleins durchging. Nach dem Einmalsieben machte ich eine Pause, um Gunnar Gelegenheit zu geben, vor dem Einmalneun zurückzusein. Ich fing noch einmal von vorne an, aber auch nach dem zweiten Einmalneun kam er nicht wieder. Das war eindeutig zu lange für einmal Pinkeln.

Er kam gar nicht wieder in dieser Nacht. Ich wollte ihn suchen, wollte raus aus dieser Höhle, die einmal eine Grabkammer gewesen war, aber ich wußte nicht, ob ich das überhaupt sollte. Vielleicht wollte Gunnar allein sein, vielleicht war das eine Mutprobe, vielleicht kam er gleich wieder und lachte mich aus. Ich wollte mich nicht wie ein Mädchen benehmen. Wenn ich keine Angst davor hatte, eine Backsteinwand hochzuklettern, dann würde ich mich auch nicht davor fürchten, nachts in einer Höhle zu sitzen. Also blieb ich sitzen, starrte mit offenen Augen in die Dunkelheit und wartete.

Irgendwann bemerkte ich den hellen Fleck, etwas mehr als eine Armlänge von mir entfernt, soweit das im Dunkeln einzuschätzen war. Erst dachte ich, es sei Gunnar, dessen helle Haut in der Nacht leuchtete, wie sie es getan hatte, als er noch da war, aber als ich seinen Namen flüsterte, antwortete niemand. Die Nacht war still, als würde jedes Geräusch von ihr verschluckt, jedes Rascheln kleiner Tiere, jedes Blätterrauschen und Ästeknacken. Ich konnte meine Augen nicht abwenden von diesem hellen Fleck, ich starrte angestrengt, aber die Konturen wurden einfach nicht schärfer. Ich richtete meinen Blick auf die Öffnung, auf den Himmel draußen, konnte sogar ein paar Wolkenfetzen sehen und gab mir alle Mühe, den Fleck zu ignorieren.

Es gelang mir deshalb nicht, weil mir immer kälter wurde und weil die Kälte nicht von draußen zu kommen schien, sondern genau von diesem hellen Fleck. Es war, als würde mich ein kühler Wind von dort anwehen.

Auf einem der Geburtstage, auf denen meistens nur Mädchen waren, hatte eine mich gefragt, ob es in unserem Haus spukte. Wir hätten doch dauernd mit toten Leuten zu tun, da müsse es in unserem Haus von Gespenstern doch nur so wimmeln. Ich antwortete ihr, was mein Vater mir gesagt hatte. Ich sagte, die Körper, die wir ins Haus nahmen, seien allesamt tot und leer, die Menschen dagegen, die in ihnen gewohnt hatten, seien bereits im Himmel. Mir hatte das als Erklärung immer genügt. Ich stellte mir den Himmel sehr hübsch vor, wie einen Park mit vielen Bänken, auf denen die alten Leute saßen, deren Körper wir in unserem Keller für die Bestattung vorbereiteten. Im Religionsunterricht hatte ich ein Bild davon gezeichnet, und Gunnar hatte es abgemalt. Ich hatte zwar eine recht genaue Vorstellung, wie so ein Gespenst aussah (im Nachthemd, unter Umständen auch mit einer Kette am Fuß), aber ehrlich gesagt hatte ich vor dem Gespräch auf dem Kindergeburtstag noch nie eine echte Verbindung hergestellt zwischen Gespenstern und toten Menschen. Ich sprach meinen Vater darauf an, fragte, was passiere, wenn die Leute den Weg zum Himmel nicht fänden oder es nicht rechtzeitig schafften zu verschwinden, bevor wir ihren Körper abholten. Er kniff mir in die Wange und sagte: »Mir ist in all den Jahren jedenfalls noch nie ein Geist begegnet, kleiner Felix.«

Neben mir, eine geschätzte Armlänge entfernt, saß etwas und wartete, genau wie ich. Es schimmerte im Dunkeln, aber es war nicht warm, so wie mein Körper es war. Ich wußte, daß ich es mir nicht einbildete. Ich konnte spüren, daß ich nicht alleine war, und ich atmete flach und schnell, als gäbe es irgendeine Chance, daß das andere, das neben mir saß, meine Anwesenheit vergaß, wenn ich mich nur unauffällig genug verhielt. Plötzlich hatte ich Angst, ich könnte sterben.

Wir saßen die ganze Nacht nebeneinander, der weiße kalte Fleck und ich.

Als das Licht in der Öffnung heller zu werden begann, stellte ich fest, daß ich noch immer am Leben war, und als der Morgen so hell geworden war, daß er die Steinhöhle ausleuchtete, war der helle Fleck verschwunden.

Während ich, steif wie eine Holzpuppe, aus der Höhle hinauskletterte in die kühle Morgenluft, noch bevor die Sonne ganz aufgegangen war, wachte auch Gunnar auf, der oben auf dem Langbett im Gras gelegen hatte. Er war naß vom Tau und hatte ganz kleine Augen, aber er grinste mich zufrieden an, und in diesem Moment packte mich das Grauen mit unerwarteter Heftigkeit. Ich zitterte nicht, ich schüttelte mich, meine Beine gaben nach, ich fiel auf den

Boden, meine Zähne klapperten aufeinander, und die Tränen stürzten aus meinen Augen, ohne daß ich etwas dagegen machen konnte.

Später, nachdem wir uns durch die Hintertür ins Haus geschlichen hatten, als wir in unseren Betten lagen und zuhörten, wie der Bauernhof langsam erwachte, fragte ich Gunnar, warum er nicht in der Höhle geschlafen hatte, sondern oben auf dem Hünengrab im Gras.

»Draußen waren so viele Sterne«, sagte er. »Alles voll.«

※

Zwei ganze Wochen lang folgte ich Schmidt zur Arbeit und wieder nach Hause, verlor ihn am Samstagabend zwischen den Leuten, lungerte einen langen Sonntag vor seiner Haustür herum, dann berief ich eine Konferenz mit Randi ein und lieferte den Bericht ab.

»Er geht morgens aus dem Haus, immer um dieselbe Zeit. Er fährt zur Arbeit, parkt direkt vor dem Gebäude. In der Mittagspause geht er in die Kantine. Er verläßt seinen Arbeitsplatz um kurz nach fünf, nie allein. Entweder er fährt dann nach Hause, oder er geht noch etwas trinken mit seinen Kollegen.«

»Wo?« fragte Randi.

»In einer Kneipe drei Straßen weiter. Er fährt danach trotzdem noch mit dem Auto nach Hause«, sagte ich.

»Geht er abends noch mal weg?« wollte Randi wissen. Sie hatte einen Bleistift im Mund, ein Blatt von meinem Briefpapier vor sich liegen und schrieb mit.

»Kaum. Samstags ja. Manchmal geht die Frau alleine weg, wahrscheinlich nach Hause, ich bin dem nicht nachgegangen. Sie darf sein Auto benutzen, aber anscheinend bringt sie es immer noch nachts zurück, denn morgens steht es wieder bei ihm vor der Tür.«

»Sie gehen nicht zusammen aus?« fragte Randi.

»Nein«, sagte ich.

»Sehr gut«, sagte Randi und malte zufrieden ein Ausrufezeichen hinter ihre letzte Notiz.

»Ist doch komisch, oder? Sie wartet auf ihn in seiner Wohnung und irgendwann geht sie alleine weg. Sie ist immer schon da, wenn er von der Arbeit kommt, also muß sie einen Schlüssel haben.«

»Denkst du, sie ist verheiratet?« fragte Randi. Der Gedanke war mir auch schon gekommen. Das Ganze sah sehr nach einer heimlichen Affäre aus.

Randi besah sich die Notizen, dabei lutschte sie an dem Bleistift, bewegte ihn zwischen ihren vorgestülpten Lippen und bearbeitete ihn mit der Zunge. Ich merkte, daß ich Hunger bekam.

»Vielleicht ist sie auch gar nicht seine Geliebte, sondern nur seine Mitbewohnerin«, sagte sie dann.

»Auch möglich«, sagte ich. »Wir haben keine Beweise, daß die beiden was miteinander haben.«

»Du warst doch auf seinem Balkon. Sah es denn nach einer WG aus?«

»Nein«, sagte ich.

»Könntest du nicht einfach noch mal da raufklettern und richtig nachgucken?« fragte Randi.

»Nein«, sagte ich. »Ich bin doch nicht lebensmüde.«

»Vielleicht ist sie seine Schwester oder so was.«

»Ich habe nicht auf Familienähnlichkeit geachtet«, sagte ich.

»Dann tu es das nächste Mal«, sagte Randi, und ich kam mir ein bißchen blöd vor.

Immerhin schien meine bisherige Spionagetätigkeit auszureichen, damit wir weitermachen konnten in unserem Programm. Randi erklärte, es sei völlig egal, ob die Andere Frau seine Schwester, seine Tante oder seine Verlobte sei, alles, was am Ende zähle, sei, daß er sich in mich verliebe, und zwar nach Strich und Faden. Die Andere Frau werde sich dann so oder so von selbst erledigen.

Wir erstellten eine Liste mit Aufgaben, die ich eine nach der anderen erledigen sollte, über einen längeren Zeitraum hinweg und mit vielen Pausen dazwischen. Randi hatte über alles den blumigen Titel *Aschenputteltaktik* geschrieben und die Liste an den Kühlschrank geklebt.

Am nächsten Morgen entfernte ich meine Krankmeldung von der Klingel und arbeitete wieder. Die Verfolgung von Schmidt hatte mich meine armseligen Rücklagen gekostet, aber der Herbst und das mittlerweile eingetretene schlechte Wetter halfen mir, die Nachfrage so zu erhöhen, daß ich recht bald meine Küchenvorräte wieder aufstocken konnte. Die kürzer werdenden Tage stimmten meine Kunden nachdenklich, und sie wollten wissen, wie es weiterging mit ihnen.

So war meine Zeit wieder mehr und mehr angefüllt mit Terminen. Wenn die Kunden unten klingelten, zündete ich die Kerzen an, klopfte die Sitzkissen zurecht und erwartete sie an der Wohnungstür.

Meine Kundschaft war vorwiegend weiblich, und wenn es ums Wahrsagen ging, waren mir Frauen auch lieber als Männer. Sie stellten weniger Fragen und glaubten nicht, selbst bereits alles zu wissen. Einmal hatte ich einen männlichen Kunden, der während einer Sitzung fragte, was ich über Astrologie wisse. Ich erwiderte, das sei nicht mein Fachgebiet, woraufhin er die Gelegenheit nutzte, mich umfassend darüber aufzuklären. Der Nachteil der weiblichen Kunden war andererseits, daß sie mir oft ganze Abschnitte ihrer Lebensgeschichten erzählten.

Ich machte meine Sache gut, das schien sich allmählich herumzusprechen. Am Anfang hatte ich dazuverdienen müssen, indem ich bei einem Pizzaservice Bestellungen entgegennahm und die Fahrer koordinierte, aber inzwischen reichte das Geld für die Miete und mal mehr, mal weniger für den Lebensunterhalt.

»Es ist nicht wichtig, daß man reich wird mit seinem Beruf«, pflegte mein Vater zu sagen. »Sich berufen zu fühlen ist der Schlüssel zum Glück.«

Hauptsächlich legte ich Karten; gelegentlich pendelte ich auch, ein bißchen verstand ich vom Handlesen, aber wirklich wohl fühlte ich mich nur mit dem Tarot. Für den Rest – Horoskope, Rückführungen, Séancen – waren andere zuständig.

Eine Karte hatte ich aus dem Tarotspiel aussortiert: den Tod. Es gab viele fürchterliche Karten, Abbildungen von Menschen, die am Boden lagen, von Schwertern durchbohrt, von Zerstörung und Verzweiflung, und von all diesen Karten bedeutete der Tod noch das mildeste Urteil. Er stand für etwas, das zu Ende ging, das zu Ende gehen mußte, damit etwas Neues möglich wurde, er stand für schwere Krisen, aber auch für die Möglichkeit der Erneuerung. Dennoch erschreckte es mich jedesmal, wenn ich den Tod für einen Kunden zog, so sehr, daß ich beschlossen hatte, meinem eigenen Seelenfrieden zuliebe, die Karten nur noch ohne ihn zu legen.

Die erste Aschenputtelaktion, die Randis Plan an der Kühlschranktür für mich vorsah, mußte noch warten. Ich hatte neuerdings gelegentlich Kopfschmerzen. Sie zuckten wie Blitze durch mein Gehirn und setzten für Momente meine Wahrnehmung außer Gefecht. Manchmal waren einzelne Finger schlecht durchblutet, ohne Gefühl und von einer käsigen Farbe. Ich machte mir große Sorgen und bemühte mich, gut auf mich achtzugeben. Wann immer ich zwischen zwei Terminen eine Pause hatte, legte ich mich ins Bett und schloß die Augen, um sie zu entspannen. Sobald ich sie wieder öffnete, fürchtete ich mich, weil ich mich schutzlos fühlte und weil die Wände von einem kalkigen Weiß waren, das mir mitten in den Schädel stach.

Als ich einmal für kurze Zeit in leichten Schlaf fiel, träumte ich von einem Krankenhauszimmer, in dem ich umherlief. Überall standen Gläser herum, in denen Präparate schwammen. In einem meinte ich Kohlmorgens Genitalien zu erkennen. Auf einem der Gläser entdeckte ich meinen eigenen Namen, *F. Lauritzen,* und in einer nicht mehr ganz klaren Flüssigkeit schwebte darin mein Gehirn. Es war übersät mit schwarzen Punkten, und ich wußte im selben Moment, daß das Tumore waren, obwohl ich noch nie welche gesehen hatte. Ich faßte mir an den Kopf, spürte einen Verband und begriff, daß man mein Gehirn hatte entnehmen müssen, um mich zu retten. Ich erwachte verschwitzt und verspannt und ging, als das Telefon klingelte, einfach nicht ran.

Auf das lächerliche Schreibbrett an der Küchentür – ein Geschenk meiner Mutter zum Studienbeginn – schrieb ich mit großen Buchstaben: ZUM ARZT GEHEN! Eine Woche später wischte ich es wieder weg, ohne mich daran gehalten zu haben.

※

Wir hatten keine bestimmten Öffnungszeiten. Mein Vater trug immer einen dunklen Anzug, manchmal zog er das Jackett aus, manchmal lockerte er die Krawatte, niemals sah ich ihn tagsüber ohne Schuhe. Selbst nachts hängte er einen Anzug griffbereit an einen Haken neben der Schlafzimmertür, damit er im Falle eines nächtlichen Totengräber-Einsatzes schnell in seine Montur springen konnte. Nachts begleitete ihn meine Mutter, um beim Tragen zu helfen, selbst dann noch, als ich bereits kräftiger war als sie. Weil ich zur Schule mußte, durfte ich weiterschlafen.

»Nachts ist die Arbeit auch nicht anders als tagsüber«, pflegte mein Vater zu sagen. »Sie ist nur teurer.«

Als die Lampe im Wohnzimmer aufleuchtete, war es Frühstückszeit, ich war noch nicht in der Schule. Ich trug gerade die Teller zum Eßtisch, da sah ich es. Es kam äußerst selten vor, daß jemand kam, ohne vorher telefonisch einen Termin auszumachen.

Ich stellte die Teller ab und rannte, um meinen Vater zu holen, der auf dem Klo saß.

»Soll ich gehen?« fragte ich aufgeregt, aber mein Vater zog sich bereits eilig die Hose wieder hoch.

»Du bist noch zu klein, um Kunden zu beraten. Aber du darfst zusehen.«

Also hockte ich mich vor das Guckloch in der Tür zum Beratungszimmer, nachdem mein Vater dort wie aus dem Nichts aufgetaucht war. Meine Mutter in der Küche verhielt sich ganz still, nur das Zischen und Brodeln der Kaffeemaschine war zu hören, und der Duft des Kaffees zog durch das Haus.

Der Mann im Beratungszimmer war ein Kunde. Ich hatte eine Weile gebraucht, um zu begreifen, daß Kunden nicht diejenigen waren, die verstarben, sondern die Personen, die die Rechnungen bezahlten. In diesem Fall war der Kunde Vater eines kleinen Mädchens, das in der Nacht im Krankenhaus gestorben war. Sie hatte im Neubaugebiet gewohnt, dort, wo meine zukünftige Stammkundschaft lebte. Ich preßte mein Gesicht gegen die Tür, um mit dem Auge ganz nah ans Loch zu kommen, und ich ärgerte mich, daß der Mann so leise sprach. Mein Vater schaute ernst und sachlich, er lächelte nicht ein einziges Mal, während er zuhörte, und er bewegte sich kaum.

Als er wieder ins Wohnzimmer kam, sah er müde aus und setzte sich gleich an den Tisch, ohne uns beim Aufdecken zu helfen. Meine Mutter schickte mich mit einer Tasse Kaffee zu ihm, und er sagte: »Das ist ein schwerer Beruf, den wir haben, Felix.«

Er zog mich ein wenig zu sich heran und klopfte mir auf den Rücken.

NACH DER SCHULE holten wir das Mädchen ab. Die Pathologie des Krankenhauses hatte festgelegte Abholzeiten. Ich war froh, daß ich diesmal mitdurfte, denn im Krankenhaus brauchten wir keinen zweiten Träger. Ein Pfleger half meinem Vater, die Transporttrage zum Auto zu bringen, ich öffnete die Heckklappe. Auf dem Rückweg nach Kleinulsby steuerte mein Vater den Wagen ruhig und behutsam, und ich wußte, er würde mir beibringen, so zu fahren, wenn ich alt genug war. Jetzt allerdings, auf der Fahrt, schwieg er einfach, also hielt ich ebenfalls den Mund und schaute aus dem Fenster. Ab und zu sah man zwischen den Bäumen und Feldern und Gehöften das Meer, das in der Sonne lag.

Zu Hause trugen meine Eltern das Mädchen in den Hygieneraum im Keller. Sie gingen dabei durchs Haus, obwohl der Keller auch eine Außentür hatte. Aber der Transport der Verstorbenen die Stufen hinunter war manchmal etwas wackelig, und keinesfalls wollte mein Vater, daß ein zufälliger Passant sie dabei beobachten konnte. Meine Eltern verschwanden mit der Trage immer rasch durch die Tür zwischen Garage und Haus. Drinnen konnten sie dann, in Ruhe und vor neugierigen Blicken geschützt, den Verstorbenen Stufe für Stufe die Treppe hinunterhieven. Noch reichte das Geld nicht für einen entsprechend geräumigen Lift zwischen Erdgeschoß und Keller.

»Am besten, du machst uns was Gutes zu essen«, sagte mein Vater, nachdem meine Mutter das Mädchen auf der Kellerliege abgelegt hatte. Sie verschwand nach oben, mein Vater und ich betrachteten den neuen Fall.

Im Krankenhaus war das Mädchen bereits gereinigt worden. Es trug ein Nachthemd und hatte den Mund leicht geöffnet. Zum Trauergespräch wollten die Eltern etwas zum Anziehen mitbringen.

»Was schätzt du, Felix? Ist sie größer als du? Höchstens ein paar Zentimeter, denke ich«, sagte mein Vater. Wir konnten es ausmessen, aber er wollte mein Augenmaß trainieren.

»Höchstens«, sagte ich.

»Trotzdem braucht sie noch einen Kindersarg. Was meinst du?«

»Auf jeden Fall«, sagte ich.

Mein Vater musterte mich aufmerksam.

»Du bist groß für dein Alter«, sagte er. »Sie ist zwei Jahre älter, und du hast sie fast eingeholt.«

ES GAB MILCHREIS mit Kirschen, das Lieblingsgericht meines Vaters. Irgendwann während des Essens traute ich mich zu fragen, was mich die ganze Zeit schon beschäftigt hatte: »Warum ist sie denn gestorben?«

»Sie war krank«, sagte meine Mutter.

»Blutkrebs«, sagte mein Vater.

Ich hatte bis dahin gar nicht gewußt, daß man so einfach an einer Krankheit sterben konnte. Fast alle unsere anderen Fälle waren alt gewesen und am Alter gestorben. Ich kannte außerdem noch Unfall (diverse Arten) und Selbstmord. Es war das erste Mal, daß wir ein Kind bestatteten. Oder vielleicht war es nur das erste Mal, daß ich es mitbekam (es hatte früher durchaus Fälle gegeben, bei denen mein Vater meine Hilfe nicht gewollt hatte).

»Kann das jeder kriegen?« fragte ich.

Meine Mutter nickte.

»Im Grunde genommen«, sagte mein Vater, holte sich mit zwei Fingern ein Stück Zitronenschale von der Zunge und legte es sorgfältig an den Tellerrand, »im Grunde genommen kann jeder an allem sterben.«

Der Tag, an dem wir das Mädchen geholt hatten, endete damit, daß mein Vater und meine Mutter mir gleichzeitig gute Nacht sagten. Sie kamen in mein Zimmer, standen eine Weile an meinem Bett herum, und ich fand es schön, daß wir alle zusammen waren, obwohl es nicht Essenszeit war. Doch als meine Eltern gegangen waren, spürte ich eine Unruhe, die die ganzen nächsten Tage nicht von mir weichen wollte. Ich war schon krank gewesen, ich wußte, wie es sich anfühlte, wenn man Fieber hatte, wenn das Schlucken Schmerzen bereitete, wenn man sich übergeben mußte, aber ich wäre nie auf die Idee gekommen, daß man daran sterben konnte. Woher konnte man wissen, welche Krankheit wieder vorbeiging und welche nur der Tod beendete?

Das persönliche Gespräch mit den Eltern des Mädchens fand am nächsten Tag statt. Sie hatten sich entschieden, zu uns zu kommen, obwohl mein Vater selbstverständlich auch Hausbesuche machte. Zum vereinbarten Termin leuchtete die Lampe, mein Vater zog sich den Krawattenknoten zurecht und schwebte ins Beratungszimmer. Ich drückte mein Gesicht gegen die Innenseite der Tür, daß es weh tat.

»Trauernde Menschen sprechen leise«, hatte mein Vater mir erklärt. »Sie haben nicht die Kraft, laut zu sprechen.«

Einmal hatte er verächtlich gesagt, als wir im Fernsehen einen Bericht sahen, in dem iranische Frauen jammernd einen Toten beklagten: »Echte Trauer ist stumm.«

Die Eltern des verstorbenen Mädchens saßen still in den schwarzen Ledersesseln und hielten sich an den Händen. Mein Vater sprach sanft mit ihnen, seine Bewegungen waren wunderbar geschmeidig. Er stellte Fragen und machte Vorschläge, erläuterte die Möglichkeiten des Blumenschmucks, der Musik, der Anzeigengestaltung, zeigte Abbildungen und Photos, dann wiederum legte er die Fingerspitzen gegeneinander und saß ruhig und ernst da und hörte zu. Ich konnte kaum ein Wort verstehen, wenn die Eltern des Mädchens sprachen.

»Du mußt die Kunden erzählen lassen. Aus ihrer Persönlichkeit und aus der Persönlichkeit des Verstorbenen ergibt sich am Ende der Stil der Bestattung. Laß sie einfach reden, von ihrem Schmerz und von den Vorlieben des Verstorbenen, und finde heraus, ob zu ihnen eine üppige Trauerfeier paßt oder eher etwas Intimes«, hatte mein Vater mir erklärt. »Man soll Menschen, die trauern, nicht damit belästigen, daß sie alles entscheiden müssen. Die Kunst besteht darin, ihnen nur das vorzuschlagen, was sie selber auch ausgesucht hätten.«

Aber mein Vater ließ sich manchmal von seiner Begeisterung ein wenig mitreißen und hielt sich nicht an seine eigenen Ratschläge. Das passierte meistens, wenn es um den Sarg ging. Für mich war das immer der beste Teil des Trauergesprächs. Mein Vater bat die Kunden dann, aufzustehen und zur hinteren Wand zu treten. Diese schmale Wand war eigentlich ein Schrank, dessen Türen tapeziert waren. Wenn man ihn öffnete, ging eine Lampe an, genau wie in einem Kühlschrank, und man stand vor einem geschlossenen Holzsarg.

Die Eltern des Mädchens traten unwillkürlich einen Schritt zurück, als mein Vater den Sarg öffnete. Das Mädchen lag gekühlt und zugedeckt in unserem Keller, aber die Mutter atmete so erleichtert aus, als sie sah, daß der Sarg leer war, daß ich es hinter der Tür deutlich hören konnte. Wir hatten nur diesen einen Sarg, den mein Vater als Anschauungsobjekt benutzte, dazu vier Urnenmodelle auf einem Regal in Augenhöhe, um den Kunden die Angebote zu erläutern. Während er ihnen die Vorteile der verschiedenen Hölzer beschrieb oder über die Sterbewäsche sprach, fuhr er mit der rechten Hand zärtlich über den Sarg. Jedes

Jahr um Weihnachten herum half ich ihm, das Holz mit Möbelpolitur einzureiben. Er träumte davon, irgendwann eine kleine Sarg- und Urnenausstellung in der Garage einzurichten, wenn das Geschäft erst einmal besser lief. Bis dahin mußte der Anschauungssarg genügen und ein Katalog, den er aus einem Schrankfach holte.

Neben dem Hygieneraum, im sogenannten Sargkeller, standen vorgefertigte Holzschalen für Sozialsärge, Kisten mit Werkzeug und Beschlägen, ein Vorrat an Urnen, und dort konnten wir auch bei Bedarf ein paar Särge aufbewahren. Für das restliche Angebot hatten wir in Eckernförde einen Lagerraum angemietet, wegen des Platzmangels in unserem Keller, aber vor allem, weil sich die Anlieferung der Sargteile so viel diskreter gestaltete.

Mein Vater hatte verschiedene Stoffstücke zur Hand und unterschiedliche Holzproben, die er neben den Anschauungssarg hielt. Er deutete mit dem Arm die ungefähre Länge an, die der Kindersarg haben würde, den wir in diesem Fall brauchten. Er forderte die Eltern auf, selbst über den Wäschestoff zu streichen, damit sie die Kühle des Satinstoffes fühlen konnten.

Irgendwann schloß mein Vater den Sarg und die Schranktüren. Die Eltern setzten sich wieder. Mein Vater holte das Album mit den Grabsteinen, die Mutter des Mädchens fing plötzlich an zu weinen, der Vater drückte ihr Ohr gegen seine Schulter und starrte geradeaus.

※

An einem Tag erwischte mich der Mann von Unten, als ich gerade nach einem Kopfschmerzenblitz eine Kundin nach

Hause geschickt und mich selber ins Bett gelegt hatte. Ich öffnete die Tür, die Bettdecke um mich gewickelt.

»Was ist los?« fragte der Mann von Unten, der auch einen richtigen Namen hatte, den ich aber nie benutzte, wenn ich an ihn dachte (Rolf oder Wolfgang).

»Ich bin krank«, sagte ich und schlich zurück zum Bett. Er folgte mir.

»Schon wieder?« sagte er, und es klang abfällig.

Ich goß mir Tee aus meiner Thermoskanne in die Tasse auf dem Nachttisch, er dampfte und roch gesund und heilsam. Ich legte mich wortlos wieder hin. Es hatte keinen Sinn, dem Mann von Unten zu erklären, daß man eine Krankheit ernst nehmen mußte, daß man sie auskurieren mußte, weil die Rache des Körpers sonst fürchterlich war. Eine Krankheit kam wieder, wenn sie nicht respektiert wurde, und forderte ihr Recht. Der Mann von Unten hatte kein Verständnis für solche Theorien. Ich ließ es zu, daß er sich setzte und meine Hand nahm.

»Felix«, sagte er, »ich denke nicht, daß du so ernsthaft krank bist.«

»Natürlich denkst du das nicht«, erwiderte ich. »Das würde ja heißen, du bist ganz umsonst raufgekommen.«

Er lachte verlegen, und sofort bereute ich es, grob zu ihm gewesen zu sein. Um es wiedergutzumachen, fragte ich (obwohl das selbstverständlich war): »Hattet ihr wieder Streit?«

Er nickte, ließ mich los und legte das Gesicht in die Hände.

Im Grunde, fand ich, stritten seine Freundin und er sich eher selten, höchstens einmal im Monat. Ich setzte mich auf, damit ich ihm einen Arm um die Schultern legen konnte.

»Erzähl doch mal«, sagte ich.

Erst zögerlich, dann immer flüssiger sprach der Mann von Unten, nahm irgendwann auch das Gesicht aus den Händen und war besser zu verstehen, erzählte die übliche Geschichte vom Unverständnis, Mißverstehen, Unverstandensein. Von der größten Gemeinheit überhaupt, daß Frauen in den unmöglichsten Momenten ihr sonst so warmes Herz kalt machten und sich weigerten, Trost zu spenden, wo er vonnöten war. Davon, daß man in solchen Augenblicken daran dachte, ihnen ihr kaltes Herz einfach rauszuholen mit dem nächstbesten Brieföffner. Dann schaute er mich direkt an und versah seinen Blick mit etwas Wildem. Er zauberte einen Zug von Gier in seine Mundwinkel. Ich war einigermaßen beeindruckt, obwohl ich wußte, daß er Schauspieler war. Er griff sich meinen Kopf, als würde er eine Melone vom Obststand nehmen, drehte mein Gesicht so, daß er nur den Kopf senken mußte, um mit seinem Mund auf meinen zu treffen. Bevor er mich küßte, gab er einen kleinen Laut von sich, eine Art Knurren; ich mußte mich zusammenreißen, um beim Küssen nicht zu grinsen.

Es war praktisch, daß ich bereits im Bett saß und wenig anhatte. Das ersparte uns einiges Geschiebe und Geknöpfe, und der Mann von Unten hielt sich – anders als Kohlmorgen – auch nicht mit dem einhändigen Ausziehen seiner Unterwäsche auf. Er schob die Kleidung einfach im ganzen ein Stück herunter, nur so viel, daß sie nicht mehr im Weg war. Mit dem Knie fixierte er mein linkes Bein, als hätte er Angst, ich könnte weglaufen, während er aus seiner Hosentasche ein Kondom hervorgrub und es, ohne zu zögern, überstreifte. Er prüfte kurz den korrekten Sitz des

Gummis, dann stürzte er vorwärts und gab sich alle Mühe, mich mit seiner Leidenschaft zu ersticken. Ich sah seine Schulter hüpfen und dahinter an der Wand, im selben Takt, das Bild mit dem Sanskrit-Schriftzug der Silbe Om.

Danach schlief er – anders als Kohlmorgen – niemals ein. Er machte geschickt einen Knoten in das Kondom, zog seine Kleidung wieder hoch und setzte sich für einen Moment neben mich aufs Bett, um mir mit einer gut durchbluteten Hand einige Male über die Wange zu streichen. Dann sammelte er sich und war bereit zu gehen und sich mit seiner Freundin zu versöhnen, die unten wahrscheinlich schon mit einer Tasse Kaffee auf ihn wartete. Ihr erzählte er immer (oder vielmehr brüllte er sie an), er brauche frische Luft, stürmte dann hinaus, knallte mit der Wohnungstür, lief über den Hof und durch den Fahrradkeller wieder ins Haus. Seine Freundin kannte es schon, daß seine Wut, wenn er nach einer Weile einfach wiederkam, vollkommen verraucht und er absolut versöhnungsbereit war.

»Was machst du eigentlich, wenn ihr euch streitet, und ich bin nicht da?« fragte ich.

Er sah mich verblüfft an und unterbrach sein Streicheln: »Du warst noch nie nicht da.«

Ich schloß meine Augen und atmete laut aus. Er drückte mir einen winzigen Kuß aufs Ohr und flüsterte: »Du bist überhaupt nicht krank.«

Dann schlich er sich aus dem Zimmer, warf im Vorbeigehen das Kondom ins Klo und zog, als er draußen war, die Wohnungstür mit einem leisen Klicken zu.

Mein Vater besorgte die Grabsteine in der Nähe von Kappeln bei einem kleinen Steinmetzbetrieb: Helferich & Senf. Das Haus war niedrig und von der Straße durch einen Vorgarten getrennt, in dem die Steinmetzarbeiten ausgestellt waren: flötende Jünglinge, blumenpflückende Mädchen, denen die Träger ihrer Kleidchen von der Schulter gerutscht waren, antike Statuen im verkleinerten Maßstab, aber auch jede Menge Tiere in allen Größen, Unken und Flamingos, die man um einen Gartenteich gruppieren konnte. Wenn man in die Auffahrt fuhr, knirschte der Kies. Ich wußte, daß man das Knirschen drinnen deutlich hören konnte, aber die beiden Inhaber, Erk Helferich und Dirk Senf, fuhren jedesmal, wenn Kundschaft kam, mit ihren Tätigkeiten fort, als hätten sie nichts gehört.

So war es auch, wenn wir kamen, mein Vater und ich. Erk Helferich las meistens Zeitung, Dirk Senf machte Kaffee oder wischte den Kassentisch oder staubte eine Skulptur ab. »Tag Fritz«, sagte dann einer von ihnen. Die Inhaber von Helferich & Senf waren die einzigen Menschen, die ich kannte, abgesehen von meiner Mutter und mir, die meinen Vater duzten.

Helferich & Senf hatten immer ein paar Grabsteine im Sortiment, und ab und zu entwarfen sie etwas Neues, dann kam mein Vater vorbei, um es für das Album zu photographieren.

Obwohl es für einen Bestatter nicht üblich war, kümmerte sich mein Vater besonders gerne und persönlich um den Stein. Man konnte es als eine Art Hobby von ihm bezeichnen. Und er schaffte es oft, die Kunden davon zu überzeugen, daß sie die Auswahl des richtigen Steins vor

Ort getrost ihm überlassen konnten, nachdem sie sich für einen Typus entschieden hatten.

Der Grabstein für das verstorbene Mädchen sollte ein Findling sein, und zusätzlich zu Namen und Daten wünschten die Angehörigen, daß ein kleines Bild eingemeißelt wurde, eine Taube mit einem Ölzweig im Schnabel. Mein Vater fuhr zusammen mit mir zu Helferich & Senf, um die Ware zu sichten und das Passende herauszusuchen.

Unser Wagen knirschte auf dem Kies, wir legten die Strecke vom Auto bis zum Ladengebäude mit knirschenden Schritten zurück, und als wir die Tür öffneten und eintraten, blätterte Erk Helferich eine Zeitungsseite um, und Dirk Senf stellte ihm eine Tasse Kaffee auf den Kassentisch.

»Tag Fritz«, sagte er.

»Tag zusammen«, sagte mein Vater. Er stupste mich an.

»Tag«, sagte ich.

»Wir brauchen etwas besonders Trauriges heute«, sagte er.

Erk Helferich war ein hagerer Mensch, lang und wettergegerbt, und weil er eine Glatze am Hinterkopf hatte, trug er meistens einen Hut mit einer Krempe und einer Kordel, den er Tirolerhut nannte. Er saß fast immer, wenn ich ihn sah, seine langen Beine von sich gestreckt, als habe er keine Kniegelenke. Er sprach nicht viel. Die Konversation übernahm Dirk Senf, der rundlich war und außerdem sehr viele Haare hatte. Er hatte immer Bartstoppeln im Gesicht, und das verlieh ihm eine gewisse Struktur, denn ansonsten gab sein Gesicht nichts her, woran der Blick des Betrachters hängenbleiben konnte. Durch die

Stoppeln gab es immerhin zwei Gesichtshälften, eine obere und eine untere.

Wir tranken Kaffee, bevor mein Vater zum Geschäftlichen überging. Für mich gab es Gemüsebrühe, weil ich weder Kaffee noch schwarzen Tee mochte.

Nach ein paar Schlucken begann mein Vater ein wenig stockend von dem Sterbefall zu berichten, den wir zu bearbeiten hatten.

Die beiden hörten aufmerksam zu, schließlich sagte Dirk Senf: »Das hört sich nach einem Findling an.«

»Richtig«, sagte mein Vater.

Ich stand mit dem Rücken an die Wand gelehnt und wartete, bis die anderen den Kaffee ausgetrunken hatten und ins Lager gingen. Erk Helferich würde sitzen bleiben mit seinen ausgestreckten Beinen, und ich hätte ihn dann eine Zeitlang ganz für mich alleine. Ich mußte nicht mit ins Lager kommen, wenn der Bestand gesichtet wurde. Grabsteine würde ich später lernen.

»Eins nach dem anderen«, hatte mein Vater gesagt. »Latein lernst du in der Schule ja auch erst, wenn du lesen kannst.«

Irgendwann stellte mein Vater endlich seine Tasse auf den Kassentisch und rieb die Hände aneinander.

»Dann laß uns mal sehen, was ihr so dahabt, Senf«, sagte er. Dirk Senf ging mit der Tasse in der Hand meinem Vater voran durch die Hintertür zum Lager.

Erk Helferich faltete seine Zeitung wieder auseinander und begann zu lesen. Ich sah vor mich hin. Mehrmals holte ich tief Luft, um zum Reden anzusetzen, und mehrmals verließ mich wieder der Mut. Die gedämpften Stimmen von Dirk Senf und meinem Vater drangen vom Hof aus zu uns. Draußen fuhr ein Auto auf der Straße vorbei, Richtung Kappeln.

Bedächtig legte Erk Helferich die Zeitung beiseite, schob seinen Hut nach vorne, um sich mit einer Faust im Nacken zu schubbern; dann schob er den Hut wieder nach hinten und sagte: »Na, komm her.«

Ich ging zu seinem Stuhl und blieb daneben stehen. Erk Helferich hob bedächtig einen Arm, legte seine große Handfläche gegen meinen Hinterkopf und zog mich kräftig zu sich heran. Er drückte mein Gesicht gegen seine Schulter, ich atmete seinen Geruch nach Staub und Schweiß und Kaffee ein, und für einen Moment fürchtete ich, ich würde anfangen zu weinen. Aber dann merkte ich, wie ich ruhiger wurde von dem Hemdstoff an meinem Gesicht, ich merkte, wie erst die Hutkrempe gegen meine Haare stieß und dann die Wange von Erk Helferich. Langsam, ganz langsam, wich die Unruhe von mir, und ich fühlte mich getröstet.

※

Die Aschenputteltaktik sah vor, daß ich in unregelmäßigen Abständen in Schmidts Leben auftauchte und sofort wieder verschwand. Randi hatte darüber gelesen. Das wichtigste war der Zeitpunkt. Um sich in ein Gedächtnis einzubrennen, mußte man immer in dem Moment erneut auftauchen, in dem gerade das Vergessen wieder einsetzte. Auf der Liste am Kühlschrank standen die Orte in der geplanten Reihenfolge, dahinter die idealen Zeitabstände. Ich hatte Randi verschwiegen, daß ich bereits einmal in Schmidts Leben aufgetaucht und wieder verschwunden war, indem ich nämlich direkt vor seiner Nase aus einem Busch herausgesprungen war.

Die erste Aschenputtelaktion mußte ich aus gesundheitlichen Gründen verschieben. Aber ich drückte mich nicht ewig davor und machte mich an einem verregneten Oktoberabend brav auf den Weg, um den ersten Punkt auf der Liste zu erledigen. Die ganze Sache war denkbar einfach, ich mußte im Grunde überhaupt nichts tun. Zweimal wartete ich in der Kneipe in Mettenhof drei Straßen von Schmidts Arbeitsplatz entfernt vergeblich auf ihn und seine Kollegen, am dritten Abend hatte ich Glück.

Schmidt kam herein, gefolgt von zwei seiner Kollegen, steuerte zielstrebig durch das Lokal und setzte sich an einen Tisch, von dem aus er mich im Augenwinkel hatte. Es hätte nicht besser laufen können, Randi wäre sehr zufrieden gewesen. Eine halbe Stunde ungefähr hielt ich mich in Schmidts Augenwinkel auf, dann zahlte ich, stand auf und verließ die Kneipe. Ich konnte die Blicke, die mir folgten, im Rücken spüren, ließ im Gehen ein wenig die Hüften einknicken und hoffte, daß auch der Blick von Schmidt dabei war.

Das war es auch schon. Von allen Punkten auf der Liste war dies bei weitem der aufwendigste gewesen, das weitere Vorgehen verlangte mir noch weniger ab.

»Wenn du eine geschäftliche Entscheidung treffen mußt, merke dir: Die einfachste Strategie ist meistens die effektivste«, hatte mein Vater gesagt (aber er hatte auch gesagt: »Die einfachsten Fragen sind meistens die schwersten.«).

JETZT HIESS ES WARTEN, mindestens eine Woche, Randi sagte, je länger, desto besser, am liebsten einen ganzen Monat. Ich fand das übertrieben und setzte die nächste Aschenputtelaktion in der kommenden Woche an. Es war eine Doppelkombination.

An einem Abend, ungefähr zu der Zeit, wenn Schmidt normalerweise von seiner Arbeit nach Hause kam, ließ ich meinen Roller neben dem Fußweg, der zum Hauseingang führte, stehen. Hinter den Mülltonnen wartete ich, bis Schmidt sicher im Haus verschwunden war, und fuhr wieder zurück in die Yorckstraße. Zwei Abende später parkte ich den Roller um dieselbe Zeit an derselben Stelle und ging ins Haus. Vom Treppenhausfenster im ersten Stock behielt ich den Fußweg im Blick, und als Schmidt kam, schritt ich forsch die Treppe hinunter, begegnete ihm mit bemerkenswerter Präzision genau im Eingang. Kürzestmöglicher direkter Blickkontakt, dann zum Roller, draufsetzen, Helm auf und starten. Für einen Moment hatte ich den Hauseingang im Rückspiegel und sah, daß Schmidt stehengeblieben war, um mir nachzusehen. Ich konnte kaum glauben, daß alles genau so verlief, wie Randi es vorhergesagt hatte.

»Warum weißt du eigentlich so viel über Männer?« fragte ich sie beim Frühstück am nächsten Tag (sie behauptete, sie habe schulfrei wegen eines Feiertags, den ich nicht kannte).

»Warum weißt du so wenig?« fragte sie zurück und zerkaute krachend einen Löffel voll Cornflakes. »Man hätte dich überhaupt nicht für volljährig erklären sollen.«

Volljährigkeit war eines von Randis Lieblingsthemen zur Zeit. Wer volljährig war, konnte rauchen, trinken, Auto fahren und von zu Hause ausziehen. Sie hatte irgendwo gehört, man könne sich früher für volljährig erklären lassen, und hatte deswegen bereits beim Jugendamt angerufen und sich erkundigt.

»Es gibt eine ganze Menge Dinge bezüglich Männern, von denen ich mehr Ahnung habe als du«, sagte ich.

»Was zum Beispiel?« fragte sie.

»Sex«, sagte ich.

»Ich weiß alles über Sex«, sagte sie.

»Ist gut«, lenkte ich ein. »Das meiste kann man lernen, und außerdem geht es hier ja gar nicht darum. Die Hauptsache ist, daß sich die Zielperson unserer Strategie entsprechend verhalten hat, und das ist ja wohl auch dein Verdienst.«

»Ich brauche nichts mehr zu lernen«, murmelte sie. Sie rührte unwillig in ihren Cornflakes herum, die immer mehr durchweichten.

Sie tat mir leid, ich wollte etwas Tröstendes sagen. »In deinem Alter muß man noch nicht so viel über Sex wissen, außer, daß man davon schwanger wird und besser noch ein bißchen wartet.«

»Da sieht man, wie wenig Ahnung du hast«, erwiderte sie und zündete sich eine Zigarette an.

※

Gunnar verschwand mehr oder weniger endgültig aus meinem Leben, als die Grundschulzeit zu Ende war und wir beide auf unterschiedliche Schulen geschickt wurden. Ich kam auf das Gymnasium in Eckernförde, und meine Eltern waren nicht nur stolz, für sie kam im Grunde gar nichts anderes in Frage.

»Gerade eine Frau braucht heutzutage eine gute Bildung«, sagte meine Mutter, und mein Vater nickte dazu. Dieses Nicken war gleichsam die Übergabe des erzieherischen Staffelholzes an meine Mutter. Natürlich hörte mein Vater nicht auf, mich in unserem Beruf auszubilden, aber das Wort meiner Mutter gewann an Gewicht und stellte sich zuweilen gegen das meines Vaters.

Gleichzeitig mit meinem Eintritt ins Gymnasium und damit in die weite Welt, die dort begann, wo ich mit meinem Kinderfahrrad nicht mehr hinfahren konnte, wurde ich in der Hierarchie des Familienunternehmens befördert. Es wurde mir fortan erlaubt, mich bei ausgewählten Beratungs- und Trauergesprächen im selben Raum aufzuhalten. Im Beratungszimmer wurde ein Stuhl für mich aufgestellt. Zunächst saß ich schweigend und still dabei; im Laufe des Schuljahres fand mein Vater heraus, daß es vielen Kunden ein Lächeln entlockte und die Stimmung allgemein etwas hob, wenn ich diejenige war, die auf ein Stichwort den Sarg- und Urnenkatalog oder das Album mit den Grabsteinen brachte. Zwar war ich aus meinem lilafarbenen Spielanzug endlich ganz herausgewachsen, aber ein dunkles Lila blieb die einzige Farbe, auf die meine Eltern sich in dieser Zeit für mich einigen konnten. Solange ich im Beratungszimmer oder bei einem Hausbesuch anwesend war, bestand mein Vater darauf, daß ich eine gedeckte, dunkle Farbe trug. Meine Mutter tat jedes Blau oder Schwarz als Jungsfarbe ab und duldete es nicht an einem heranwachsenden Mädchen wie mir. Mein Vater fand Lila scheußlich, aber er gab nach.

Diesen ersten Satz – den Satz mit der guten Bildung, die eine Frau heutzutage brauche – trompetete meine Mutter mitten in ein Gespräch zwischen mir und meinem Vater.

Ich war gerade von der Schule nach Hause gekommen. Gunnar hatte mir in der großen Pause anvertraut, er habe eine Hauptschulempfehlung bekommen und werde deshalb nach den Sommerferien auf die Realschule gehen. Wir saßen oben auf der Kletterwand, auf unserem Stammplatz, spuckten runter und malten uns dabei aus, daß die Lehrerin gerade unten vorbeiging und mitten auf den Kopf getroffen wurde. Ich lief nach Hause, wartete diskret hinter dem Guckloch, bis mein Vater an seinem Schreibtisch im Beratungszimmer einige Telefonate erledigt und seine Unterlagen sortiert hatte, dann stellte ich mich neben ihn und fragte: »Was für eine Empfehlung habe ich?«

Erst verstand er nicht, was ich meinte. Er blickte von seinen Papieren auf und hatte seinen »Urnenblick«, wie meine Mutter es nannte.

»Von der Schule«, sagte ich. »Was für eine Empfehlung?«

»Oh«, sagte mein Vater gedehnt. »Dir ist klar, daß dieses Gutachten von deiner Lehrerin nur für die Eltern bestimmt ist, nicht wahr? Wenn deine Lehrerin gewollt hätte, daß du es liest, dann hätte sie es auch an dich adressiert, richtig?«

»Aber alle wissen, was für eine Empfehlung sie haben!« rief ich und erschrak im selben Augenblick darüber, wie laut meine Stimme im Beratungszimmer klang, wo normalerweise leise gesprochen wurde.

»Nun, aber wir sind nicht alle. Wir halten uns an die Regeln. Wenn etwas nicht ausgeplaudert werden soll, dann muß man es für sich behalten«, sagte mein Vater milde und meinen kleinen Ausbruch ignorierend. »Das ist eines der wichtigsten Gebote für einen Totengräber.« Er zwinkerte mir zu. Er benutzte das Wort Totengräber nur, wenn wir allein waren.

»Gunnar hat Hauptschule«, sagte ich.

»Ach darum geht es«, sagte mein Vater.

Ich fand, ich könnte ebensogut auf die Realschule gehen wie Gunnar. Außerdem war ich nicht sicher, wie er klarkommen würde ohne meine Stifte. Mein Vater versuchte, feierlich zu klingen, als er mir eröffnete, daß ich im nächsten Schuljahr aufs Gymnasium gehen würde, in Eckernförde.

»Kann ich nicht lieber zu Gunnar?« fragte ich.

Und da sagte meine Mutter ihren Satz: »Gerade eine Frau braucht heutzutage eine gute Bildung.«

Erschrocken drehten mein Vater und ich uns zu ihr um. Sie mußte schon eine ganze Weile schweigend im Türrahmen gestanden und uns zugehört haben, ohne sich bemerkbar zu machen, ein Denkmal vollendeter Diskretion. Für einen Moment war es still, dann nickte mein Vater, und ich begriff, daß in dieser Angelegenheit soeben das letzte Wort gesprochen war.

Die ganzen Sommerferien über kletterten Gunnar und ich schweigend und verbissen in der Umgebung herum und absolvierten schließlich gemeinsam unsere Meisterprüfung an der lehmigen Steilküste von Kleinulsby. Oben angekommen, saßen wir nebeneinander mit hängenden Beinen an der Abbruchkante, schmutzig, schwer atmend und ungemein zufrieden mit uns, und starrten auf die Bucht hinaus. Ein paar Möwen segelten durchs Bild.

Während ich darüber nachdachte, wieviel schöner es doch wäre, wenn das langweilige gegenüberliegende Ufer sich zum Teufel scheren und uns einen freien Blick über die Ostsee bis zum Horizont schenken würde, faßte Gunnar mich plötzlich unters Kinn, drehte mein Gesicht und küßte mich auf den Mund. Für einen Augenblick sahen wir uns danach prüfend ins Gesicht, dann zog er den Rotz in seiner Nase hoch, und wir wandten unsere Aufmerksamkeit wieder der Bucht zu.

Nach diesem Nachmittag auf der Steilküste trafen Gunnar und ich uns noch zwei oder drei Mal, bevor das neue Schuljahr begann. Über den Kuß verloren wir kein Wort. Wir ahnten beide, er war aus einem Gefühl der Euphorie heraus geboren, vielleicht war es auch ein Experiment gewesen, aber letztlich hatte er uns beiden nur bestätigt, was wir ohnehin längst wußten: daß die Liebe eine ziemlich alberne Angelegenheit war.

Eckernförde

Wir hatten beschlossen, die Andere Frau zu ignorieren. Wir wollten uns ganz auf Schmidt konzentrieren, ihm einen Köder auslegen und später bequem die Leine einholen. Die Andere Frau hatte mich nicht zu interessieren. Wenn sie seine Geliebte war, würde er sie planmäßig früher oder später zu meinen Gunsten abservieren; wenn sie seine Schwester war, spielte sie in unserem Vorhaben ohnehin keine Rolle.

Ich war wie vorgesehen in unregelmäßigen Abständen in Schmidts Leben aufgetaucht und wieder verschwunden. Ich hatte ihn mit meinem Einkaufswagen im Supermarkt beinahe gerammt, hatte einen Teeladen gerade betreten, als er ihn verlassen wollte, hatte hie und da einfach meinen Roller am Wegesrand geparkt und mit Zufriedenheit zugeguckt, wie er sich nach mir umsah und einmal sogar mit einer Hand über den Sitz strich. Es waren mehrere Wochen vergangen, der Herbst war fast zum Winter geworden, das feuchte Laub vermoderte in den Rinnsteinen von Kiels Straßen und war frühmorgens mit einer pelzigen Rauhreifschicht überzogen. Auf der Liste am Kühlschrank standen nur noch zwei Aufgaben, die ich erledigen mußte, bevor Randi und ich in einer neuen Konferenz Teil Zwei des Plans ausarbeiten konnten.

Als ich an einem Samstagabend aus dem Kino kam (ein amüsanter Film mit einem leider recht unattraktiven Hauptdarsteller), wurde ich selber Opfer einer Aschenputtelaktion. Gerade als ich mich umdrehen und nach Hause gehen wollte, erspähte ich die Andere Frau, die auf der gegenüberliegenden Straßenseite entlangschlenderte. Ohne nachzudenken, zog ich mich in den Schatten eines Hauseingangs zurück, wartete, bis sie einen Vorsprung hatte, und folgte ihr.

Sie trug Schuhe mit hohen Absätzen; in den leeren nächtlichen Straßen konnte ich ihre Schritte deutlich hören. Ein schneidend kalter Wind fuhr durch die Stadt, gegen den meine Zähne, sobald ich den Mund auch nur einen Spalt breit öffnete, schmerzhaft protestierten. Die Andere Frau rauchte, ich kam an zwei Kippen vorbei, die noch glühten, weil sie sich nicht die Mühe gemacht hatte, sie auszutreten. Als wir in der Bergstraße angekommen waren, konnte ich den Abstand zwischen uns ohne Risiko verringern, weil die Straße voller Menschen war. Andererseits mußte ich jetzt gut aufpassen, daß ich sie nicht aus den Augen verlor. Vor einem einzigen Gebäudekomplex herrschte reges Treiben, während alle anderen Straßen wie leergefegt waren. Einzelne Gruppen standen beieinander und diskutierten, wie der Abend weitergehen sollte, einige Personen entfernten sich zügig und frierend, ein paar kippten Bier aus Dosen in sich hinein, um sich eine gute Alkoholgrundlage für die folgenden Stunden zu verschaffen oder weil sie kein Bier mit in die Disko nehmen durften und nichts wegwerfen wollten. Ich hatte bisher eher einen Bogen gemacht um diesen merkwürdigen Straßenabschnitt, der sich nachts in einen Bienenstock verwandelte und tagsüber nach Urin stank.

Die Andere Frau tauchte zielstrebig hinab in die Katakomben von Kiels Nachtleben, und ich mit ihr. Sie klapperte auf ihren Absätzen an den Menschen vorbei, die sich vor dem Eingang drängten, stieg die Stufen hinunter, eine Treppe nach der anderen, immer tiefer in die Eingeweide des Gebäudes, und steuerte mit wiegendem Gang auf die Tür einer Kneipe zu, die nach einem Philosophen benannt war. Drinnen suchte sie sich einen Platz am Tresen. Ein paar Leute spielten Billard, die Musik aus den Lautsprechern mischte sich mit den dröhnenden Bässen aus der Diskothek, die direkt hinter der Wand lag. Die Luft war schlecht, es gab keine Fenster, und das Licht war schmutziggelb. Ich suchte mir einen Platz mit Blick auf die Bar und den Rücken der Anderen Frau.

Ihre Haare waren von einem gelblichen Blond, das künstlich wirkte, besonders bei dieser Beleuchtung, und sie sahen ein wenig strohig aus. Sie hatte sich etwas zu trinken bestellt, was es war, konnte ich nicht erkennen, ihr Rücken war zu breit. Sie hatte ihren Mantel ausgezogen und neben sich auf einen Barhocker gelegt, aber auch ohne die Polster wirkten ihre Schultern kräftig wie die einer Schwimmerin oder Gewichtheberin. Eine ganze Weile starrte ich einfach auf ihren Rücken und tat gar nichts, bis ich begriff, daß man in dieser Kneipe nicht am Tisch bedient wurde, sondern zur Theke gehen und sich sein Getränk selbst abholen mußte. Auf einer Tafel standen mit leicht verwischter Kreide die Angebote des Tages: ein einfacher Cocktail, verschiedene belegte Baguettes, ein Lakritzschnaps; als ich dazukam, stellte der Barkeeper gerade einen Teller mit einem Baguette vor die Andere Frau. Ich bestellte eine Apfelsaftschorle und hatte Zeit, während der Barkeeper mein Getränk für mich herstellte, der Anderen Frau beim Essen zuzusehen. Ich konzentrierte mich auf die Frage nach der Familienähnlichkeit.

Die Beleuchtung war schlecht. An den Augen hätte ich es vielleicht sehen können, aber der Blick, den sie mir zugeworfen hatte, als ich bestellte, war zu flüchtig gewesen. Gleich danach hatte sie die Haare so vor ihr Profil fallen lassen, daß die Augenpartie im Schatten lag. Sie benutzte Messer und Gabel, um ihr Baguette zu essen; ich konnte sehen, wie sich die Lippen über der Gabel schlossen, sorgfältig geschminkte Lippen in einer sanften Lachsfarbe. Der Kiefer war kräftig, eckig, soweit man den Verlauf der Kieferlinie hinter den Haaren erahnen konnte. Die Andere Frau setzte ihre Gabel auf eine Kirschtomate an, und der Barkeeper stellte meine Apfelsaftschorle auf den Tresen. Ich zahlte und verzog mich auf meinen Platz am Tisch mit Blick auf den Rücken der Anderen Frau.

Die Frage nach der Familienähnlichkeit blieb weiterhin offen, und auf keinen Fall durfte ich Randi erzählen, daß ich mich von einer Kirschtomate hatte ablenken lassen, als die Antwort sich so dicht vor meiner Nase befand.

Ich starrte den Rücken an, konnte sehen, daß die Andere Frau sich mit dem Barmann unterhielt, nachdem sie mit dem Essen fertig war; mit der Zeit wurde es voller in der Kellerkneipe, zwei Stühle an meinem Tisch wurden einfach an einen anderen Tisch gezogen, auf die beiden übrigen setzten sich irgendwann zwei häßliche Mädchen, die sich Cola holten, aus einem Flachmann etwas hineinkippten und meinen Blick versperrten. Ich stand auf und ging.

Vor dem Eingang des Gebäudes stand ich eine Weile herum, weil ich mich nicht entschließen konnte, einfach wieder nach Hause zu gehen. Es war eine großartige Chance, denn da die Andere Frau offensichtlich zu Fuß unterwegs war, konnte ich ihr bis nach Hause folgen, wo immer das war (bei

Schmidt oder eben nicht). Als ich immer mehr fror, fiel mir ein, daß sie genausogut ein Taxi nehmen konnte, und dann hätte ich ganz umsonst in der Kälte geschmachtet und wäre nicht schlauer als vorher, es sei denn, ich leistete mir ebenfalls ein teures Taxi und sagte zum Fahrer den berühmten Satz: »Folgen Sie dem Wagen!« Als meine Füße anfingen, eiskalt zu werden, dachte ich daran, daß Randi mir erklärt hatte, die Sache mit der Anderen Frau würde sich früher oder später von selbst erledigen. Was würde es mir nützen, zu wissen, wo sie wohnte? Was würde es an unserem Plan ändern, wenn sie heute nacht noch zu Schmidt ging? Langsam setzte ich mich in Bewegung, zurück zum Kino, wo ich meinen Roller abgestellt hatte. Ich fragte mich, wozu ich überhaupt nachts irgendwelchen Menschen folgte, anstatt brav im Bett zu liegen und es warm und gemütlich zu haben und mich bei passender Gelegenheit einfach in einen netten Mann zu verlieben, zum Beispiel auf dem Weihnachtsmarkt.

IM FLUR MEINER WOHNUNG fand ich ein Kärtchen auf dem Boden, auf dem, verziert mit einem Herzchen, stand: *Nicht erschrecken. Ich bin da. T.K.* T.K. hieß Torben Kohlmorgen, und wenn man die Karte umdrehte, stand dort die Adresse der Spedition, für die er arbeitete.

Es gab Zeiten, da war ich froh, Kohlmorgen bei mir zu haben, und dies war so ein Abend. Ich war durchgefroren bis auf die Knochen, ich spürte meine Zehen nicht mehr und hatte eine Träne im Augenwinkel, die sich seit dem Moment ihres Entstehens nicht mehr weiterbewegt hatte und aller Wahrscheinlichkeit nach vereist war. Allein die Vorstellung, daß Kohlmorgen mein Bett angewärmt hatte, verschaffte mir so viel inneres Wohlbehagen, daß ich die Augen schließen mußte.

Sehr leise putzte ich mir die Zähne, betätigte die Klospülung so zart wie möglich, schlich ins Schlafzimmer, ohne das Licht anzumachen, zog mich vorsichtig aus, und Kohlmorgen sagte laut und verschlafen: »Felizia, meine Sonne.«

»Schlaf einfach weiter, ich krieche sofort zu dir ins Bett«, flüsterte ich.

»Ich schlaf schon seit Stunden. Und für dich bin ich sowieso lieber wach«, sagte er. Das Schlafzimmer war so klein oder vielleicht war Kohlmorgens Arm einfach so lang, daß er vom Bett aus nach mir greifen und mich zu sich heranziehen konnte. Er umfaßte mit beiden Händen meinen Hintern, preßte sein Gesicht gegen meine Oberschenkel und sagte dort mit gequetschter Stimme: »Felizia, ich liebe dich.«

Die Wärme seiner Hände an meinem Hintern machte mich wahnsinnig, sie löste die Apathie, in die mein Körper angesichts der Kälte verfallen war, und brachte meine Knie dazu, frierend gegeneinanderzuschlagen. Aber um ins Bett zu kommen, mußte ich an Kohlmorgen vorbei, dem hünenhaften Hüter der Behaglichkeit, der einen Wegzoll forderte, den es nicht kümmerte, wenn meine Füße abstarben, während er mit meinen Schenkeln beschäftigt war.

»Kohlmorgen«, flüsterte ich und strich ihm ein bißchen übers Haar, »heute lieber nicht, ja? Geht gerade nicht so gut, du weißt schon.«

Er nahm das Gesicht von meinen Oberschenkeln. »Na so was. Da habe ich ja richtig Pech.«

Er schlug ein wenig die Bettdecke zurück, die herrliche,

angewärmte, dicke Bettdecke, damit ich drunterschlüpfen konnte, und sagte: »Da muß ich wohl sehen, daß ich nächste Woche noch mal wiederkomme, was?«

Ich drückte mich fest an ihn, und er verlor kein Wort über die Kälte meiner Füße, die ich zwischen seine Beine steckte, er legte mir sogar eine große, warme Pranke auf den Bauch. Kurz bevor ich einschlief, hörte ich ihn noch einmal ungläubig murmeln: »Na so was.«

※

Das erste, was mir an der neuen Schule in Eckernförde auffiel, war der Lärm. Er schlug einem bereits entgegen, wenn man sich dem Schulgebäude näherte. Am ersten Tag hatte mein Vater mich hingebracht. Er hatte die Klebefolien mit dem Schriftzug an den Türen angebracht, das tat er immer öfter, wenn er nach Eckernförde fuhr, »Reklamefahren« nannte er das. Danach nahm ich immer den Schulbus, der vollgestopft war mit Kindern zwischen zehn und fünfzehn; fast alle, die älter waren, hatten Roller oder Motorräder und später auch Autos.

Ich kam gut zurecht in der neuen Schule. Alles war natürlich größer als in Kleinulsby, aber das war zu erwarten gewesen.

Vom ersten Tag an tat ich, was ich am besten konnte: Ich hielt mich diskret im Hintergrund. Aus meiner Grundschule in Ulsby waren nur zwei Personen in meiner neuen Klasse, ein Mädchen, bei dem ich einmal zum Geburtstag eingeladen gewesen war und mit dem ich ansonsten wenig zu tun gehabt hatte, und ein dicklicher unangenehmer Junge, dem ich aus dem Weg ging, weil er nach eigenen Aussagen Meister darin war, lebende Frösche mit einem Strohhalm aufzublasen.

In der neuen Klasse waren nur zehn Kinder mehr als in meiner Grundschulklasse, aber genau das schien den Unterschied auszumachen. Der Lärm war unerträglich. Manchmal meinte ich, allein vom Geräusch der kratzenden Füllfederhalter auf den Heften verrückt zu werden, vierundzwanzig kratzende Füller, die Schritte der Lehrerin, immer irgendwo ein halblautes Gemurmel, Gekicher, eine Luft, die so dick war wie Kartoffelsuppe. Ich gewöhnte mir an, morgens heimlich etwas von dem Desinfektionsmittel aus dem Hygieneraum in meine Schultasche zu sprühen, und tatsächlich rochen meine Hefte und Bücher frisch und seltsam sauerstoffreich, wenn ich sie in der Schule herausnahm. Zuerst hatte ich einen Platz am Fenster, aber weil ich zuviel nach draußen schaute und die Klassenlehrerin fürchtete, ich wäre zu sehr abgelenkt, wurde ich an einen Tisch in der Mitte des Raumes gesetzt. Ich hatte Schwierigkeiten, dem Unterricht zu folgen, obwohl der Stoff weder schwer noch uninteressant war. Ich arbeitete mit, hörte zu, aber der Versuch, mich von dem Lärm, den die vielen Kinder um mich herum veranstalteten, nicht ablenken zu lassen, kostete mich viel Konzentration, und häufig kam ich in den ersten Wochen mit Kopfschmerzen nach Hause. Im Bus allerdings, wo es am lautesten war, schlief ich meistens erschöpft ein, den Kopf auf meine Schultasche und ihren sauberen Geruch gebettet.

IN DEN PAUSEN lehnte ich am Zaun und schaute den anderen zu. Sie hätten mich selbstverständlich mitmachen lassen bei ihren Spielen; die Jungs ließen die Mädchen im ersten Jahr sogar noch in die Fußballmannschaft, wenn sie sich an die Regeln des Schulhoffußballs hielten, das mit einem Tennisball und einem einzelnen, mit Jacken markierten Tor auskam. Und für die Mädchen gehörte ich einfach zu ihnen, ein paar von ihnen kümmerten sich ganz rührend um mich, weil sie meinten, ich sei schüchtern und ängstlich. Mit der Zeit aber gaben sie es auf und ließen mich in Ruhe. Ich wollte lieber zusehen, weil ich mich erholen mußte vom Unterricht. Wenn es Bäume gegeben hätte, wäre ich raufgeklettert, das war ein bewährtes Rezept gegen Streß, aber da nur Fußball und abwechselnd Schwenkeltau, Gummitwist oder Zitronenticker zur Auswahl standen, zog ich meinen Platz am Zaun vor. Wenn ich dort allein stand, konnte ich das Geschrei des Schulhofs irgendwie ausblenden und in mir eine erholsame Stille erzeugen, die mir Kraft gab, mich den nächsten Stunden zu stellen.

Außer mir gab es noch ein paar andere Kinder aus der Klasse, die nicht mitspielten – die Aussortierten. Eines von ihnen, ein Mädchen, war so dick, daß es bereits außer Atem war, wenn es die Eingangstreppe hochlief. Es saß die meiste Zeit allein auf der Betonumfassung eines Blumenbeets in der Mitte des Hofes und widmete sich seinem Pausenbrot. Ein paar andere standen abseits beieinander, aber ich konnte nicht feststellen, weshalb sie sich nicht zu den anderen gesellten, sie sahen ganz normal aus, nur von einem von ihnen wußte ich, daß er einen Sprachfehler hatte und beim Reden manchmal so spuckte, daß man besser Abstand zu ihm hielt.

Ein schmächtiger blonder Junge fiel mir immer wieder auf, weil er flanierte. Er stand weder mit den Aussortierten zusammen, noch spielte er Fußball, er spazierte während der Pause die ganze Zeit über den Schulhof und sah sich alles an. Er ging umher, als wäre er unsichtbar, von allen unbehelligt, aber auch von niemandem direkt angesprochen. Im Unterricht saß er in derselben Reihe wie ich, und ich hatte bemerkt, daß er sich, wenn etwas an die Tafel geschrieben wurde, sehr weit vorbeugte, um es zu lesen. Er promenierte über den Hof, und immer wieder kam er mir dabei nahe, schaute mich interessiert an, spazierte weiter, und ich fing an, ihn im Auge zu behalten, um vorbereitet zu sein, falls er zu nahe kam.

Aber ich war nicht vorbereitet auf Tobi, als er mir tatsächlich nahe kam. Wie immer lehnte ich am Zaun, ließ es still werden in mir und schaute den anderen zu, als er sich mir von der Seite näherte. Ich bemerkte ihn im Augenwinkel und sah weiter geradeaus. Er schlenderte am Zaun entlang, fuhr mit seinen Fingerspitzen im Gehen über die Streben und lehnte sich ein paar Schritte von mir entfernt ebenfalls an. Daß er nicht mehr in Bewegung war, fand ich alarmierend. Ich gab mir alle Mühe, die Stille in mir festzuhalten, den Jungen auszublenden wie den Lärm, aber ich hörte ihn laut und deutlich, als er sich zu mir wandte und sagte: »Kann ich dir vielleicht eine private Frage stellen?«

Ich sah ihn etwas entsetzt an. Das deutete er als Zustimmung.

»Also, was ich schon immer wissen wollte: Wie ist das eigentlich, wenn man seine Tage hat?«

Für einen Moment hatte ich das heftige Bedürfnis, meine Zähne sehr fest in seinen Arm zu graben. Aber ich stand nur da mit hängenden Schultern und wußte nicht, was ich sagen sollte. Er wartete geduldig. Schließlich brachte ich einen krächzenden Satz heraus: »Weiß ich nicht.«

»Noch nicht«, stellte der Junge fest und kam dabei ein bißchen näher heran, damit wir uns besser unterhalten konnten.

»Aber du kannst mir ja davon erzählen, wenn du es dann mal weißt.«

»Ja«, sagte ich.

»Abgemacht?« fragte der Junge.

»Abgemacht.«

Eine Weile standen wir nebeneinander und sahen den anderen zu. Dann sagte der Junge plötzlich: »Und was meinst du, wie lange das noch dauern wird?«

※

Als ich aufwachte, war Kohlmorgen bereits verschwunden und hatte mir auf dem Bettvorleger eine weitere Visitenkarte hinterlassen, mit einem für seine Verhältnisse recht gewagten Text: *Wir haben was nachzuholen, Schätzchen.*

Ich machte mir gerade in der Küche einen Kaffee, als es an der Tür klingelte. Unten stand eine Kundin, die zufällig vorbeigekommen war, eine, die schon einmal dagewesen war und die das Schicksal seltsamerweise ausgerechnet heute morgen durch die Yorckstraße geführt hatte, wo sie doch normalerweise immer vorher abbiegt. Das erzählte sie mir durch die Gegensprechanlage und fügte dann hinzu, auf den Haustürstufen liege übrigens eine tote Taube. Seufzend drückte ich auf den Türöffner. Während die Kundin die Treppen hochstieg, wickelte ich mir einen Turban um meine verstrubbelten Haare und zündete ein Räucherstäbchen an, um den Geruch von Kohlmorgen zu vertreiben, der erfahrungsgemäß recht aufdringlich in der Wohnung hing, wenn man von draußen hereinkam. Mit dem Fuß schob ich die Kissen zurecht und hastete zur Wohnungstür. Kaffee konnte ich auch später trinken. Ich wußte, daß dieser Gedanke meinem Vater gefallen hätte. »Der Kunde ist König«, hätte er noch ergänzt. Er scheute sich nicht, ab und zu in seinen Bemerkungen banal zu sein.

Die Kundin, die vor der Tür stand, war die Frau von Schmidt.

Nur um meinem Vater eins auszuwischen, fragte ich sie, ob es ihr etwas ausmache, wenn ich während unserer Sitzung meinen Kaffee tränke, ich hätte noch nicht gefrühstückt.

»Möchten Sie vielleicht auch eine Tasse?« fragte ich.

»Kaffee?« fragte die Frau, als hätte ich meinen Morgenurin angeboten.

»Arabischer Kaffee«, sagte ich erklärend. »Aus dem Orient. Weckt die Lebensgeister und bündelt die Energie für den kommenden Tag.«

Daraufhin wollte sie auch eine Tasse, und in der Küche streute ich eine Prise Kardamom in die Kanne, denn ich hatte gelesen, daß die Araber das so machen. Wir ließen uns auf den Kissen nieder, ich entzündete einige Kerzen und startete unauffällig mit der Fernbedienung die Hintergrundmusik.

Ich legte die Schwert-Sieben, die Stab-Acht und die Stab-Neun sowie die Münz-Zwei. Wir betrachteten die Bilder, die ich kreuzförmig auf dem Boden ausgelegt hatte, und bevor ich anfangen konnte zu erklären, fühlte sich Frau Schmidt bereits von den Motiven bestätigt.

»Sehen Sie, wie hier der Mann die Schwerter wegträgt? Ein paar läßt er stehen, aber er schleicht sich mit den meisten davon«, sagte sie. »Genauso hat er es gemacht gestern. Taucht plötzlich auf und packt sich Sachen ein. Ich wette, er hat gehofft, daß ich gar nicht zu Hause bin, der wollte am liebsten einfach heimlich wegschleichen, genau wie auf dem Bild hier. Was bedeutet das?«

»Die Karte deutet eigentlich darauf hin, daß jemand versucht, einen Konflikt mit Hilfe einer List zu lösen. Es geht tatsächlich um Heimlichkeiten. Aber es ist keine Lösung, die daraus entsteht, nur neuer Zweifel und neues Mißtrauen«, sagte ich. »Was hat er denn mitgenommen?«

»Möbel und Sachen«, sagte sie. »Soviel, wie ins Auto ging.«

Ich betrachtete die anderen Karten und deutete auf die Stab-Neun.

»Sie halten an etwas fest, was Ihnen bereits gar nichts mehr nützt«, sagte ich.

»Wahrscheinlich haben Sie sogar recht«, sagte Frau Schmidt.

»Nicht ich«, antwortete ich, »die Karten.« Und als wäre es abgesprochen, flackerte die Kerzenflamme neben mir und dimmte ihren Schein. Ich kaufte eine spezielle Sorte sehr billiger Kerzen, die die hilfreiche Angewohnheit hatten, ungleichmäßig herunterzubrennen.

»Was für Möbel waren es denn?«

›Soviel, wie ins Auto ging‹ hieß ungefähr: ein Bücherregal mit den dazugehörigen Kisten voller Bücher, ein Badezimmerschränkchen und ein Nachttisch, Bettwäsche, Handtücher, CDs, eine mittelgroße Zimmerpalme und einige Küchengeräte, zum Beispiel die Friteuse, die Frau Schmidt so selten benutzte, obwohl Schmidt sie ihr einst geschenkt hatte. Mir kam das nicht besonders viel vor, aber ich verstand, daß es um die Geste ging, darum, daß Schmidt nach und nach seine Sachen aus dem gemeinsamen Haus in seine neue Bleibe transportierte und daß es ganz danach aussah, als habe er vorerst nicht vor zurückzukommen.

Ich goß uns beiden Kaffee nach, und Frau Schmidt nahm ihre Tasse und hielt sie sich nachdenklich an die Wange. Ich berührte meine Tasse mit der Handinnenfläche – sie war sehr heiß, und ich fand meine Vermutung, Frau Schmidt sei irgendwie allgemein unterkühlt, bestätigt. Menschen, in deren Adern kaltes Blut fließt, sehnen sich die ganze Zeit nach Wärme, egal welcher Art, und manchmal ist eine Tasse Kaffee eben besser als gar nichts. Ich dachte kurz an Kohlmorgen, der mir gestern abend das Bett so wunderbar vorgewärmt hatte. Ich entschied, daß es letztlich eine Wärmflasche auch getan hätte und daß mich seine naturgegebene durchschnittliche Körpertemperatur zu keinerlei Dankbarkeit verpflichtete.

»Diesmal sagen die Karten aber nichts von einer anderen Frau, nicht wahr?« fragte plötzlich Frau Schmidt.

»Nein«, sagte ich, »diesmal überhaupt keine Personen.«

Die Kaffeetasse wanderte tiefer und wärmte nun Hals und Schlüsselbein von Frau Schmidt. »Wissen Sie, ich habe diese Andere Frau nämlich gesehen.« Sie machte eine kleine Pause. »Eher häßlich, würde ich sagen.«

»Wo haben Sie sie gesehen?«

»Vor dem Haus, in dem er jetzt wohnt«, sagte sie. »Ich schäme mich ja selbst dafür, aber ich habe ein bißchen spioniert.«

Es stellte sich heraus, daß Frau Schmidt sich nicht so nahe herangetraut hatte wie ich, und sie war auch keineswegs so hartnäckig gewesen. Sie hatte sich mit dem einmaligen Anblick der Konkurrentin zufriedengegeben und war nach Hause gelaufen, um ein bißchen zu weinen und sich mit Mon-Chéri-Pralinen zu besaufen. Wenn die andere wenigstens jünger gewesen wäre! Dann hätte man wenigstens nur dem Sex die Schuld geben können!

»Ich war nämlich gar nicht so schlecht im Bett, wissen Sie«, sagte sie zu mir. Ich bemühte mich um einen Gesichtsausdruck, der sagte: Na, das kann ich mir gut vorstellen, Lady. Aber nachdem ich das mit dem Mon Chéri gehört hatte, konnte ich mir das durchaus gar nicht vorstellen.

»Sollen wir noch eine Karte ziehen und sehen, ob wir einen Hinweis auf die Andere Frau finden?« schlug ich vor.

Meine Hand fuhr blind über den Halbkreis aus umgedrehten Karten, der neben uns ausgelegt war. Ich zog die Kelch-Sieben. Darauf zu sehen waren sieben Kelche, die in einer Wolke schwebten und jeweils unterschiedliche Dinge enthielten, wie Füllhörner – funkelnden Schmuck, eine Schlange, eine verschleierte Person.

Ich ließ Frau Schmidt eine Zeitlang das Bild betrachten. Die Karte einwirken lassen, nannte ich das, und manchmal brachte es die Kunden auf gute Ideen, und sie lieferten die Interpretation selbst oder plauderten etwas aus, auf das ich mich bei meiner Auslegung beziehen konnte. Aber Frau Schmidt blickte auf die Karte und schaute mich dann etwas befremdet an.

»Hilft uns das weiter?« fragte sie.

»Die Karte erzählt von der Macht der Phantasie. In Ihrem Fall weist sie wohl eher auf die Gefahr der Illusion hin. Sie sagt, daß oft hinter einem schönen Schein viel mehr steckt …«, fing ich an.

Die Kaffeetasse wurde auf dem Boden abgestellt. Ihre Wärme war überflüssig geworden. »Mehr dahinter? Soll das heißen, die Karte behauptet, das mit meinem Mann und der Anderen Frau ist was Ernstes?«

Sie sah mich an, als hätte ich die Karte mit Absicht gezogen.

»Wenn einem innen kalt ist, dann wärmt nichts so gut und schnell wie Empörung«, pflegte mein Vater zu sagen, um mir das merkwürdige Phänomen zu erklären, weshalb Trauernde manchmal vor unseren Augen einen Wutausbruch bekamen.

»Die Karte sagt lediglich, daß das, was wir sehen, nicht das sein muß, was wirklich passiert«, versuchte ich sanft. »Konkret heißt das, Sie sollten sich hüten, voreilige Schlüsse zu ziehen, nur weil eine andere Frau aus der Wohnung Ihres Mannes kommt. Womöglich ist die Frau nicht das, wofür Sie sie halten. Hat Ihr Mann Geschwister?«

»Nein.«

»Ich werde Ihnen jetzt noch zwei Karten legen, für Sie und dafür, wie es mit Ihnen weitergeht. Ich mache das normalerweise nicht, aber heute vormittag habe ich keinen weiteren Kunden, da kann ich mir noch ein bißchen Zeit für Sie nehmen. Gut?« fragte ich und ließ meine Hand über dem Kartenhalbkreis schweben. Einen Blick in die eigene Zukunft hatte bisher noch niemand abgelehnt, schon gar nicht, wenn er als Geschenkbonus daherzukommen schien.

Frau Schmidt nickte feierlich und blickte erwartungsvoll auf meine Hand.

Kelch-Zwei und Kelch-Bube waren so eindeutig, daß ich lächeln mußte.

»Nun, Frau Schmidt, Sie werden eine wichtige Begegnung haben mit einem sehr gefühlvollen Mann. Da könnte mehr draus werden, wenn Sie das möchten«, sagte ich.

Frau Schmidt runzelte die Stirn, und nachdenklich fuhr sie sich mit dem Finger durch den Mundwinkel.

✺

Die Lücke, die Gunnar in meinem Leben hinterließ, als ich nach Eckernförde auf die neue Schule kam, wurde von Tobi schnell und gründlich ausgefüllt. Alles, was Tobi tat, war gründlich. Zunächst vermutete ich, er ließe mich deswegen nicht aus den Augen, weil er fürchtete, ich könnte unsere Abmachung ignorieren und ihm nicht Bescheid sagen, wie es sich anfühlte, seine Tage zu haben, wenn es irgendwann soweit war. Aber es sah ganz danach aus, als hätte Tobi mich dazu auserkoren, mehr zu sein als ein Forschungsobjekt. Er heftete sich in der Schule unauffällig an meine Fersen und tauchte immer wieder neben mir auf, um mich etwas zu fragen. Zum Beispiel, warum es in der Ostsee keine Gezeiten gab, ob man auf seinen beiden Augen verschiedene Dioptrien haben konnte, ob in den Brüsten, die Katrin aus der letzten Reihe bereits bekam, Milch war oder etwas anderes, ob es besser war, zuerst Englisch und dann Latein zu lernen oder umgekehrt, und warum Zahnpasta gegen Karies half, obwohl man sie wieder ausspuckte.

Er leitete ein Gespräch grundsätzlich mit einer Frage ein. Manchmal erwartete er tatsächlich eine Antwort, manchmal war die Frage nur der Auftakt zu einem langen didaktischen Selbstgespräch, in dessen Verlauf er sich eine Antwort erarbeitete, und er suchte lediglich einen Zuhörer. Er hatte eine angenehme Stimme, noch hoch und kindlich, aber schon ein wenig rauh, und niemals sprach er laut. Wenn er aufgeregt war, fing er an zu flüstern. Seine Stimme war das Gegenteil von Lärm.

Tobis Fragen brachten mich zum Nachdenken, und schließlich, nach und nach, brachten sie mich zum Reden. Mein Vater hatte mir beigebracht, daß man seine Gedanken am besten für sich behielt, besonders wenn es sich um Theorien oder Zweifel handelte, denn nichts brauche ein Trauernder mehr als Geradlinigkeit und einen festen Ausgangspunkt. Auch Gunnar hatte nichts vom Reden gehalten, ich hatte es genossen, gemeinsam mit ihm zu schweigen und meine ganz eigenen Gedanken zu denken, die nur mir allein gehörten. Aber selbstverständlich wußte ich, daß die Höflichkeit gebot, auf eine Frage zu antworten. Oft recherchierte ich zu Hause, wenn ich eine Antwort nicht auf Anhieb wußte, oder ich dachte in aller Ruhe nach, und dann präsentierte ich Tobi mein Ergebnis am nächsten Tag in der Schule. Er hörte mit großer Aufmerksamkeit zu, widersprach zuweilen oder korrigierte mich, aber ich mußte feststellen, daß er im allgemeinen verstand, was ich sagte. Damit hatte ich nicht gerechnet und auch nicht damit, daß es so guttat.

Ich ging bald dazu über, ihn auf seinen Schulhofspaziergängen zu begleiten, wir flanierten nebeneinander, in Gespräche vertieft, über den Hof, so hörte ich den Lärm der fußballspielenden Kinder nicht mehr und auch nicht das Geschrei der Möwen, die über dem Schulgelände kreisten, auf der Suche nach weggeworfenen Pausenbroten.

Als Tobi herausfand, daß mein Vater Bestatter war, lud er sich auf der Stelle zu mir nach Hause ein.

Gunnar war selten bei uns gewesen. Zweimal hatten wir versucht, auf die Garage zu klettern, aber wir waren jedesmal von meiner Mutter erwischt worden, die uns eine lange Predigt über Gefahren und Unfälle hielt. Danach war es beschlossene Sache, daß die Umgebung unseres Hauses zu sehr überwacht war und für unsere Unternehmungen daher ungeeignet.

Durch Tobi erfuhr mein Zimmer plötzlich eine Aufwertung; es diente nicht länger nur zum Schlafen, sondern wurde einer unserer Hauptaufenthaltsorte, was vor allem mit der Diskretion meines Elternhauses zusammenhing. Zu Hause bei Tobi schaute alle halbe Stunde seine Mutter herein und fragte, ob man etwas trinken wolle oder nicht lieber rausgehen, sie wollte wissen, warum es so still sei oder so laut und ob da nicht eben etwas runtergefallen sei, und sie klopfte nicht einmal an. Bei uns dagegen war Privatsphäre etwas absolut Heiliges.

»Ein Kunde, dem man zu nahe tritt, kommt kein zweites Mal«, pflegte mein Vater zu sagen. Und: »Was hinter verschlossenen Türen vor sich geht, hat einen Bestatter nicht zu beschäftigen.«

Um Tobi begreiflich zu machen, wovon mein Vater sprach, erzählte ich ihm unter dem Siegel strengster Verschwiegenheit von einem unserer Todesfälle, einem Familienvater aus dem Neubaugebiet, der gestorben war, weil er sich aus Versehen selbst mit einer Nylonstrumpfhose erdrosselt hatte, während er sich einen runterholte. In Tobis Augen blitzte die Neugier auf, als ich ihm die Geschichte erzählte, und es war lediglich dem Stand seiner Geschlechtsreife zu verdanken, daß er das mit der Strumpfhose nicht selber ausprobierte.

Meine Eltern mochten Tobi auf Anhieb. Er war weder selber schmutzig, noch schien er mich dazu anzustiften, mich im Dreck zu wälzen. Außerdem legte er ein großes Interesse für unseren Beruf an den Tag, das meinem Vater schmeichelte. Mit seinen Fragen und seinen wilden selbstgebastelten Theorien brachte er Lebendigkeit in unsere Familiengespräche, er brachte meine Eltern zum Lachen und vielleicht auch zum Nachdenken, jedenfalls durfte er zum Abendessen bleiben, so oft er wollte. Meine Mutter, die sich von der altmodischen Vorstellung, Bestatter sei im Grunde nur ein Beruf für Männer, noch nicht verabschieden konnte und daher hoffte, ich könnte eines Tages einen passenden Schwiegersohn mit nach Hause bringen und nach ihrem eigenen Vorbild eine perfekte Totengräbergattin abgeben, betrachtete Tobi mit Wohlwollen. Allerdings beschränkten meine Eltern sich in bezug auf unseren Beruf nur auf das Beantworten von Fragen; niemals erlaubten sie Tobi mitzukommen, wenn ein Verstorbener abgeholt wurde, und der Hygieneraum im Keller war absolut tabu für alle, die nicht in unserem Familienunternehmen beschäftigt waren. So hatte unser Haus noch einen weiteren Reiz für Tobi, abgesehen von der Privatsphäre meines Zimmers. Es blieb stets unerforschtes Territorium, und er wartete nur auf die passende Gelegenheit, es bis in den letzten Winkel zu erkunden und all seine Geheimnisse zu lüften.

Ganz ähnlich verhielt es sich mit mir. Tobi machte von Anfang an keinen Hehl daraus, daß er auch mich als unerforschtes Territorium betrachtete. Er hatte mich nicht zufällig ausgewählt dort auf dem Schulhof, obwohl eines der anderen Mädchen ihm wahrscheinlich viel früher Auskunft hätte geben können über das, was er wissen wollte. Im Laufe der Jahre unserer Freundschaft blieb ich stets eines seiner liebsten Forschungsobjekte, nicht nur, weil ich ein Mädchen war und damit eine Quelle tiefster Geheimnisse für ihn, sondern vor allem, weil ich ein Mädchen war, dem das Mädchen-Sein nicht im Blut lag und das ihm daher genauere Antworten geben konnte als alle anderen.

»Du wirst eine Frau werden und ich ein Mann«, sagte er zu mir. »Man muß wissen, wer man ist. Dazu ist es gut, das zu kennen, wovon man sich unterscheidet. Wenn du mir also erzählst, wie es ist, eine Frau zu sein, dann erzähle ich dir gerne alles über Männer. Gut?«

»Gut«, sagte ich.

»Man muß sich genau kennenlernen, nur dann kann man sich seine Position selber aussuchen. Wenn man das nicht tut, wird einem einfach früher oder später eine zugewiesen. Verstehst du?«

»Ja«, sagte ich, aber ich schüttelte dabei den Kopf. Manchmal war Tobi einfach nicht zu verstehen.

»Also«, sagte er, »mein Vater hat mir das erklärt. Er arbeitet in einer Bank. Er hat Abitur gemacht, dann ist er zum Militär, dann hat er eine Lehre gemacht und hat in der Bank angefangen. Irgendwann ist ihm dann aufgefallen, daß er sehr gerne an der frischen Luft ist und daß er lieber einen Beruf hätte, bei dem man draußen sein kann, aber da war ich schon auf der Welt, und er mußte Geld verdienen. Inzwischen hat er sich einen Garten gemietet. Aber er sagt, wenn er früher gewußt hätte, daß er gerne draußen ist, dann hätte er von Anfang an einen Beruf gewählt, der ihm entspricht.«

»Mein Vater hat sich seinen Beruf ganz alleine ausgesucht, glaube ich«, sagte ich. »Aber er arbeitet auch gern im Garten.«

»Es geht nicht nur um den Beruf«, sagte Tobi, und ich konnte an seinem konzentrierten Gesichtsausdruck sehen, daß er versuchte, einen Gedanken zu fassen zu bekommen. »Es geht auch um alles andere. Man kann sich alles aussuchen, aber nur dann, wenn man weiß, was es so gibt.« Er machte eine kleine Denkpause.

»Aber«, wandte ich ein, »ich kann mir doch nicht aussuchen, ob ich ein Mann oder eine Frau werden will.«

»Richtig«, sagte Tobi. »Hier liegt ein Hund begraben.«

Wieder machte er eine Pause, dann verkündete er die überarbeitete Version seiner These: »Na gut. Es gibt also Dinge, die sind gegeben. Zum Beispiel können wir uns unsere Eltern nicht aussuchen oder den Ort, an dem wir aufwachsen wollen. Und ob wir Jungs oder Mädchen sind.« Pause. »Wir müssen uns zuerst klarwerden, welche Dinge gegeben sind, den Rest können wir uns selber aussuchen, wenn wir nicht den richtigen Zeitpunkt verpassen, wie mein Vater, und wenn wir wissen, was es alles gibt. Das heißt für uns, wir müssen langsam mal anfangen, uns zu informieren. Richtig?«

Nach dieser Rede war uns beiden ziemlich feierlich zumute. Tobi hatte ganz recht, hier lag ein Hund begraben.

KLEINULSBY WAR ETWAS GEGEBENES. Meine Eltern hatten diesen Ort als Ort meiner Kindheit ausgewählt, und im Grunde konnte ich damit überaus zufrieden sein. Eckernförde dagegen war eine Wahlmöglichkeit, die ich erst kennenlernen mußte, um mich dann zu entscheiden, ob sie mir gefiel oder nicht. Wenn bei uns nicht viel zu tun war, waren meine Eltern einverstanden, wenn ich nach der Schule länger in der Stadt blieb und später mit dem Linienbus nach Hause kam. Ich rief von einer Telefonzelle aus an und fragte, ob ich am Nachmittag gebraucht würde, und wenn ich freibekam, streiften Tobi und ich nach dem Unterricht durch die Fußgängerzone, kauften uns Süßigkeiten zum Mittagessen oder auch ein Brötchen, sahen nach, welche Filme im Kino gezeigt wurden, erforschten die Gassen und Sträßchen und lasen uns die Namen der Boote vor, die im Hafen lagen. Eckernförde war groß und schön und voller Leben.

Immer waren Menschen auf den Straßen, die es eilig hatten. Am schönsten war es am Samstag, wenn die Leute ihre freie Zeit nutzten, um Einkäufe zu erledigen, und die Innenstadt schier aus den Nähten zu platzen schien. Dann ließen wir uns einfach mit dem Strom treiben, atmeten tief den Geruch von frischem Gebäck ein, der aus den Cafés kam, und hefteten uns an die Fersen von Touristen, um ihre Gespräche zu belauschen.

Trotzdem merkte ich bald, daß Tobi sich heimlich freute, wenn das Wetter schlecht war und wir uns deshalb bei mir trafen. Es kam vor, daß er in seiner Schultasche dicke Bücher mitbrachte, um mir nachmittags in meinem Zimmer daraus vorzulesen oder mit mir gemeinsam die Abbildungen zu betrachten.

Nachdem wir uns eine Weile mit den verschiedenen Fragen beschäftigt hatten, die zufällig auftauchten, wahllos und in willkürlicher Reihenfolge (es war beispielsweise recht einfach, herauszufinden, daß es in der Ostsee sehr wohl Gezeiten gab), ergab sich nach und nach eine Art System, wir begannen, ganze Themengebiete zu erarbeiten und unsere eigenen Fragen ernst zu nehmen. Als erstes wandten wir uns der Philosophie zu.

※

Die Bewohner des Gebäudes in der Holtenauer Straße, die Aussicht auf den Hinterhof hatten, saßen vor ihren Fernsehern bei hochgezogenen Rollos, und sie hätten nur einmal aufblicken und vielleicht die Augen ein bißchen zusammenkneifen müssen gegen die Spiegelung ihres eigenen Wohnzimmers im Fenster, und sie hätten eine dunkelgekleidete Gestalt sehen können, die sich an ihrer Balkonbrüstung hochzog. Diesmal hatte ich auch an Handschuhe gedacht, damit ich später leichter an den Stützstangen wieder herunterrutschen konnte.

Natürlich sah ich ein, daß so eine abendliche Kletterpartie riskant war, zumal Schmidt mit Sicherheit zu Hause sein würde. Und mir war bewußt, daß Randi und mit ihr der Rest der Welt sich totlachen würde, falls man mich erwischte und verhaftete. Ich hatte keine besonders gute Antwort parat auf die Frage, was ich da machte. Ich hing an diesem Abend an einem fremden Balkongerüst und kletterte zielstrebig und konzentriert in den vierten Stock, weil ich einen einzigen kurzen Blick in Schmidts Wohnung werfen wollte. Wollte nur die Möbel ansehen, die er gestern bei seiner Frau abgeholt hatte. Wollte nur noch einmal schauen, ganz unverbindlich, weil ich das Zuhausesitzen nicht länger aushielt.

Ich hatte Glück, als ich den vierten Stock erreichte, denn Schmidt war gerade im Badezimmer. Der Rest der Wohnung war dunkel, und ich fühlte mich sicher, als ich über die Brüstung kletterte und mich neben die Balkontür kauerte. Ich mußte mein Gesicht gegen die Scheibe drücken, um drinnen etwas zu erkennen. Meine Nase hinterließ eine Spur auf dem Glas, ähnlich einem Fingerabdruck, die verschmierte, als ich versuchte, sie mit dem Ärmel wegzuwischen. Ich rieb fester, mein Knie stieß gegen das Fahrrad, als ich mich besser hinsetzen wollte. Es gab ein kleines Geräusch, nicht besonders auffällig, trotzdem preßte ich mich rasch an die Wand, hielt eine Weile den Atem an und horchte. Das Badezimmerfenster schräg über mir wurde geöffnet. Für einen Augenblick war ich mir sicher, das Pochen meines Herzens würde mich verraten, so laut war es. Das Fenster blieb offen stehen, und als ich mich nach einiger Zeit wieder traute, meinen Kopf zu bewegen, konnte ich sehen, daß Schwaden von Wasserdampf aus dem Badezimmer zogen. Schmidt hatte geduscht. Ich blieb sitzen, an die Wand gepreßt, flach atmend, während im Bad das Licht ausgemacht wurde und kurz darauf im Wohnzimmer anging. Ich blieb sitzen, als es hinter mir hell wurde, und auch, als es wieder dunkel wurde und sich in der ganzen Wohnung nichts mehr regte, und ich blieb auch sitzen, als mein linkes Bein in ganzer Länge einschlief.

Im Hof hörte man eine Tür klappen. Ich verbog mich vorsichtig und spähte unter der Brüstung hindurch nach unten. Dort erkannte ich Schmidt, der sich an den Müllcontainern zu schaffen machte. Dann entfernte er sich aus meinem Blickfeld, aber die Tür klappte kein zweites Mal.

Er mußte über den Hof auf die Straße gegangen sein. Er war weg und die Wohnung hinter mir folglich leer.

Behutsam streckte ich mein Bein aus. Behutsam stand ich auf und hörte es in meinen Kniegelenken knacken. Am liebsten hätte ich einmal sehr kräftig gegen das blöde graue Fahrrad getreten.

Das Badezimmerfenster stand noch immer offen, sehr weit, geradezu einladend. Trotzdem stellte es sich als relativ kompliziert heraus, vom Balkon aus hochzuklettern. Man mußte sich von der Brüstung aus zum Fenster strecken, dabei lag unter einem vier Stockwerke tief gar nichts. In manchen Momenten war es ein Segen, so groß zu sein wie ich. Ich stellte mich auf die untere Querstrebe des Geländers, reckte meinen Oberkörper, so weit es ging, und bekam das geöffnete Fenster zu fassen. Vorsichtig bewegte ich meine Hände zum Fensterrahmen, weil ich nicht wußte, ob so ein kleines Badezimmerfenster das Gewicht eines freischwingenden Menschen aushielt. Ich faßte immer wieder nach und fand sichereren Halt am Rahmen, während ich erst meine Knie auf den oberen Rand der Brüstung stützte und dann meine Füße nacheinander darauf abstellte. Danach konnte ich meine Arme bereits weit ins Badezimmer hineinstrecken. Ich überlegte kurz, ob es mir möglich sein würde, mit einer gezielten Grätsche einen Fuß im Fensterrahmen zu plazieren, aber dann entschied ich mich dafür, meinen Körper langsam in die Senkrechte sinken zu lassen, dabei den Oberkörper so weit wie möglich durch das Fenster zu schieben und mich anschließend über vier Stockwerken Nichts hängend ins Badezimmer zu ziehen. Hatte ich nicht dermaleinst ein Backsteingebäude auf Ludwigsburg bezwungen? In meinem Kopf hörte ich die Stimme meines

Vaters: »Das beste Rezept gegen Angst ist Neugier.« Dabei war ich mir sicher, daß er das niemals gesagt hatte.

Ich landete, die Hände voran, mit häßlichem Gepolter auf einem gefliesten Fußboden. Im Fallen riß ich eine angebrochene Packung Klopapierrollen mit. Einen Moment lang blieb ich liegen, wie ich gefallen war, die Füße irgendwo in einem niedrigen Regal verhakt, den Bauch flach auf dem Boden. Als alles ruhig blieb, robbte ich mich langsam vorwärts und setzte mich dann auf.

Es war ein kleines Badezimmer, in dem ich gelandet war, weiß gekachelt, ein Handtuch lag zerknüllt und feucht auf dem Boden; ich faßte es an, schloß die Augen und versuchte mir vorzustellen, daß Schmidt eben noch damit seinen nackten Körper abgetrocknet hatte. Daß das kribbelnde Gefühl im Bauch ausblieb, das ich erwartet hatte, mochte daran liegen, daß ich ihn noch nie nackt gesehen hatte. Ich rappelte mich hoch und schaute mich selbst im Spiegel an. Irgendwo während der Kletterpartie hatte ich Dreck ins Gesicht bekommen, an irgendeiner Balkonbrüstung mußte meine rechte Wange den Hinterhofstaub abgewischt haben. Es sah aus, als sei es Absicht gewesen, als sei ich ein Dieb, der die hellen Flächen des Gesichts schwärzt, um besser mit der Dunkelheit verschmelzen zu können (allerdings fehlte für eine professionelle und sinnvolle Tarnbemalung der Schmutz auf der anderen Wange).

Im Waschbecken lag ein feiner dunkler Staubfilm. Ich kannte diese Art von Staub, es waren winzige Bartstoppeln, so fein abgeraspelt, daß sie wie Pulver aussahen. Mein Vater hatte sich morgens mit einem elektrischen Apparat rasiert, und er hatte bisweilen ein solches Pulver im Waschbecken hinterlassen, wenn er es zu eilig hatte, um es wegzuwischen.

Wenn man die Badezimmertür öffnete, trat man in einen sehr kleinen Wohnungsflur, von dem aus die Wohnzimmertür abging und in dem nichts weiter stand als ein Wäschekorb voller Schuhe und Jacken, die ich kurz untersuchte. Die Schuhe hatten Größe einundvierzig, Schmidt hatte dieselbe Schuhgröße wie ich. Mich erheiterte das, und es versöhnte mich gleichzeitig mit dem Ausbleiben des Bauchkribbelns beim Berühren des Handtuchs. Immerhin waren unsere Füße gleich groß, und das konnte alles mögliche bedeuten.

Das Wohnzimmer kannte ich bereits vom Balkon aus, den Campingtisch, die Stühle. Hinzugekommen waren ein Bücherregal ohne Bücher, ein übervoller CD-Ständer, ein alberner Sitzsack, der mit Sand gefüllt war. Schmidts Hintern hatte eine tiefe Einbuchtung hinterlassen, zu unförmig, um einen Rückschluß auf seine tatsächliche Beschaffenheit zuzulassen. Neben der Balkontür stapelten sich ein paar Kisten, vermutlich mit Büchern, Küchengeräten und Bettwäsche, wenn man Frau Schmidt glauben wollte. Die Zimmerpalme stand unentschlossen mitten im Raum, und man mußte sie umrunden, um in das andere Zimmer zu gelangen. In die Küche warf ich nur einen flüchtigen Blick. Sie war irgend etwas zwischen unordentlich und kärglich. Im Schlafzimmer lag eine Matratze auf dem Fußboden (das Ehebett hatte er offensichtlich seiner Frau überlassen), dafür gab es eine niedrige Kommode und einen massigen Kleiderschrank, der auf der Innenseite der Tür ganz klassisch einen Ganzkörperspiegel hatte. Das erste, was mir ins Auge fiel, als ich den Schrank öffnete, waren die Schuhe. Der ganze Schrankboden war mit offenen Schuhkartons bedeckt, in denen jeweils ein einzelnes Paar Schuhe stand oder lag, zumeist auf das Seidenpapier gebettet, das der Schuhladen mitgeliefert hatte. Ich ließ meinen Blick schweifen und entdeckte rote Pumps, Sandalen mit Tigermuster, flache Ballerinas, ein Modell aus Wildleder, ein anderes aus Wildseide, beide mit denselben hohen Pfennigabsätzen. Ich nahm einen Schuh aus einem der vorderen Kartons, einen etwas biederen dunkelblauen Lederschuh mit breitem Absatz, der zu einem Geschäftskostüm passen mochte: Größe einundvierzig.

Über die volle Länge des Schrankes führte eine Stange, an der die Kleidung auf Bügeln hing. Auf der rechten Seite hingen Anzüge, Oberhemden, Klemmbügel mit Hosen, eine braune Strickjacke und ein Drahtgebilde, an dem mehrere Krawatten aufgehängt waren. Das war die Seite, die man einsehen konnte, wenn die Tür des Schrankes aufschwang, die zuerst geöffnet werden mußte. Öffnete man die zweite Tür, gab sie den Blick frei auf die linke Schrankseite. Dort hingen Kleider, Blusen, ein paar kurze Röcke, ein dunkelblaues Kostüm.

Als nächstes nahm ich mir die Kommode vor. In den Schubladen fand ich zunächst zusammengefaltete Pullover, Jeans, einen gewaltigen Haufen schwarzer Socken und T-Shirts. Weiter unten lagen einige Dessous und Nachthemden. Noch hatte ich nicht ganz begriffen. Natürlich war mir klar, daß die Kleider und Schuhe der Anderen Frau gehörten, der ich vor einiger Zeit in die Eingeweide der Bergstraße gefolgt war. Ich schaute auf die Matratze am Boden mit der karierten Baumwollbettwäsche und registrierte selbstverständlich, daß dort nur eine Bettdecke, nur ein Kissen lagen, aber begreifen konnte ich tatsächlich erst, als ich in der Ecke hinter dem Kleiderschrank die Haare entdeckte. Sie hingen über einer etwas demolierten Lavalampe, dieselben gelblich-blonden glatten Haare, auf deren Scheitel ich einmal durch den Mittelschacht des Treppenhauses geblickt hatte.

In dem Moment, in dem mein Gehirn die Informationen zusammenführte und endlich eine Schlußfolgerung zustande brachte, hörte ich die Wohnungstür zufallen. In wahnwitziger Geschwindigkeit war ich aus dem Schlafzimmer verschwunden, hatte die Palme umrundet, die Balkontür erreicht, sie geöffnet und war hinausgestürmt. Mit der Geschmeidigkeit eines Panthers drückte ich mich am Fahrrad vorbei und schwang mich über die Brüstung. Den Körper an die Verbindungsstange geschmiegt, hing ich nun direkt unter Schmidts Balkon und hielt den Atem an. Jetzt in Windeseile hinunterzurutschen und Hals über Kopf davonzulaufen war viel zu gefährlich, ich konnte nicht riskieren, entdeckt zu werden, und mußte meinen Rückzug sorgfältig planen, sonst endete ich womöglich wieder Aug in Auge mit dem hutzeligen Alten, der seine abendlichen Freiübungen auf dem Balkon verrichtete.

Ich hörte, wie Schmidt hinaustrat, und schloß die Augen. Ich konnte spüren, daß er ganz nahe an die Brüstung herankam, mir war, als könnte ich jeden einzelnen Schritt als Erschütterung über mir wahrnehmen. Dann war es einen schrecklichen Moment lang sehr still.

Langsam öffnete ich meine Augen und blickte nach oben. Dort schwebte das Gesicht von Schmidt, der sich über das Geländer gebeugt hatte, um mich zu betrachten.

Schließlich sagte er: »Sie wollten zu mir?«

Tobi mußte sich lange gedulden, bis ich ihm erzählen konnte, wie es sich anfühlte, eine echte Frau zu sein. Immer wieder, wenn ich ihm auf irgendeine Art verstimmt vorkam, fragte er: »Ist es soweit?«

Katrin mit den großen Brüsten hatte ihre Tage schon mit zwölf bekommen, das wußten wir, weil wir dabeigewesen waren, als sie mit verstörtem Gesicht vom Schulklo gekommen war. Sie war sofort danach nach Hause verschwunden, und Antje, ihre beste Freundin, hatte allen, die es hören wollten, erzählt, daß Katrins weiße Jeans vollkommen versaut war.

Weil es bei mir so lange dauerte, wurde ich von Tobi um so besser vorbereitet. Nach der Schule kauften wir zusammen in einer Drogerie in Eckernförde Binden und Tampons, von beidem die billigste Sorte, um Taschengeld zu sparen. Sie lagen noch zwei volle Jahre in meinem Nachttisch, aber Tobi holte sie ab und zu heraus, um sie sich anzusehen und zu kontrollieren, ob sie noch funktionierten. Er wickelte einen Tampon aus, tränkte ihn mit Wasser und beobachtete fasziniert, wie die Watte aufquoll, ohne ihre Form zu verlieren. Er drückte und faltete an den Binden herum, weil das laut Fernsehwerbung ein Qualitätstest sein sollte. Ich selbst war alles andere als entzückt von der Vorstellung, mit dem einen oder anderen ernsthaft zu tun haben zu müssen. Auch wenn ich es Tobi gegenüber nicht zugab, so war ich doch im Grunde froh, daß ich meine Tage noch nicht hatte. Er dagegen war ein bißchen beunruhigt.

Als es soweit war, war Tobi nicht dabei. Ich entschied mich für den Anfang, die Binden auszuprobieren, sie erschienen mir einfacher in der Handhabung. Trotzdem fand ich alles in höchstem Maße unbequem.

Abends kam meine Mutter zu mir ans Bett, setzte sich und sprach mich sehr vorsichtig darauf an. Sie habe gewisse Indizien im Mülleimer gefunden, die anzeigten, daß ich nun zur Frau geworden sei. Wie sich herausstellte, hatte sie für diesen Tag ebenfalls Hygieneartikel besorgt und sich außerdem eine kleine Ansprache überlegt, die mich gleichzeitig aufklären und trösten sollte. Sie war enttäuscht, mich so unaufgeregt und vorbereitet zu finden.

Nachdem sie gegangen war, lag ich mit geschlossenen Augen im Bett und sah meine Mutter vor mir, wie sie, womöglich schon seit Jahren und mit einem ganz ähnlichen Eifer wie Tobi, jeden Abend den Abfalleimer im Badezimmer inspizierte. Ich wußte noch nicht, wie sich dieses Bild mit dem vereinbaren ließ, was meine Eltern mir über Privatsphäre predigten. Aber wahrscheinlich, so überlegte ich, war auch das nur eine Form von Diskretion. Diskret zu sein hieß eben nicht, gänzlich auf Informationen zu verzichten, es bedeutete lediglich, sie sich auf eine Weise zu verschaffen, bei der man niemandem zu nahe trat.

MEINE MUTTER MUSSTE meinem Vater erzählt haben, daß ich nun zur Frau geworden war, denn am nächsten Tag fuhr er zu Helferich & Senf und besorgte dort ein Geschenk für mich: einen kleinen steinernen Frosch mit einer Krone auf dem Kopf. Er gab mir feierlich die Hand und überreichte den Frosch.

Ich dachte, damit sei die Sache erledigt. Alle waren informiert, man konnte mich wieder in Ruhe lassen. Aber die Veränderung war tiefergehend.

Als wir das nächste Mal zusammen im Hygieneraum

arbeiteten, mein Vater und ich, hatten wir einen verstorbenen älteren Mann zwischen uns liegen. Während wir ihn vorsichtig auszogen, um ihn zu reinigen und umzukleiden, hielt mein Vater angesichts des entblößten Genitalbereichs plötzlich den Zeitpunkt für gekommen, ein ernsthaftes Gespräch mit mir zu führen. Er schaute hinunter auf den Verstorbenen, der vergleichsweise gut ausgestattet war, runzelte leicht die Stirn, räusperte sich hohl und sagte: »Vielleicht ist das ein guter Augenblick, um mal nachzufragen, wieviel ihr eigentlich bisher in der Schule über die menschliche Fortpflanzung gelernt habt.«

Ich fühlte mich schrecklich.

»Das meiste weiß ich, glaub ich, schon«, sagte ich.

Ich konnte hören, wie mein Vater erleichtert ausatmete. »Sehr gut«, sagte er. »Wenn du irgendwann einmal Fragen hast, kannst du jederzeit zu mir kommen, das weißt du, ja?«

»Ja«, sagte ich.

Ich wandte mich den Kleidern des Verstorbenen zu, die ich ordentlich zusammenfaltete und auf einem Hocker ablegte, während ich mit dem Rücken zu meinem Vater stand. Ich wollte weder ihn noch den Verstorbenen mit seiner guten Ausstattung ansehen.

»Und Verhütung?« fragte mein Vater. »Weißt du da Bescheid?«

»Mhm«, machte ich.

»Unser Beruf erfordert eine ganze Menge Einsatz. Man muß jederzeit verfügbar sein. Natürlich möchte ich, daß du später mal eine Familie hast, wenn du das willst, aber bevor sich einer von uns eine Auszeit nehmen kann, muß noch sehr viel Zeit vergehen. Denk also immer daran, daß kleine Versäumnisse große Konsequenzen haben können. Für uns alle. Verstehst du, was ich dir sagen will?«

»Mhm.«

»Felix«, sagte mein Vater streng. »Was will ich dir denn sagen?«

Ich stülpte die Socken des Verstorbenen ineinander. »Wenn ich nicht verhüte, dann werde ich schwanger, und dann kann ich nicht mehr bei den Bestattungen helfen, und du mußt alles alleine machen.«

»Richtig«, sagte mein Vater, und nachdem wir eine Weile schweigend weitergearbeitet hatten, fügte er hinzu: »Und denk immer daran, Felix: Ein Verstorbener ist unantastbar. Es ist unsere Pflicht, seine Würde um jeden Preis zu wahren. Daher ist es absolut nicht in Ordnung, über seinen Körper zu lachen. Und es ist vollkommen ausgeschlossen, irgendwelchen Quatsch mit dem Leichnam zu veranstalten.«

Mein Vater hatte so etwas noch nie gesagt. Daß man ehrfürchtig und behutsam mit einem Verstorbenen umging, stand ganz außer Frage. Die Tatsache, daß ich nun eine echte Frau war, erfüllte mich auf einmal mit hilfloser Wut; nicht nur, weil es unangenehm war und mich in peinliche Situationen brachte, sondern auch, weil es etwas zwischen mir und meinem Vater veränderte.

※

Noch einmal hatte ich Gelegenheit, mich in Schmidts Wohnzimmer gründlich umzusehen, während er in der Küche für uns beide Tee machte. Ich setzte mich auf einen der Klappstühle und wartete, bis er mit einer billigen Glaskanne und zwei dickwandigen Bechern kam. Ich versuchte, den Urnenblick meines Vaters zu imitieren. Schmidt dagegen lächelte heiter, schenkte uns Tee ein und fragte: »Also wie zum Teufel sind Sie hier reingekommen?«

»Das Badezimmerfenster stand offen.«

»Und ich habe immer gedacht, im vierten Stock ein Fenster offenzulassen ist ungefährlich«, sagte Schmidt. »Vor allem, wenn man nur mal Zigaretten holt.«

»Tja«, sagte ich.

Er holte ein Päckchen aus der Brusttasche, öffnete es, bot mir eine Zigarette an – ich lehnte ab –, und nachdem er sich selbst eine genommen, sie angezündet und einen tiefen, demonstrativen Zug getan hatte, sagte er: »Gut. Was genau hatten Sie hier zu suchen?«

Ich war ein wenig ungehalten über mich selbst. Warum hatte ich nicht einfach gewartet, bis Randi den Plan zu Ende entwickelt hatte? Warum hatte ich sie nie gefragt, was ich sagen oder tun sollte, wenn ich Schmidt plötzlich gegenübersaß?

»Was denken Sie denn?« fragte ich, um etwas Zeit zu gewinnen.

»Ich denke«, sagte Schmidt, »Sie sind eine Detektivin oder so was.«

»Eine Detektivin?« fragte ich. Wäre es klug, das zu bestätigen?

»Ja. Eine Detektivin, angeheuert von meiner Frau.«

»Von Ihrer Frau?« fragte ich.

»Jawohl«, sagte Schmidt. »Von meiner Frau, die sich fragt, wieso ich sie verlassen habe, und die wissen will, wie ich jetzt lebe. Habe ich recht?«

»Nun ja«, sagte ich.

Mein Vater hatte mir gesagt: »Wenn du nicht weißt, wie du einem bestimmten Kunden begegnen sollst, nimm dir die Zeit, es herauszufinden. Nur so kannst du vermeiden, ihn vor den Kopf zu stoßen.«

»Ich habe Sie schon ein paar Mal gesehen. Sie haben einen Roller, nicht wahr?«

»Ja, habe ich«, sagte ich.

»Ich habe mich die ganze Zeit gefragt, wer Sie sind. Ich habe Sie gesehen, und gleich waren Sie wieder weg. Das hat mir schon lange keine Ruhe gelassen. Aber leider muß ich Ihnen sagen, im Beschatten sind Sie eine echte Null«, sagte Schmidt.

»Tatsächlich bin ich keine Detektivin«, sagte ich.

Sein Gesicht zuckte. An der Art, wie er an seiner Zigarette zog, wie er die Augen verengte, konnte ich sehen, daß er sehr erregt war. Er sah aus wie jemand, der lange auf etwas verzichtet hatte, und nun lag es direkt vor ihm, aber er verbot sich selber zuzugreifen: beherrschte Gier. Ich kannte das von Kohlmorgen. Vielleicht war ich, wie ich so dasaß und nichts von mir preisgab, eine personifizierte Männerphantasie – die geheimnisvolle Frau an der Balkonbrüstung.

»Was sind Sie dann?« fragte Schmidt.

»Was denken Sie?«

Ohne Vorwarnung ließ er die Hand auf den Tisch klatschen und stand auf. Er beugte sich vor und fuhr mich an: »Hören Sie auf, diese beschissenen Spielchen zu spielen! Ich frage Sie, was Sie von mir wollen, und ich erwarte eine klare Antwort, und zwar sofort!«

Wenn ein Angehöriger ausrastete, mußte man Ruhe bewahren. Es kam vor, daß jemand sich beleidigt fühlte oder sich an einer pietätlosen Frage störte. In dem Fall durfte man keinesfalls auf seine Aggressionen eingehen.

Ich spürte meinen Herzschlag und ein leichtes Zittern in den Händen, aber ich zwang meine Stimme, ruhig zu klingen. »Ich wollte Sie kennenlernen, Herr Schmidt.«

Er hiess Malte, Malte Schmidt.

Auch als Frau nannte er sich Malte. Wenn man ihn fragte, behauptete er einfach, das sei ein skandinavischer Name, der für beide Geschlechter verwendet würde. Er mochte seinen Namen viel zu sehr, um ihn aufzugeben. Außerdem, so erklärte er, sei eben die Andere Frau auch nur er selbst, kein Alter Ego, keine zweite Persönlichkeit, die eine andere Bezeichnung verdiene, sondern nur er, Malte Schmidt, in Frauenkleidern. Ich beschloß, daß die Ähnlichkeit mit Cary Grant, die ich auf dem Photo wahrgenommen hatte, sich vor allem auf seinen Charakter bezog. Er schien ein Mann zu sein, der sehr genau wußte, wer er war und was er wollte.

Ich konnte es kaum erwarten, Randi von ihm zu erzählen, und als ich nach Hause kam, zögerte ich kurz, dann klingelte ich bei ihrer Mutter (und betete, daß Randi selbst die Tür öffnete). Weil niemand da war, wartete ich im Treppenhaus auf sie.

Ich aß eine ganze Tüte Mandeln auf, bevor sie kam, und als die Tüte leer war, kam ich in Versuchung, die Zigaretten, die ich ihr gekauft hatte, selber zu rauchen. Randi war ein bißchen betrunken, als sie schließlich auftauchte; ich merkte es an der Art, wie sie sich am Geländer festhielt, und dem Schwung, mit dem sie sich an den Treppenabsätzen um die Kurven schwang.

Sie ließ sich neben mich plumpsen, lehnte ihren Kopf an meine Schulter und sagte: »Ach ja.« Dann folgte ein geräuschvoller Atemzug, ein – aus.

Ich holte die Zigaretten aus meiner Hemdtasche und hielt sie ihr hin. Sie sah mich überrascht an.

»Wo sind denn deine Prinzipien auf einmal?«

»Keine Ahnung«, sagte ich.

Sie nahm die Zigaretten und fing an, sich an der Packung zu schaffen zu machen. Dann suchte sie in ihrer Kleidung nach einem Feuerzeug, fand eines seitlich im BH, aber das schlug nur Funken, sie schüttelte es, murmelte »Scheißding« und ließ es runterfallen, angelte mit dem Fuß danach, bückte sich, und ich sagte: »Willst du denn gar nicht wissen, was passiert ist?«

Und während sie es irgendwie hinkriegte, ihre Zigarette anzuzünden und in langen Zügen zu rauchen, erzählte ich ihr von meiner schicksalhaften Begegnung mit Malte Schmidt.

»Was hast du ihm schließlich gesagt, was du von ihm wolltest?« fragte Randi.

»Ich habe die Wahrheit gesagt«, sagte ich. »Daß ich eine Diebin bin und ihn beklauen wollte.«

»Oh Gott«, sagte Randi. »Wir hätten das besser durchsprechen sollen. Hast du was zu trinken in deiner Wohnung?«

»Ich denke, du hast heute genug gehabt. Solltest du nicht besser etwas essen?« antwortete ich.

»Aha. Also doch immer noch ganz die alte«, sagte Randi. Aber sie zog sich brav am Geländer hoch und folgte mir in die Wohnung.

Ich kochte Nudeln, etwas anderes hatte ich nicht im Haus. Randi war es egal, daß es keine Sauce dazu gab, und ich hatte ohnehin keinen Appetit, außer auf Mandeln, und davon fand ich Gott sei Dank noch eine Tüte im Küchenschrank.

Eine Zeitlang hatte ich versucht, Kaugummi zu kauen, weil ich hoffte, auf diese Weise die Kosten für mein Laster drücken zu können, aber ich vermißte das Knacken und Mahlen, und auch meine Hände waren viel zu unbeschäftigt beim Kaugummikauen.

»Wie verfahren wir also weiter?« fragte ich, nachdem ich Randi einen Teller voller Nudeln hingestellt hatte.

Randi lachte, und ich konnte die halbzerkauten Nudeln in ihrem Mund sehen.

»Wieso fragst du *mich* das?« sagte sie.

»Randi«, sagte ich flehend. »Komm schon. Sei nicht so.«

»Unser Plan war nur dafür da, daß er sich für dich interessiert. Das hat geklappt ...«

»Ja«, unterbrach ich sie, »es hat ihm keine Ruhe gelassen, hat er gesagt.«

»Für den Rest bist du allein verantwortlich. Ich kann doch nicht deine Beziehung planen«, sagte Randi.

Später wurde sie trübsinnig. Sie legte ihre Stirn auf den Tisch und murmelte gegen das Holz: »Ich kann dir genau sagen, wie es weitergeht. Er verliebt sich in dich, und du verliebst dich in ihn, und dann habt ihr Sex. Und ihr geht Hand in Hand am Hafen spazieren. Wie alle anderen.« Sie schaute hoch. »Oder hattet ihr schon Sex?«

»Nein«, sagte ich. »Bisher nicht.«

»Werdet ihr aber natürlich«, sagte Randi traurig. »Wie alle anderen.«

»Wahrscheinlich«, sagte ich. »Früher oder später kommt es immer dazu.«

Dann saßen wir eine Weile stumm da und starrten düster vor uns hin. Ich überlegte, daß es womöglich schon morgen dazu kommen würde. Malte Schmidt hatte mich, bevor ich ging, für morgen abend zum Essen eingeladen. Ich prüfte, ob ich deswegen aufgeregt war. Ob ich Herzklopfen hatte bei dem Gedanken, ihn wiederzusehen. Ich dachte an Cary Grant, und ich dachte an Malte Schmidt, und dann entschied ich, daß ich seit heute zum ersten Mal verliebt war.

✼

Ich dachte fast gar nicht mehr an Gunnar. Aber manchmal, wenn ich nach langen Gesprächen mit Tobi wieder allein in meinem Zimmer saß, waren die Gedanken, die in meinem Kopf hin- und herschossen, so verwirrend und laut, daß ich einfach rauslaufen und auf einen Baum klettern mußte. Die Konzentration, die es mich kostete, nicht herunterzufallen, verdrängte alles andere aus meinem Gehirn, und wenn ich in die Krone hinaufstieg, merkte, wie der Wind mich wiegte, und einen weiten, unverstellten Blick auf die Landschaft hatte, fühlte ich mich herausgenommen aus der Welt und jenseits aller Rätsel. Ich kletterte auf alte Scheunen, manchmal nur auf eine leere Garage, aber meistens suchte ich mir freistehende Bäume aus, knorrige Eichen, ebenmäßige Buchen, ausladende Kastanien. Sobald man die untersten Äste erreicht hatte, boten sich zahlreiche bequeme Sitzplätze.

An einem goldenen Herbsttag, an dem die Sonne ihr Licht in schrägen, breiten Bahnen auf die Erde schickte, schwirrte in meinem Kopf das Höhlengleichnis von Platon herum, das Tobi nach dem Mittagessen aus »Philosophie für Einsteiger« vorgelesen hatte. Wir hatten nicht viel Zeit gehabt, darüber zu reden; seit neuestem mußte Tobi zweimal die Woche zur Krankengymnastik, weil er so oft Kopfweh hatte. Wir hatten auch darüber gesprochen, daß Deutschland seit ein paar Tagen nicht mehr aus zwei Teilen bestand, aber Tobi hatte erklärt, daß uns das nicht zu interessieren brauche, denn, wie es aussah, ändere sich dadurch überhaupt nichts für uns in Schwansen. (Er behielt recht, abgesehen davon, daß man in den folgenden Monaten einige Trabbis in Eckernförde sah.)

Mein Vater hatte nichts zu tun für mich, also nahm ich das Fahrrad meiner Mutter und suchte mir einen geeigneten Baum. Seit mir mein Kinderfahrrad zu klein geworden war, lieh ich mir für meine Ausflüge das schwere Hollandrad meiner Mutter. Hatten Tobi und ich etwas in der Umgebung zu erledigen, fuhren wir zu zweit darauf. Tobi saß dann auf dem Sattel und streckte die Beine gerade zur Seite, damit sie nicht in die Speichen gerieten. Ich trat stehend die Pedale und lenkte, er hielt sich an meinen Hüften fest. Er behauptete, er müsse auf dem Sattel sitzen, um seine Wirbelsäule zu schonen, aber ich wußte, daß meine Beine einfach viel kräftiger waren als seine und daß er eine längere Fahrt mit mir auf dem Sattel wahrscheinlich gar nicht durchgehalten hätte.

Herabgefallene Blätter wirbelten unter meinen Reifen auf, es roch nach Herbst, einer seltsamen Mischung aus Trockenheit und Moder, Staub und Torf.

An einem Feldweg bog ich ab, stieg vom Rad, als der Weg aufhörte, und trug es ein kurzes Stück zu einer Gruppe von Bäumen, die mitten auf dem Feld stand (wahrscheinlich ein Hünengrab, das nicht freigelegt worden war, das gab es hier überall). An einem der Bäume war ein Hochsitz angebracht, aber ich suchte mir den schwierigsten aus – eine schlanke, glatte Buche mit bemooster Wetterseite –, weil ich fürchtete, eine Leiter hochzuklettern würde nicht ausreichen, um Platon zu vertreiben. Ich umklammerte den Stamm mit Armen und Beinen, und in langsamen, raupenartigen Bewegungen zog ich meinen Körper immer höher. Als ich die untersten Äste erreicht hatte, war ich bereits verschwitzt, und meine Muskeln zitterten. Dieser Baum hätte selbst Gunnar Schwierigkeiten bereitet. Ich wartete, bis mein Atem leichter ging, dann kletterte ich weiter, müheloser jetzt, so hoch es ging, ohne gefährlich zu werden. In einer Gabelung nahm ich Platz.

Zu allen Seiten hatte ich freie Sicht über die Felder. Dort, wo ich ungefähr das Meer vermutete, blickte ich auf ein kleines Wäldchen, zum größten Teil mußte es aus Nadelbäumen bestehen, denn es war von einem düsteren Grün.

Ich fühlte mich erschöpft und gleichzeitig voller Energie. Ich spürte intensiv meinen Körper, sogar die Kopfhaut, die Fingerspitzen und die Fußsohlen. Platon war vergessen, ich nahm nur wahr: die Wärme der Sonne, die Kühle des Windes, das Braun der Äcker, den Geruch der Baumrinde.

Irgendwann bemerkte ich eine Bewegung am rechten Sehfeldrand. Ich rückte ein wenig herum, damit ich besser in diese Richtung sehen konnte. Vor dem blauen Herbsthimmel schwebten sechs Fallschirme herab, einer über dem anderen. Ich suchte den Himmel nach dem Flugzeug ab, das sie nach oben gebracht hatte, aber ich konnte es nicht finden;

kein Motorengeräusch war zu hören. Die Schirme waren von hier aus winzig klein, sie hatten alle unterschiedliche Farben und senkten sich langsam und in gerader Linie.

Ich überlegte, wie es sich wohl anfühlte, so zwischen Himmel und Erde zu schweben, nur gehalten von einem großen Stück Stoff: aufgehoben, sicher und im selben Moment wirklich frei.

Auf einmal überkam mich eine heftige, unerklärliche Sehnsucht, ebenfalls an so einem Fallschirm zu hängen, anstatt auf einem alten Baum zu sitzen mit schweren Beinen, ausgeleierten Armen und einem wattigen Gefühl im Kopf.

Einer nach dem anderen verschwanden die Schirme hinter dem Nadelwäldchen. Ich saß in meiner Astgabel, bis die Sonne so tief stand, daß es Zeit wurde, nach Hause zu gehen. Vorsichtig rutschte ich am Baumstamm wieder hinunter; das Moos hinterließ grüne Streifen auf meiner Hose.

Beim Abendbrot war mein Vater ausnehmend gut gelaunt.

»Wir sind auf dem richtigen Weg, meine Lieben«, sagte er und lachte glücklich. »Heute war die Tochter von Mackensen hier und hat sich eine Broschüre über Sterbevorsorge mitgenommen. Für ihre Eltern. Ich sage euch, bald haben wir sie. Wir sind kurz davor, das alte Ulsby zu knacken.«

Meine Mutter legte ihre Hand auf seinen Unterarm.

»Wenn du recht hast, und sie haben uns endlich akzeptiert, dann werden wir uns besondere Mühe geben, uns des Vertrauens würdig zu erweisen, nicht wahr?« (Dabei sah sie mich an.) »Wenn es soweit ist, meine ich.«

Sie schenkte sich etwas Milch ein.

»Fritz, was hältst du davon, wenn wir ein größeres Schild ins Fenster hängen. Oder ein zweites an der Einfahrt aufstellen, so daß man direkt daran vorbeigehen muß. Das wäre doch mal an der Zeit«, sagte sie.

Mein Vater lächelte und stupste meine Mutter gegen die Schulter.

»Na, mal sehen. Heute würde ich wahrscheinlich zu allem Ja sagen.«

Später, als ich zusammen mit meiner Mutter das Geschirr aus der Spülmaschine räumte, fragte ich: »Gibt es hier eigentlich einen Sportflughafen? Ich habe heute Fallschirmspringer gesehen.«

»Diese Leute sind doch lebensmüde«, sagte meine Mutter. »Pastor Kues aus Gettorf ist vor sieben Jahren abgestürzt. Bei seinem ersten Versuch.«

※

Malte Schmidt und ich trafen uns am nächsten Abend vor dem Restaurant, das er ausgesucht hatte. Man mußte ein paar Stufen hinuntersteigen, um in den Gastraum zu gelangen, dessen Fenster hoch oben lagen und den Blick auf den Bürgersteig freigaben. Wir nahmen an einem Tisch Platz, der schlicht und elegant weiß gedeckt und für uns reserviert war.

Malte Schmidt sah aus wie immer, er trug zur Feier des Tages ein Sakko über einem grauen Hemd, das er nicht in die Hose gesteckt hatte.

»Ich hatte schon nach einer Frau Ausschau gehalten«, sagte ich.

»Ich denke, Sie lernen mich zuerst mal als Mann kennen«, antwortete er. »Dann sehen wir weiter.«

Mit dem Wein prosteten wir uns zu und trugen uns gegenseitig das Du an. Mir gefiel es, daß er so altmodisch war in diesen Dingen. Auch Cary Grant duzte die Frauen niemals bei der ersten Begegnung.

Wir bestellten Fisch, jeder einen anderen, und bis das Essen kam, hatte Malte Zeit, die Frage zu beantworten, die ich ihm gar nicht gestellt hatte.

Vor einem Jahr war er auf einer Fortbildung in einer ostdeutschen Stadt gewesen und an einem freien Nachmittag ohne Ziel durch die Einkaufsstraße geschlendert. In einem Schaufenster war ihm ein besonders schönes Kleid aufgefallen (er machte sich die Mühe, es mir detailliert zu beschreiben). Plötzlich hatte er Lust gehabt, es anzuprobieren. Es war kein Kleid für seine Frau, sie hätte weder hineingepaßt noch gut darin ausgesehen, trotzdem erklärte er der Verkäuferin, er probiere das Kleid stellvertretend für seine Frau an, die eine ähnliche Statur habe wie er selbst. So stand er in einem Kleid, das ihm sogar einigermaßen paßte, in einer Umkleidekabine in einer fremden Stadt und gefiel sich selber ausgesprochen gut. Er kaufte es. Das war der Anfang. Immer öfter kam er daraufhin an Schaufenstern vorbei, in denen Kleider hingen, die ihn interessierten. Er fing an, in Boutiquen zu stöbern, und er entdeckte, daß es seinen Sinn für Ästhetik befriedigte, wenn er sich selbst in diesen Kleidern im Spiegel betrachtete – er fühlte sich schön.

Er bezeichnete sich nicht als Transvestit. Auch fühlte er keinerlei sexuelle Erregung, wenn er Frauenkleider trug, er empfand es lediglich als angenehm und bestenfalls als abenteuerlich. Er versteckte die Sachen zunächst in einem alten Koffer, damit seine Frau sie nicht fand, von der er kein Verständnis für sein neues Hobby erwartete. Aber die Heimlichtuerei störte ihn. Er langweilte sich schon eine ganze Weile in seiner Ehe, und eines Tages reichte es aus, daß er sich den Gesichtsausdruck seiner Frau vorstellte, wenn sie den Koffer fände, um den Entschluß zu fassen, es sei an der Zeit zu gehen. Seit er allein wohnte, ging es ihm besser als je zuvor. Er liebte es, als Frau auszugehen, die Blicke auf sich zu spüren, sich attraktiv und ästhetisch perfekt zu fühlen. Er mochte es, die Menschen in die Irre zu führen, mochte die Verwirrung in ihrem Gesicht, wenn sie einen Verdacht schöpften, ebenso wie das ahnungslose Wohlwollen, mit dem sie der vermeintlichen Dame begegneten, und vielleicht war das Schönste von allem tatsächlich ihre Ahnungslosigkeit.

Das Essen kam. Malte unterbrach seinen Monolog, um das Besteck aufzunehmen und zu essen. Ich war ihm dankbar, daß er nicht versuchte, mit vollem Mund weiterzuerzählen. Während ich ihm dabei zusah, wie er sorgfältig seinen Fisch bearbeitete, schoben sich für einen Moment die Bilder der Anderen Frau und Maltes übereinander und verschmolzen, dann saß ich wieder nur Malte gegenüber.

»Du mußt mich in der Bergstraße gesehen haben«, sagte ich.

Er schluckte, bevor er antwortete. »Natürlich. Aber da ich dachte, du bist im Auftrag meiner Frau unterwegs, habe ich weggeguckt.«

Ich kannte nur eine Art, wie man einen Mann daran hinderte, einfach wieder zu verschwinden. Ich wollte Malte noch eine Weile behalten, er faszinierte mich. Noch nie hatte ich jemanden getroffen, der sich selber so genau kannte und der so entschlossen war, ausschließlich auf die eine ihm angemessene Art zu leben.

Also ging ich nach dem Essen mit zu ihm.

Die Wohnung hatte sich innerhalb der letzten vierundzwanzig Stunden verändert: Bücher und CDs waren in die Regale sortiert worden, die Palme hatte einen Platz neben der Balkontür gefunden, wo sie niemandem mehr den Weg versperren konnte. Die Kisten waren flach zusammengelegt und gegen die Wand gelehnt.

»Ich konnte nicht schlafen gestern nacht, nachdem du hier warst«, sagte Malte. »Da habe ich die Zeit genutzt und ein bißchen ausgepackt.«

»Ich habe ganz ausgezeichnet geschlafen«, sagte ich und schaute mir die Buchrücken an.

»Ich mußte an dich denken, Felix«, sagte Malte. »Darf ich Felix zu dir sagen?«

Mir war bis dahin nicht klargewesen, daß man es als Ehre empfinden konnte, mich Felix nennen zu dürfen.

»Ich denke schon seit Wochen an dich, wenn ich ehrlich bin«, flüsterte Malte und trat von hinten an mich heran. Ich war froh, daß er das selbstzufriedene Grinsen auf meinem Gesicht nicht sehen konnte, das sich einfach nicht unterdrücken ließ.

»Du bist gar keine Diebin, nicht wahr?« fragte er, während er seitlich meinen Hals küßte.

»Nein«, sagte ich.

»Was bist du dann?« fragte er und fuhr mit einer Hand meine Hüfte hinauf. Ich drehte mich zu ihm um und sagte: »Das erzähle ich dir nachher.«

Nachdem wir uns ein bißchen geküßt hatten, zog er mich hinter sich her ins Schlafzimmer. Das Matratzenbett war ordentlich gemacht, und ich ließ mich darauffallen. Ich wartete, bis Malte erst mich und dann sich selbst ausgezogen hatte. Dann legte ich die Decke über uns, weil es kalt war. An einigen Stellen war er sehr stark behaart, an anderen überhaupt nicht, daraus schloß ich, daß er sich dort, wo seine Kleider die Haut sehen ließen, enthaarte. Ich zeichnete mit meinem Finger Linien auf seinen Brustkorb und fragte: »Bist du rasiert oder gewachst?«

»Unterschiedlich«, sagte Malte. »Je nach Hautempfindlichkeit. Und du?«

»Meistens rasiert«, sagte ich. »Je nach Anlaß.«

Er beschloß, die Gründlichkeit meiner Rasur einer Inspektion zu unterziehen, und verschwand unter der Decke.

Malte hatte weder Kohlmorgens sanfte Brutalität noch die akrobatische Wendigkeit des Mannes von Unten, er ging für meine Begriffe eher sachlich vor, als wir zu Ende gekichert und uns unter der Bettdecke schließlich gefunden hatten. Dafür hatte er ein hervorragendes Zeitgefühl und beendete die Sache, ganz kurz bevor es für mich nervig wurde. Nachdem er sich von mir gelöst und neben mir auf den Rücken gelegt hatte, entdeckte ich eine kleine Schweißlache in der Kuhle seines schieren Brustkorbs. Ich pustete dagegen, um ihm Kühlung zu verschaffen.

»Ballerinas schwitzen auch immer als erstes am Décolleté«, sagte Malte träge. Er schloß die Augen und lag völlig entspannt, ohne mich zu berühren. Ich wartete ein bißchen, und als ich nicht müde wurde, kroch ich leise aus dem Bett. Nackt lief ich durchs Zimmer, warf einen Blick aus dem

Fenster, das nach vorne zur Holtenauer Straße ging, und hockte mich neben die Perücke, die noch immer am selben Platz auf ihrer Lavalampe ruhte. Ich ließ ein paar Strähnen durch meine Finger gleiten und fuhr den Scheitel entlang. Die Haare fühlten sich so strohig an, wie sie aussahen, sie waren an einer Art Netz befestigt, das man sich über den Kopf stülpen konnte wie eine Kappe.

»Du kannst sie gerne mal aufsetzen«, sagte Malte, der anscheinend doch nicht geschlafen hatte.

Ich nahm die Perücke von ihrer Lampe, erhob mich und klappte die Schranktür auf. Vor dem großen Spiegel stand ich nackt und setzte mir die Haare der Anderen Frau auf.

»Du kennst dich ja ganz gut aus hier«, bemerkte Malte.

Ich drehte mich zu ihm um und sah ihn an. Eine Haarsträhne drehte ich um meinen Finger. Er streckte die Hand nach mir aus.

Als ich zu ihm unter die Decke schlüpfte, gab es ein kleines Gerangel (wodurch die Perücke verrutschte). Malte packte mich an den Hüften und versuchte, mich auf sich zu schieben. Ich bemühte mich gleichzeitig, das Ganze umzudrehen.

»Frauen gehören nach oben«, sagte er mit Nachdruck.

»Anständige Frauen liegen immer unten«, sagte ich.

»Woher weiß ich, daß du anständig bist«, sagte er und zog mich halb auf sich. Ich wand mich in seinem Griff.

»Schau dir doch meine Frisur an«, erwiderte ich. »Die ist nicht nur anständig, die ist geradezu spießig.«

»Sie ist klassisch. Klassische Frauen sind unberechenbar. Sie gehören nach oben.«

»Du nimmst die Frisur, und alle sind zufrieden«, sagte ich.

Und so kam es, daß ich gleich in der ersten Nacht mit beiden schlief – mit Malte Schmidt und mit der Anderen Frau.

※

Die Philosophie blieb für immer Tobis Gebiet. Er war derjenige, der mit Fragen und Berichten zu mir kam, ich verhielt mich den Themen gegenüber eher passiv, auch wenn sie mich grundsätzlich interessierten. Ich konnte lediglich nicht ganz begreifen, wofür es gut sein sollte, all diese Theorien zu kennen und ihre Konsequenzen zu überdenken. Was nützte es mir zu wissen, daß die Realität nur aus schattenhaften Abbildern der wahren Ideen bestand, wenn zwei dieser Schatten abends mit mir am Tisch saßen und das Geschäft besprechen wollten.

In der Zeit, als ich etwa zwischen zwölf und fünfzehn Jahren alt war, hatte F. Lauritzen Bestattungen eine kleine Hochkonjunktur, ein paar fette Jahre, in denen sich die sorgfältige Imagepflege der Vergangenheit bezahlt zu machen schien. Trotzdem war es uns nicht möglich, viel Geld beiseite zu legen, weil irgend etwas ständig den Gewinn sofort wieder auffraß: eine Reparatur am VW-Bus, eine Zahnoperation meiner Mutter, manchmal auch nur ein neues Topfset oder neue Schuhe für alle Familienmitglieder. Meine Mutter sprach davon, Urlaub zu machen, mein Vater fand, gerade jetzt dürfe man nicht abwesend sein und womöglich einen Kunden verlieren durch Betriebsferien. Auch wurde kein zweites Schild im Vorgarten aufgestellt, wie meine Mutter es sich gewünscht hatte, weil es besser war, am bewährten Konzept festzuhalten, wenn es gut lief.

Keinen Widerspruch allerdings duldete meine Mutter,

wenn es um meine Ausstattung ging. Meinen Vater interessierte lediglich, daß ich dunkel und stilvoll gekleidet war, wenn ich mit Kunden zu tun hatte, es gab immer wieder Ansätze zu einer Diskussion am Abendbrottisch darüber, wie das Budget verteilt werden sollte. Mein Vater träumte von seiner Sarg- und Urnenausstellung, von einer geschmackvoll gestalteten Hausbroschüre, einem Lift, einem besseren Auto; er verstand nicht, weshalb meine Mutter das Geld für Kleidung ausgeben wollte.

»Du siehst überhaupt nichts, wenn es um solche Dinge geht«, sagte meine Mutter zu ihm. »Sie wird eine junge Frau.«

»Aber die Sachen passen ihr doch noch«, sagte mein Vater. Und zu mir: »Sag mal, hättest du lieber einen neuen Pullover oder eine hübsche Urnenausstellung in der Garage?«

»Das ist eine unfaire Frage«, sagte meine Mutter. »Und selbst wenn ihr die Sachen noch passen, kann man als junge Dame eben nicht mehr dieselben Kleider anziehen wie als Kind. Und dann braucht sie auch BHs. Das ist *dir* natürlich nicht aufgefallen. Du siehst in ihr immer nur den Bestatter.«

»Aber sie ist ein Bestatter«, antwortete mein Vater.

»Und sie ist eine Frau«, sagte meine Mutter.

»Das ist zweitrangig«, sagte mein Vater.

»Keineswegs«, sagte meine Mutter.

Ich selber glaubte nicht, daß ich einen BH brauchte. Meine ganze Figur veränderte sich nur minimal und blieb immer knabenhaft. Aber meiner Mutter ging es ums Prinzip. Da sie in solchen Angelegenheiten neuerdings das letzte Wort behielt, fuhren wir regelmäßig nach Eckernförde, um mich auszustatten. Die Zeit, die wir dadurch miteinander verbrachten – wir fuhren entweder mit dem Linienbus oder ließen uns von meinem Vater in die Stadt bringen und wieder abholen –, nutzte sie, um mir ihrerseits ein paar grundlegende Dinge beizubringen.

Am liebsten kaufte sie mir Unterwäsche, wobei meine kurvenarme Figur Anlaß zu langen Fachsimpeleien zwischen ihr und den Verkäuferinnen gab. Ich wurde aufgepolstert und mit Bügeln verstärkt, angehoben und zurechtgerückt. Wir übersprangen die Bustier- und Sport-BH-Phase, die meine Klassenkameradinnen durchliefen, und veredelten meinen Körper von Anfang an mit vorzugsweise farbenfroher Spitze.

»Falls ein Junge auf die Idee kommt, mal nachzusehen, was sich unter der Trauerkleidung verbirgt, erwartet ihn wirklich eine Überraschung«, sagte eine der Verkäuferinnen zu mir.

Eine zweite Leidenschaft meiner Mutter waren die Blumenläden, bei denen sie regelmäßig mit mir vorbeischaute. Sie erklärte mir, mit welchem Geschäft eine Zusammenarbeit sich lohnte, welches unzuverlässig war, welches teurer, aber dafür auch edler, und wo es die schönsten Kranzschleifen gab. Sie bemühte sich redlich, mein frühkindliches Interesse für Trauerfloristik wiederzubeleben.

Nach jedem Einkaufsbummel in Eckernförde gönnte meine Mutter sich und mir ein Stück Torte bei Café Heldt in der Nicolaistraße und drängte mich besonders nach einem Unterwäschekauf zu einem Stück mit möglichst viel Sahne. Wir plauderten dann über die Leute im Dorf und über das Geschäft (meine Mutter hatte ein erstaunliches Gedächtnis für das genaue Alter der Menschen).

Einmal, nachdem wir einen Bikini für mich gekauft und beim Kaffee ein wenig über Urlaubsreisen geredet hatten, sagte sie: »Mit einem Bestatter verheiratet zu sein ist so ähnlich, wie mit einem Pastor verheiratet zu sein.«

Ich fragte sie, was sie damit meine. Vor mir auf dem Teller ruhte die Ruine einer Cremeschnitte, auf dem freien Stuhl stand die Tüte mit dem schleifenverzierten Triangel-Bikini mit einem Muster in Aqua und Pink. Meine Mutter hinterließ Streifen von Sahne und Lippenstift auf der Kuchengabel. Mein Tonfall war gereizt; ich hatte Tobi absagen müssen, der mir für den Nachmittag einen absolut plausiblen Gottesbeweis angekündigt hatte.

Sie lächelte. Sie lächelte stets, wenn ich ungeduldig wurde. Für sie war das eine Begleiterscheinung der Pubertät, und aus unerfindlichen Gründen brachte jedes Anzeichen meiner Pubertät sie in Verzückung.

»Ein Pastor ist immer im Dienst«, sagte sie. »Er hat sozusagen Dauerbereitschaft. Die Mitglieder seiner Gemeinde müssen ihn jederzeit erreichen können, wenn sie seine Hilfe brauchen. Dasselbe gilt für einen Bestatter, der seinen Beruf ernst nimmt. Und deshalb muß eine Frau, die einen Bestatter heiratet, wissen, daß sie ihn immer wird teilen müssen. Sie muß mit Meldelampen auf der Wohnzimmeranrichte leben und mit der Tatsache, daß ihr Mann ihr niemals mit voller Aufmerksamkeit in die Augen sehen wird, weil er immer die Lampe im Blick behalten muß.«

Sie nahm einen Schluck Kaffee und blickte versonnen in die Tasse.

»Ich wußte ja, auf was ich mich einlasse. Er hat von Anfang an keinen Hehl daraus gemacht, wie wichtig ihm sein

Beruf ist. Dein Vater ist mit Leib und Seele Bestatter, und genau das habe ich immer an ihm geschätzt. Er wollte nie etwas anderes werden.«

Sie unterdrückte damenhaft einen kleinen Rülpser, indem sie sich den Handrücken auf den Mund preßte.

»Ich sollte langsamer essen«, sagte sie und zwinkerte mir zu. Sie war unglaublich souverän in solchen Dingen.

»Eigentlich wollte ich Krankenschwester werden. Hab ich das mal erzählt? Aber dein Vater hat recht, wenn er sagt, Bestatter machen etwas ganz Ähnliches. Jemanden anständig und würdevoll unter die Erde zu bringen ist beinahe dasselbe, wie jemanden gesund zu pflegen. Man kümmert sich um den Menschen, man versorgt ihn, weil er es nicht mehr selber kann, so wie auch ein Kranker versorgt werden muß. Und man ist da für die Angehörigen, die die Situation nicht alleine bewältigen können. Man tut Dienst am Menschen, in beiden Fällen.« Sie rührte in ihrer Tasse herum.

»Aber es gibt einen Unterschied, den dein Vater nicht versteht. Wenn man eine Krankenschwester ist, dann pflegt man die Menschen gesund. Man erhält ihnen ihr Leben, so gut es eben möglich ist. Manchmal wünschte ich einfach, unsere Kunden wären nicht alle schon tot.«

Als sie mich anblickte, waren ihre Augen gerötet. Ich verzichtete auf den Hinweis, daß die Kunden meistens ja gerade nicht die Verstorbenen selbst waren, sondern diejenigen, die die Bestattung in Auftrag gaben und dafür zahlten. Ich wußte nicht, ob ich aufstehen und sie umarmen sollte. Wenn ich traurig war und es ohne Trost einfach nicht mehr aushielt, wenn es nicht einmal mehr half, auf einen Baum oder eine Scheune zu klettern, dann fuhr ich heimlich zu Helferich & Senf, dessen Inhaber mit Umarmungen ausgesprochen freigebig waren. Ich wußte allerdings nicht genau, ob es das war, was meiner Mutter jetzt guttun würde, ob sie diese Art von Berührung genauso gerne mochte wie ich, denn wir hatten noch nie darüber gesprochen. Ich langte über den Tisch, nachdem ich den Teller mit der Cremeschnittenruine beiseite geschoben hatte, und streichelte ihr übers Handgelenk.

»Jemanden zu bestatten ist eine heikle Angelegenheit, der nicht jeder gewachsen ist«, sagte ich. »Es ist wichtig, daß es Leute gibt wie uns, die sich dazu berufen fühlen, denjenigen die bestmögliche Behandlung zuteil werden zu lassen, die selber keinen Einspruch mehr erheben können. Man ist für sie da, ohne daß man etwas dafür zurückbekommt – der Verstorbene kann sich nicht bedanken, es wird kein Erfolg verzeichnet, wie etwa bei einer Genesung. Ist es nicht gut, daß wir das machen? Ist es nicht schön, daß die Angehörigen uns ihr Vertrauen zu recht schenken?«

»Ach Felizia«, sagte meine Mutter und sah mich gerührt an. »Wenn dein Vater dich hätte hören können, er wäre geplatzt vor Stolz.« Sie fing meine streichelnde Hand auf und drückte sie. Und nach einer Pause fügte sie hinzu: »Trotzdem wünschte ich, dein Vater würde sich diesen Dienst etwas besser bezahlen lassen.«

※

Zu erklären, wie es dazu gekommen war, daß ich an seinem Balkon hing, dauerte länger, als ich gedacht hatte. Ich hatte keine Ahnung, wie spät es war, irgendwann mitten in der Nacht, als Malte seine Frage wiederholte, was ich denn nun sei, wenn schon keine Diebin und auch keine Spionin im Auftrag seiner Frau.

Wir lagen nebeneinander im Bett, die Perücke lag zwischen uns, und ich hielt nun meinerseits einen langen Monolog, den Malte nicht unterbrach. Erst als ich fertig war, fragte er: »Cary Grant ist der aus ›Arsen und Spitzenhäubchen‹, nicht wahr?«

Ich nickte.

»Aber dem sehe ich nun wirklich nicht ähnlich«, sagte er.

»Doch«, widersprach ich, »doch. Auf dem Photo waren deine Haare viel dunkler, und du hast so eine Art.«

»Und ich verstehe das richtig, daß du in diesen Cary Grant verliebt bist und darum also auch in mich?« fragte er.

»Sagen wir es so«, sagte ich, »ich interessiere mich mehr für Cary Grant als für irgendeinen anderen Mann, dem ich bisher begegnet bin.«

»Na, da hab ich ja gute Chancen«, sagte Malte und verschränkte die Arme unter seinem Kopf.

WIR FRÜHSTÜCKTEN ZUSAMMEN am Campingtisch, Malte hatte tatsächlich am Vortag Aufbackbrötchen gekauft für den Fall, daß ich über Nacht blieb. Ich hatte eine frische Unterhose in meiner Handtasche mitgebracht für den Fall, daß ich über Nacht blieb. Malte fand das sehr weise von mir, offensichtlich könne ich spontan sein, ohne zwangsläufig am nächsten Tag zu stinken. Er mußte nicht zur Arbeit, weil Wochenende war, aber für mich waren die Tage, an denen andere Leute freihatten, immer die lukrativsten, also hatte ich wenig Zeit für ein erstes gemeinsames Frühstück.

»Warum bleibst du nicht einfach heute hier?« fragte

Malte, als ich aufstehen wollte. »Du arbeitest doch freiberuflich.«

»Und gerade deshalb kann ich es mir nicht leisten, meine Kunden zu versetzen«, sagte ich.

»Machst du nie blau?« fragte er.

Ich mußte daran denken, wie lange ich krank gespielt hatte, um ihn zu verfolgen.

»Vor kurzem hab ich das mal gemacht, ja«, sagte ich. »Aber da habe ich einen Zettel an die Klingel geklebt für die Laufkundschaft, und die angemeldeten Termine hab ich telefonisch abgesagt. Und da habe ich auch nicht blaugemacht, sondern hatte etwas Wichtiges zu erledigen, das ich nicht verschieben konnte.«

»Dann wird es Zeit, daß du dir einfach mal freinimmst«, sagte Malte.

Ich ging nicht nach Hause. Ich ließ die Kunden Kunden sein, ich sagte nicht einmal Termine ab, sondern blieb in Maltes Wohnung und saß bis mittags am Frühstückstisch. Dabei empfand ich eine seltsame Mischung aus unglaublich schlechtem Gewissen und vollkommener Freiheit.

»Ich fühle mich wie ein Kind, das etwas Verbotenes tut«, sagte ich zu Malte.

Nach dem Frühstück gingen wir wieder ins Bett. Es war nicht nur das erste Mal, daß ich meinen Beruf leichtfertig vernachlässigte, sondern auch das erste Mal, daß ich mit einem Mann ins Bett ging, ohne mit ihm zu schlafen (wenn man von Kohlmorgens letztem Besuch einmal absah). Wir lagen zusammen unter der Decke und hatten es warm und gemütlich, Malte las mir aus der Zeitung vor, ich schlief ein bißchen, und als wir Hunger bekamen, bestellte er für uns beide Pizza.

»So muß ein Samstag sein«, sagte Malte, als ich mit den Pizzakartons von der Wohnungstür kam. Wir aßen mit den Händen, im Bett sitzend, dann fragte er: »Und was machen wir jetzt?«

Mir fielen Randis Worte wieder ein über das, was Verliebte miteinander machten.

»Jetzt gehen wir Hand in Hand am Hafen spazieren«, sagte ich.

ES WAR FROSTIG DRAUSSEN, statt Hand in Hand gingen wir eingehakt, damit unsere Körper sich aneinander wärmen konnten. Die Dunkelheit war bereits hereingebrochen, die Lichter der Hafenanlagen spiegelten sich in der Förde, und wir wanderten schweigend die Promenade entlang. Ich versuchte, mich zu erinnern, was Randi noch gesagt hatte. Was machten Verliebte? Ich lenkte meine Aufmerksamkeit auf die Berührungsflächen unserer beider Jacken. Dort spürte ich Wärme. War es nicht so, daß die Haut auf die Berührung des geliebten Menschen mit Erhitzen reagierte (– »seine Hände hinterließen heiße Fingerabdrücke auf ihrer Haut« –)? Ich drehte meinen Kopf und betrachtete im Weitergehen Maltes Profil. Er hatte eine leicht gebogene, edle Nase, deren Größe mit wunderbarer Präzision den übrigen Proportionen des Gesichts angepaßt war. Sein kleines Ohr war zur Hälfte von einer Strickmütze verdeckt, das Ohrläppchen war kaum vorhanden und angewachsen. Ich empfand Zärtlichkeit für dieses Ohrläppchen, und das war eindeutig ein gutes Zeichen. Verliebte empfanden Zärtlichkeit, wenn sie einander ansahen. Wenn wir zwischen zwei Laternen gingen, dort wo das Licht sehr schwach war, sah es fast so aus, als seien wir beide schwarzweiß. Malte

Grant und Felizia Hepburn an der Promenade der Seine. Ich bremste unsere Wanderung an einer solchen Stelle außerhalb der Lichtkegel und ließ mich küssen. Malte konnte seine Lippen weich oder hart machen, je nach Bedarf, und er küßte sehr trocken, irgendwie reinlich. Ich prüfte seinen Geschmack und stellte fest, daß er mir nicht unangenehm war. Es war wichtig, daß man Geruch und Geschmack des anderen mochte. Man konnte nicht behaupten, daß ich gar nichts wußte über das Verliebtsein. Im Grunde wußte ich fast alles, wenn ich ein bißchen darüber nachdachte, ich hatte es gelesen oder gehört, ich wußte nur nicht, ob es wirklich stimmte.

Gerne hätte ich Malte gefragt, was er empfand. Ich traute mich nicht, weil das womöglich meine eigene Unsicherheit verraten hätte. Ich würde es vorerst einfach weiterprobieren, und vielleicht stellten sich die Zeichen nach einiger Zeit von selbst ein. Malte schob mich von sich weg, damit er mir besser ins Gesicht sehen konnte. Um seine Augen herum hatte er Lachfältchen, die sich in den Augenwinkeln zu melancholisch abwärts geneigten Krähenfüßen verstärkten, die auch dann zu sehen waren, wenn sein Gesicht ernst blieb. Sein Mund war eckig, die Form seiner Lippen wiederholte die seines Kiefers. Die Brauen warfen einen Schatten über seine Augen, ein loser Wollfaden hing aus der Mütze und lag auf seiner Stirn.

»Du bist wirklich hier«, sagte er. »Du weißt gar nicht, wie oft ich mir vorgestellt habe, dich zu küssen, dich festzuhalten, aber immer bist du wieder verschwunden. Ich war wütend, weil ich dachte, meine Frau hätte dich geschickt, aber gleichzeitig wollte ich dich am liebsten unter den Arm klemmen und mit nach Hause nehmen, damit ich dich einmal länger ansehen könnte. Wenn ich nur deinen Roller gesehen habe, wurde ich schon so nervös, daß ich nicht mehr klar denken konnte. Und jetzt stehst du hier vor mir, und ich kann dich ansehen, so lange ich will. Es ist nicht zu glauben.«

»Ich weiß ja nicht, wie lange du mich ansehen willst, aber wenn es noch sehr dauert, frieren meine Füße vermutlich am Pflaster fest«, sagte ich.

Er lachte, küßte mich leicht auf den Mund und setzte sich wieder in Bewegung.

»Erinnerst du dich an das erste Mal, als du mich gesehen hast?« fragte ich. Unsere Schatten überholten uns von hinten, sobald wir den Lichtkegel einer Laterne passierten. »Ich bin aus einem Gebüsch gesprungen.«

»Das warst du?« fragte Malte überrascht. Ich streckte meine Hand aus und verstaute den losen Wollfaden unter seiner Mütze.

❧

Tobi konnte viel Zeit damit zubringen, sich laut auszumalen, wie es in unserem Keller in Kleinulsby aussah. Er stellte Vermutungen an über das Aussehen der Verstorbenen, spekulierte über die Maßnahmen, die wir zur Bestattungsvorbereitung betrieben, und beschrieb mir genau die Einrichtung des Hygieneraums. Wenn ich dann meinen Kopf schüttelte und sagte, das alles treffe absolut nicht zu, verlangte er, es sehen zu dürfen. Mein Vater hatte es untersagt, aber es fiel mir schwer, mich an sein Verbot zu halten, denn das, was Tobi sich zusammenphantasierte, unterschied sich so von der langweiligen Realität, daß das einzige Mittel, ihn ein für alle Mal zum Schweigen zu bringen, eine Kellerbesichtigung zu sein schien.

»Ich wette, ich darf da nicht runter, weil es dort stinkt wie verrückt«, sagte Tobi. »Und alles ist voller Leichengift. Wie bei Tut-ench-Amun. Wenn ich runtergehe und hinterher krank werde, würde dein Vater sich schuldig fühlen – deshalb hat er es verboten. Ja? Ihr seid natürlich schon alle längst immun dagegen.«

»Es gibt kein Leichengift«, sagte ich. »Und es riecht so ähnlich wie beim Arzt.«

»Ich wette, eine Wand ist voller Schubladen, in denen die Leichen gelagert werden. An den Schubladen außen dran sind kleine Schilder mit Zahlencodes, mit denen alle möglichen Angaben über die Person verschlüsselt sind. Die Leichen in den Schubladen sind nur mit einem weißen Tuch bedeckt, weil man ihre Kleider verbrannt hat. Und der Reihe nach holt ihr euch jeweils eine raus und macht sie auf und guckt, ob irgend jemand Organe entfernt hat oder so was«, sagte Tobi.

»Das machen die bei einer Obduktion«, sagte ich geduldig. »Das ist in der Rechtsmedizin. Bei uns werden die Verstorbenen nur für die Bestattung vorbereitet. Das ist nicht besonders spektakulär, wirklich nicht.«

An einem verregneten Samstag im April geschah es, daß mein Vater den Wagen aus der Werkstatt holen mußte, während meine Mutter in letzter Minute, bevor der Supermarkt schloß, noch Einkäufe fürs Wochenende zu erledigen hatte und sich dafür von einer Bekannten im Auto mitnehmen ließ. Tobi und ich wurden gebeten, uns für die Zeit ihrer Abwesenheit im Wohnzimmer aufzuhalten, damit wir die Meldelampe im Auge und das Geschäftstelefon in Hörweite hatten. Ich wußte, was zu tun war, falls ein Kunde kam oder anrief: nach dem Anliegen fragen und entscheiden, ob es einen Aufschub vertragen konnte. Wollte jemand lediglich ein persönliches Vorsorgegespräch führen, sollte ich einen späteren Termin vorschlagen. Falls es sich um einen Sterbefall handelte, konnte ich meinen Vater über seinen neuen Beeper erreichen.

Tobi hielt es für die richtige Gelegenheit. Meine Eltern würden niemals erfahren, daß ich ihm den Hygieneraum gezeigt hatte. Sie würden mindestens eine Stunde weg sein, beide auf einmal, wir bräuchten nur schnell die Treppe hinunterzurennen, er würde sich einmal umsehen und gleich wieder ins Wohnzimmer zurückkehren. Ich führte das Argument mit der Meldelampe an, die wir bewachen sollten, aber das ließ er nicht gelten. Es kam viel zu selten vor, daß ein Kunde ohne Termin kam, und niemals, daß mein Vater einen Termin vergaß. Ich wollte keinesfalls das Risiko eingehen, daß mein Vater – egal auf welche Art – je erfahren würde, daß ich die Regeln mißachtete, aber ich wollte ebenfalls, daß Tobi endlich Ruhe gab und einsah, daß die familienbetriebliche Diskretion in diesem Fall eben kein Geheimnis schützte (noch nicht einmal einen Verstorbenen, der letzte Auftrag war vor zwei Tagen erledigt worden). Ich überlegte, und Tobi fing wieder von Tut-ench-Amun an. Es war das erste Mal, daß ich etwas zu tun erwog, von dem ich vorher genau wußte, daß mein Vater es nicht billigte. Die Verbote, über die ich mich gemeinsam mit Gunnar hinweggesetzt hatte, waren nie von meinem Vater ausgesprochen worden. Und ich hatte auch ihren Sinn nicht eingesehen, denn bis auf Gunnars kleinen Unfall mit dem Pferd namens Bochum hatten wir ständig unter Beweis gestellt, wie wenig man sich unseretwegen Sorgen machen mußte. In diesem Fall aber war das Verbot einleuchtend, denn es beruhte nicht auf einer Fehleinschätzung meiner Fähigkeiten, sondern auf einer Politik, die ich sozusagen mit der Muttermilch eingesogen hatte.

Ich berichtete Tobi, der mich erwartungsvoll ansah, von dem Konflikt, der sich in meinem Inneren abspielte. Er grinste.

»Willkommen in der Pubertät. Dies ist die neue Art von Problemen, mit denen wir uns herumschlagen müssen. Aber nicht alles, was gut für unsere Eltern ist, ist auch gut für uns.«

Ich fragte mich, warum Tobi mich da unbedingt mit reinziehen wollte. Konnte er nicht einfach behaupten, er müsse aufs Klo, und dann statt dessen schnell den Keller besichtigen? Ich begriff es, als wir schließlich am Treppenabsatz standen.

»Du gehst vor«, sagte Tobi, und seine Stimme klang plötzlich nicht mehr so selbstsicher.

»Keine Angst«, sagte ich. »Der Hygieneraum ist leer zur Zeit.«

»Ich hab keine Angst«, sagte Tobi. »Es ist nur besser, wenn du vorgehst, wegen der Fingerabdrücke.«

Tobi sah sich gründlich um, aber viel zu sehen gab es nicht. Er schnupperte an den Gegenständen, fuhr mit der Hand über die gekachelten Wände und kletterte dann auf die Liege. Er legte sich auf den Rücken und schloß die Augen.

»Was macht ihr, wenn ihr mehr als eine Leiche habt?« fragte er.

»Wir haben noch eine zweite Liege, die ist zusammenklappbar. Aber wir versorgen die Verstorbenen normalerweise nacheinander.«

Er rappelte sich hoch, sprang von der Liege und sagte: »Jetzt du. Ich will sehen, wie es hier drinnen aussieht, wenn jemand da drauf liegt.«

Ich merkte, wie mir das Atmen schwer wurde, während ich zögernd auf die Liege kletterte. Als ich mich vorsichtig auf den Rücken legte, spürte ich einen Druck auf der Brust, als säße jemand mit ganzem Gewicht auf mir und preßte die Luft aus meinen Lungen. Tobi stellte sich neben mich, nahm meine Arme, die vollkommen schlaff waren, und legte sie gekreuzt über meinen Brustkorb.

»Mach die Augen zu«, sagte er. Ich schloß gehorsam die Augen, obwohl ich es gar nicht wollte. Meine Lider waren unwahrscheinlich schwer, und auf ihrer Innenseite tanzten Lichter. Ich konnte spüren, wie sich die Haare an meinen Armen aufstellten und sich eine Gänsehaut bildete. In diesem Augenblick war ich meiner Haut unendlich dankbar, daß sie den Beweis erbrachte, daß ich lebte, und ich schaffte es, meine Augen zu öffnen.

»Laß uns wieder hochgehen«, sagte ich.

»Komisch, auf dieser Liege zu liegen«, sagte Tobi, als wir wieder im Wohnzimmer saßen. Ich nickte. Ich hatte großen Durst.

»Ich meine, es könnte doch jeden Moment vorbei sein mit einem von uns. Es gibt tausend Möglichkeiten, wie es einen erwischen könnte«, sagte er. »Denkst du, es ist dann auch vorbei? Oder kommt man danach wirklich in den Himmel?«

Ich wußte es nicht, aber Tobi erwartete auch keine Antwort. Seine Frage war nur der Auftakt zu einem Referat, in dem er die Möglichkeiten eines Lebens nach dem Tod erwog und das andauerte, bis meine Mutter vom Einkaufen wiederkam. Während sie Kaffee und Waffeln machte, traf mein Vater ein.

Wir saßen alle zusammen am Eßtisch und aßen, als Tobi plötzlich fragte: »Glauben Sie, nach dem Tod kommt noch irgendwas anderes, Herr Lauritzen?«

Mein Vater und meine Mutter warfen sich einen Blick zu, der verriet, daß sie sich über die Frage freuten, und mir kam der Verdacht, sie hätten sie eigentlich von mir erwartet.

»Ich weiß es nicht«, sagte mein Vater. »Aber ich habe schon so viele Verstorbene gesehen, die lächelten, als der Moment ihres Todes eintrat, daß ich sehr stark annehme, daß danach noch etwas kommt, aller Wahrscheinlichkeit nach etwas Erfreuliches.«

»Wo kann ich etwas darüber herausfinden?« wollte Tobi wissen.

»Nun, ich nehme an, im Neuen Testament«, sagte meine Mutter.

※

Erst am Montagmorgen, nachdem Malte sich auf den Weg zur Arbeit gemacht hatte, kehrte ich in die Yorckstraße zurück. Neben der Mülltonne fand ich die tote Taube, die Maltes Frau vor drei Tagen durch die Gegensprechanlage erwähnt hatte. Sie war unversehrt, keine Katze hatte sie gefunden, keine Ameisen hatten sie erobert, anscheinend hatte sie still und friedlich nur auf mich gewartet. Ich hatte keinen Stock zur Hand, um ein Loch zu buddeln, für meine Hände war der Boden zu hart, und einfach nur mit herabgefallenem Laub bedecken konnte ich die tote Taube nicht, weil jeder vorbeikommende Hund sie einfach hätte herausholen können. Nach einigen vergeblichen Versuchen fand ich eine zerbrochene Gehwegplatte, deren einer Teil sich anheben ließ. Mit dem Absatz des Schuhs schabte ich eine Kuhle, bettete die Taube hinein und legte vorsichtig die Platte wieder darauf. Dann beeilte ich mich, ins Haus zu kommen.

Dort wartete Randi auf mich. Sie mußte auf meine Schritte im Treppenhaus gehorcht haben, denn kaum hatte ich unser Stockwerk erreicht, schwang ihre Wohnungstür auf. Sie stand im Türrahmen und sah zum Erbarmen aus. Ihr zottiger Pullover war so kurz, daß er ihren Bauch frei ließ, sie hatte sich in eine Hose gezwängt, die oben viel zu eng war und deren Beine nach unten sehr weit wurden und bis über die Schuhe hingen. Sie hatte sich in einem Anfall von Modehörigkeit oder Langeweile einen Pony geschnitten.

»Heute keine Schule?« fragte ich.

»Ich geh nicht hin«, sagte sie. »Ich muß doch hören, wie dein Wochenende war.«

»Ich will nicht, daß du meinetwegen die Schule schwänzt«, sagte ich und schloß meine Wohnung auf. Sie folgte mir in den Flur.

»Übrigens, der Schauspieler hat nach dir gefragt, der ganz unten wohnt. Er hat dich anscheinend vermißt.«

WÄHREND RANDI und der Mann von Unten mir mein Wochenende ein wenig übelnahmen, mußte ich feststellen, daß es auf die Kundschaft eine ganz andere Wirkung gehabt hatte. Ich war überzeugt gewesen, diejenigen, die ich versetzt hatte, würden sich nie wieder blicken lassen. Auf den Kärtchen, die in dem Esoterikladen auslagen, stand:

Sieben Tage die Woche, auch ohne Anmeldung, also konnte ich davon ausgehen, daß auch die Laufkundschaft über meine Abwesenheit nicht besonders erfreut gewesen war, und ich versuchte, nicht darüber nachzudenken, wie viele potentielle Stammkunden mir verlorengegangen waren, weil ich unbedingt mit einem Mann im Bett Pizza essen mußte (ganz egal, daß er meine einzige Chance auf Glück war, so konnte man einfach kein Geschäft führen).

Aber noch bevor ich mit meinem Bericht für Randi beim Hafenspaziergang angekommen war, klingelte das Telefon und gleich danach die Türklingel. Randi machte für mich den Rest des Vormittags Telefondienst, koordinierte die Termine und kochte Kaffee, während ich mich nacheinander um zwei Kunden kümmerte. Alle, die einen Termin fürs Wochenende vereinbart hatten, die umsonst gekommen waren, weil ich blaugemacht hatte, meldeten sich im Laufe des Tages, um eine neue Zeit zu verabreden, und zwar so bald wie möglich. Plötzlich brannten ihnen die Fragen, die sie den Karten stellen wollten, quälend unter den Nägeln.

Randi kam mittags mit zum Einkaufen und half mir tragen. Wir leisteten uns das neue »Eis des Winters« und zwei Flaschen Multivitaminsaft zusätzlich zu den üblichen Lebensmitteln von dem Geld, das ich vormittags verdient hatte. Randi wollte auch nach dem Essen nicht zurück in ihre Wohnung gehen. Es mache ihr nichts aus, daß ich keine Zeit für sie hätte, sagte sie. Sie wollte mir einfach nicht von der Seite weichen.

Eine Kundin an diesem Nachmittag war schwanger, hatte einen Heiratsantrag angenommen und zweifelte nun an ihren eigenen Motiven bezüglich der Ehe. Eine andere wollte einfach nur Allgemeines wissen, sie langweilte sich in ihrem Leben und war glücklich, als ich ihr eine Änderung voraussagte.

»Eine Reise oder so was?« fragte sie. »Nur so als Beispiel. Könnte so ein Ereignis zum Beispiel eine Reise sein?«

Randi brachte Kaffee und schaute mir interessiert über die Schulter. Ich konnte riechen, daß sie in der Küche geraucht hatte. Kurz darauf steckte sie den Kopf durch die Tür und fragte, ob sie eine Schüssel Cornflakes essen dürfe. Wenig später hörte ich die Dusche rauschen. Ich begleitete die Kundin hinaus und legte mich, nachdem ich die Wohnungstür hinter ihr geschlossen hatte, auf den Fußboden. Der Terminkalender für diese Woche war ziemlich voll, ich konnte zufrieden sein. Randi duschte lange, ich lag auf dem kühlen Fußboden und dachte darüber nach, wieso es den Kunden nichts auszumachen schien, von mir versetzt zu werden. Ich stellte mir vor, wie Tobi, um dieser Frage nachzugehen, ein Referat entwickelt hätte, in dem es um Angebot und Nachfrage ging und um die Steigerung der Glaubwürdigkeit einer Wahrsagerin durch gezielt eingesetzte Unzuverlässigkeit.

Es klingelte. Mühsam rappelte ich mich vom Boden hoch und betätigte den Türöffner. Ich strich mir den Flurdreck vom Kleid, steckte mir ein paar Mandeln in den Mund und überprüfte in Ruhe die Kerzen und Räucherstäbchen im Wohnzimmer, bevor ich die Wohnungstür öffnete. Vielleicht war es ja auch gut fürs Geschäft, wenn ich die Kunden eine Weile vor der Tür warten ließ.

Draußen stand Malte.

»Wir haben nicht genau ausgemacht, wann wir uns wiedersehen, da dachte ich – warum nicht heute?«

»Ja«, sagte ich. »Warum nicht, nicht wahr?«

Ich hatte ihm, als wir uns morgens voneinander verabschiedet hatten, eines meiner Werbekärtchen gegeben, daher kannte er die Adresse. Ich führte ihn in die Küche.

»Ich dachte, wenn ich vorher anrufe, dann sagst du bestimmt, du bist zu müde. Außerdem wollte ich unbedingt deine Wohnung sehen.«

Er hatte recht, ich war zu müde. Aber ich wollte mich zusammenreißen und mich freuen, daß er da war. Ich wollte vollen Einsatz zeigen. Verliebte hatten unerschöpfliche Energiereserven, das wußte jeder, und sofort fühlte ich mich wieder wacher. Er lief herum und sah sich zuerst den Flur an. Gleichzeitig kam Randi, eingehüllt in eine intensive Duftwolke, aus dem Badezimmer. Sie standen sich gegenüber, ich stellte sie vor (Randi, die Tochter meiner Nachbarin – Malte Schmidt, der Mann, von dem ich dir erzählt habe), Randi musterte ihn kritisch, Malte lächelte väterlich, dann zog er weiter ins Wohnzimmer.

»Das ist er also«, sagte Randi.

»Das ist er also«, bestätigte ich.

»Sieht nicht aus wie Cary Grant«, sagte sie.

Wir folgten ihm bei seiner Besichtigung.

Nachdem Malte sich alles angesehen hatte, sagte er: »Deine Wohnung gefällt mir. Aber du gefällst mir noch besser. Diese schwarzen Umrandungen um die Augen ...«

Er packte mich und küßte mich auf den Mund, während Randi stirnrunzelnd einen großen Bergkristall betrachtete.

»Wieso trägst du so ein Tuch um den Kopf?«

»Erstens sieht es exotisch aus«, sagte ich. »Und zweitens denken die meisten Leute, unter so einem Turban verberge sich langes Haar. Er gehört zur Arbeitskleidung.«

»Ich glaube«, sagte Malte, »wenn du so mit Kleid und Tuch vor mir stehst, fällt es mir leichter, dich Felizia zu nennen.«

»Wenn ich arbeite, heiße ich auch so.«

»Was hältst du von einem Glas Wein oder einem Bier? Ich will, daß du deine Arbeitskleidung dabei anbehältst, dann kann ich dich den ganzen Abend Felizia nennen.«

Ich drehte mich zu Randi um, die hastig den Kristall zurücklegte, an dem sie gerade probeweise geleckt hatte. Sie schaute auf mit einem Gesichtsausdruck, der anzeigen sollte, sie habe gar nicht zugehört.

»Hm?« machte sie.

»Malte und ich gehen jetzt aus«, sagte ich. »Willst du zu dir gehen oder hierbleiben?«

»Hierbleiben«, sagte sie.

Manchmal ging ich in meiner Arbeitskleidung zum Einkaufen, oft behielt ich die Sachen an, wenn ich einen Spaziergang machte, und viele meiner Bekannten hatten mich noch nie in Zivil gesehen. Aber in einer Kneipe hatte ich noch nie gesessen mit einem Tuchturban und den Kajal-Augen. Ich spürte die Blicke auf mir. Und auch die Art, mit der Malte mich ansah an diesem Abend, machte mir klar, daß ich faszinierte. Mir fiel ein, was er mir erzählt hatte über das Gefühl, Frauenkleider zu tragen – daß er sich schön fühlte und perfektioniert, daß er es genoß, angesehen zu werden.

Ich dagegen mußte feststellen, daß dies auf mich nicht zutraf. Ich fühlte mich beobachtet.

Tobi entschied bald, daß das Neue Testament nichts für ihn war. Das einzige, was ihn an der Bibel länger als ein paar Tage interessierte, waren die Wunder, die darin beschrieben wurden, und auch da vor allem die alttestamentarischen. Er hatte ein Buch aufgetrieben, in dem die wundersamen Ereignisse mit naturwissenschaftlichen Mitteln erklärt wurden, das beschäftigte ihn eine Weile. Auch ich fand keine befriedigenden Antworten in der Auseinandersetzung mit der Religion, wenngleich sie mir sinnvoller erschien als die Philosophie. Im Religionsunterricht in der Schule lernten wir nur sehr wenig über das Leben nach dem Tod, dort beschäftigten wir uns mit behinderten Kindern und dem Reformationstag. Tobi und ich diskutierten darüber, wie der Jüngste Tag aussehen würde, wenn doch die Körper in den Gräbern längst verwest waren. Wenn die meisten Menschen im hohen Alter starben, hatte man sich dann das Paradies vorzustellen wie eine Seniorenwohnanlage? Tobi vertrat die Meinung, man müsse mit der gesamten Bibel so umgehen wie mit den Wundern darin: Das, was aufgeschrieben worden war, hatten Menschen aufgeschrieben, die nicht wußten, was sie vor sich hatten. Nichts darin dürfe man für bare Münze nehmen, und so, wie die ägyptischen Plagen sich allesamt als fehlgedeutete Naturereignisse interpretieren ließen, so müsse jeder Satz dieser ganzen Schrift mit Logik und Vernunft auf seinen wahren Inhalt abgeklopft werden. Um das allerdings zu können, müßten wir uns zunächst mit den Naturwissenschaften beschäftigen.

Ich war anderer Meinung. Einmal hatte ich eine ganze Nacht lang in einem Hünengrab neben etwas gesessen, das sich wissenschaftlich sicherlich nicht erklären ließ. Und wenn man herausfinden konnte, was es mit dem Paradies wirklich auf sich hatte, warum hatten all die Physiker und Biologen das nicht schon längst getan?

Tobi meinte, sie hätten eben noch nicht weit genug geforscht. Unsere Diskussion blieb an dieser Stelle stecken. Aber wir bekamen bald einen Hinweis, in welcher Richtung wir recherchieren konnten.

Ich nahm Tobi mit zu Helferich & Senf, als er das nächste Mal kam. Wir mußten mit dem Bus fahren und ein Stück zu Fuß gehen, weil die Strecke für zwei Personen auf einem Damenfahrrad zu weit war. Mich hatte der heimliche Besuch des Hygieneraums durcheinandergebracht, ich schlief schlecht seitdem. Immer wenn ich die Augen schloß, konnte ich mich plötzlich genau an das Gefühl erinnern, das ich gehabt hatte, als ich auf der Liege lag. Ich fühlte mich gelähmt und schwindelig, und einmal, nachdem ich lange versucht hatte, meine Augen offenzuhalten, hatte ich von meiner eigenen Beerdigung geträumt. Ich war genauso unter den Trauergästen wie meine Eltern und die Frau von Bäcker Börnsen und Gunnar mit seiner Mutter, und alle drückten mir voller Mitgefühl die Hand und sprachen mir ihr Beileid aus, und die Ungewißheit, ob ich nun tot war oder lebendig, machte mich schier wahnsinnig.

Wir betraten den Verkaufsraum, in dem wie immer die beiden Inhaber saßen und Kaffee tranken. Erk Helferich hatte die Beine von sich gestreckt, und er las Dirk Senf mit tiefer Stimme aus der Zeitung vor.

»Tag Felix«, sagte Dirk Senf.

»Tag zusammen«, sagte ich.

Jeweils mit einer Tasse Tee versehen, setzten Tobi und ich uns auf eine der Steinbänke, die zum Verkauf ausgestellt waren. Sobald ich einen Schluck genommen hatte, fühlte ich mich besser. Es war ein Rezept, das immer zu funktionieren schien. Heißer Tee, die Gesellschaft von Erk Helferich und Dirk Senf, der Geruch von Steinstaub und die Anwesenheit der stummen, gemeißelten Figuren und Gebrauchsgegenstände, ein plätscherndes Gespräch und am Ende des Besuchs zwei Umarmungen zum Abschied, das alles machte, daß mir leichter ums Herz wurde und meine Füße sich auf dem Nachhauseweg viel einfacher heben ließen, so, als hätte ich Luft in den Schuhsohlen. Ich hatte mich schon oft gefragt, ob die Leidenschaft meines Vaters für Grabsteine mit der Atmosphäre von Helferich & Senf zusammenhing, ob auch er nur einen Vorwand brauchte, um sich hier einer Last aus Verwirrung und Trauer zu entledigen.

Tobi hatte sich selbst vorgestellt und sich dann artig neben mich gesetzt. Ich konnte spüren, wie er auf seinem Hintern herumrutschte, weil er es kaum aushielt, an einem so interessanten Ort zu sein, ohne herumzulaufen und alles zu erforschen. Statt dessen verlegte er sich aufs Ausfragen. Er fing einfach irgendwo an zu fragen und hörte nicht auf, bis schließlich Erk Helferich die Zeitung zusammengefaltet auf den Boden legte, um Tobi verwundert anzustarren. Er brachte die beiden Steinmetze dazu, daß sie anfingen, von Marmorsorten zu erzählen, von Astir Marmor und Bianco Sardo, von Estremoz Marmor und Gris Perla. Er schaffte es nicht, Erk Helferich zum Aufstehen zu bewegen, aber er schickte mit seinen Fragen Dirk Senf im ganzen Laden umher, wo er auf verschiedene Objekte deutete, Werkzeuge zur Ansicht hervorholte, seine eigenen rauhen Handflächen unter Tobis Nase hielt. Die Fragen, die ihm zu den Grabsteinen einfielen, waren mir nicht einmal in den Sinn gekommen: Woher die Formen kamen? Ob sie traditionell oder frei erfunden waren? Wieviel Zeit es brauchte, aus einem Steinblock einen Grabstein mit Inschrift herzustellen? Welches die merkwürdigsten Inschriften waren, die die beiden je zu machen hatten? Was sie dabei empfanden, wenn sie ein Todesdatum meißelten? Ob das eine Arbeit war wie jede andere? Ob sie es vorzogen, Flamingos zu machen? Ob sie noch andere Kunden hatten als meinen Vater? Welches Material sie am liebsten bearbeiteten und warum? Und dann, als er merkte, daß er sie aufgetaut hatte und ihre Zungen gelockert waren, stellte er die entscheidende Frage: Was ihrer Meinung nach mit den Leuten passierte, nachdem sie gestorben waren?

Erk Helferich steckte einen langen Mittelfinger unter seinen Tirolerhut, um sich zu kratzen. Dann sagte er: »Die Menschen haben eine Seele. Die besteht aus Energie, aus Licht sozusagen. Irgendwo, außerhalb dieser Welt, gibt es ein großes Energiezentrum, von dem die Seelen sich von Zeit zu Zeit freiwillig abspalten, um in einem Menschen auf der Erde umherzugehen und Erfahrungen zu machen. Wenn der Mensch stirbt, geht seine Seele einfach wieder dorthin zurück und vereinigt sich mit dem Lichtzentrum.«

Ich war verblüfft über die Einfachheit dieser Erklärung. Und für einen Moment schien auch Tobi nicht genau zu wissen, was er sagen sollte.

»Ich dagegen bin eher der Meinung, daß man nur dieses eine Leben hat«, sagte Dirk Senf. »Und ob man hinterher in einen Himmel kommt oder ins ewige Nirwana eingeht oder sich meinetwegen auch mit einem Lichtklumpen vereinigt, ist mir eigentlich ziemlich egal. Ich jedenfalls werde mich nicht darauf verlassen, daß ich noch mehrere Chancen bekomme.«

Auf dem Rückweg versuchte Tobi zusammenzufassen, was wir gehört hatten. Während er redete, war ich abwesend und unkonzentriert, aber es war für ihn auch vollkommen unwichtig, ob ich ihm zuhörte. Er überlegte laut, ich tat es leise, aber im Grunde hingen wir beide nur unseren Gedanken nach.

Als wir in Kleinulsby aus dem Bus stiegen, sagte ich Tobi, er solle mir folgen, und ging ihm voraus zum Strand.

Während wir das Dorf durchquerten, fiel mir auf, wie wenig sich veränderte mit den Jahren. Einige Häuser hatten einen neuen Anstrich bekommen, die Vorgärten wandelten sich mit den Jahreszeiten, aber die Erneuerungen im Dorf beschränkten sich weitgehend auf das Neubaugebiet und den direkten Bereich um den Campingplatz. Ich kannte die Namen der Menschen, die in den Häusern im alten Dorfteil wohnten, wußte ihr ungefähres Alter und damit die relative verbleibende Zeit bis zu ihrem Ableben. Der alte Hansen, der gerade in seinem Garten stand, frisch gehacktes Holz stapelte und uns zunickte: fünfzehn Jahre höchstens, in der gesamten Hansen-Familie hatte noch keiner die Achtzig erreicht. Bei dem Mann von Frau Bensien konnte es jederzeit soweit sein, er lag schon seit ein paar Jahren nur noch im Bett und trank Bier. Sie hatten ihm das Bett ans Fenster gerückt, damit er auf die Straße sehen konnte, und er lächelte mir müde zu, wann immer ich vorbeikam (ich glaubte nicht, daß er wußte, wer ich war). Er hatte schon viel länger durchgehalten, als man ihm zugetraut hatte bei den Leberwerten, Frau Bensien hatte das einmal beim Bäcker erzählt, und meine Mutter hatte es mit angehört.

Ich wußte nicht, wieso ich ausgerechnet an diesem Tag Tobi vom Tierfriedhof erzählen wollte. Vielleicht hatte es an der Art gelegen, wie wir im Bus nebeneinandergesessen hatten, er laut faselnd, ich stumm und gedankenversunken; ich hatte so sehr gespürt, wie wenig wir beide wußten, wie weit der Weg noch war, den wir gehen mußten, um das Leben auch nur annähernd zu begreifen, und das hatte uns verbunden. Ich wollte diese Verbindung festigen, ich war bereit, meine Geheimnisse mit Tobi zu teilen, nur um nie wieder allein mit ihnen sein zu müssen. Aber das sagte ich ihm nicht, denn ich wußte, was er antworten würde: daß Weltschmerz, Verwirrung und Sehnsucht nach Nähe die klassischen Emotionen der Pubertät seien und ob ich es nicht auch über die Maßen faszinierend fände, daß diese Gefühle sich in den banalsten Situationen manifestierten, quasi, als sei ihnen jeder blöde Anlaß recht, um sich zu Wort zu melden.

Bisher hatte ich ihm verschwiegen, daß ich, als ich jünger war, in meiner Freizeit Tiere beerdigt hatte, weil ich fürchtete, er könnte mich auslachen. Vielleicht konnte ich ihm auch an diesem Tag davon erzählen, weil ich die zermatschten und vergifteten Tiere jetzt als etwas anderes begreifen konnte. Die vielen kleinen Licht-Seelen, die zum großen Energiezentrum zurückgekehrt waren und eines Tages womöglich planten wiederzukommen, hatten eine anständige Bestattung durchaus verdient. Es spielte dabei keine Rolle, ob sie nach christlichen Ritualen beerdigt worden waren oder nach anderen, es ging nur darum, daß sie einen würdevollen Abschied bekommen hatten. Gerade weil alle von ihnen gewaltsam ums Leben gekommen waren, war es vielleicht dieser letzte Dienst, der sie mit dem irdischen Dasein aussöhnen konnte, so daß sie eines Tages beschlossen, zurückzukommen und sich erneut den Widrigkeiten und Erfahrungen eines Erdenlebens auszusetzen. In diesem Licht betrachtet, erfuhr das Bestattungswesen eine enorme Aufwertung und verlor alles Lächerliche.

Ich war viele Jahre lang nicht auf dem Friedhof gewesen, aber es gab ihn noch. Er war überwuchert, und wer nichts von seiner Existenz wußte, hätte ihn übersehen, doch wenn man das Unkraut beiseite bog oder ein bißchen Erde mit dem Fuß wegschob, konnte man die meisten Grabsteine wiederfinden. Natürlich gab es keine Inschriften, die einen Hinweis darauf gaben, welches Tier dort jeweils begraben lag. Es waren faustgroße Steine, die ich in der Umgebung gefunden hatte, die lediglich eine Grabstelle kennzeichneten. Aber ich war damals einer gewissen Ordnung gefolgt, gleichartige Tiere wurden nebeneinander beerdigt, so daß es beispielsweise einen Mausbereich gab und eine Abteilung für Vögel.

Tobi war begeistert, als er begriff, was da vor ihm lag. Sein Gesicht hatte leer ausgesehen, als ich ihm den Friedhof präsentierte, aber sobald ich ihm mit Armbewegungen die verschiedenen Abschnitte erläutert und ihn auf die verborgenen Steine aufmerksam gemacht hatte, flackerten seine Augen, und er ließ sich auf den Boden fallen, um mit den Händen weitere Steine freizulegen. Er kroch auf meinem Friedhof herum, und ich war mir plötzlich nicht mehr sicher, ob es eine gute Idee gewesen war, ihm davon zu erzählen.

Auf allen vieren hockend, schaute er zu mir hoch und fragte: »Was sagtest du, wie lange liegen diese Tiere hier?«

»So zwischen fünf und acht Jahre«, sagte ich.

»Dann sind sicher nur noch die Knochen übrig, was?«

»Vermutlich«, sagte ich. »Weiß nicht so genau.«

Zuzugeben, daß ich es nicht wußte, war ein Fehler. Es war für Tobi vollkommen unverständlich, wieso ich, da ich doch nicht genau wußte, ob inzwischen von den Spatzen und Maulwürfen nur noch die Skelette zu finden waren, es nicht dringend herausfinden wollte. Unsere Vermutung war klar, und um sie zu überprüfen, brauchten wir nur ein bißchen zu graben, es reichten ein, zwei exemplarische Nachweise, und schon waren wir schlauer und wußten es ganz genau. Wie konnte ich da zögern?

Unter keinen Umständen durfte ich jetzt den Arm erwähnen, der etwas abseits in unmittelbarer Nähe zur Amphibienabteilung lag. Wenn Tobi erst einmal wußte, daß er die Überreste eines menschlichen Armes ausgraben könnte, würde er niemals aufgeben. Und aufgeben mußte er.

Inzwischen kannte ich mich besser mit den Gesetzen aus und wußte, daß es strafbar war, Leichenteile zu entwenden (und selbstverständlich gegen jede Berufsethik des Bestatterhandwerks). Es war nicht so, daß ich mich fürchtete, ins Gefängnis zu kommen, weil ich als kleines Kind einen Arm gefunden und vergraben hatte, aber es würde Fragen geben, falls der Arm wieder auftauchte, vielleicht sogar Untersuchungen. Womöglich würde man weitergraben oder die Leiche der Frau exhumieren oder – und das wäre das schlimmste – meinen Vater befragen, unseren Betrieb unter die Lupe nehmen, unsere Qualifikation anzweifeln.

All die Jahre hindurch war mir mulmig gewesen, wenn ich an die Möglichkeit dachte, der Arm könnte irgendwie an die Oberfläche gelangen, ein Tier könnte ihn ausgraben, ein Bauer die Erde umbrechen. Wenn Tobi jetzt anfing, die Gräber zu öffnen, vielleicht würde dann einem Spaziergänger das Areal auffallen, er würde nachschauen und den Arm finden. Und selbst wenn sich niemand hierher verirrte, wenn der Friedhof vergessen blieb, wer möchte garantieren, daß Tobi seinen Mund halten konnte?

Doch das war nicht der Grund, weshalb ich unter allen Umständen verhindern wollte, daß Tobi anfing zu graben. Solange er nichts wußte von einem Arm, würde er nicht danach suchen, sich mit ein paar Mäusen zufriedengeben, sie untersuchen, sie wieder eingraben und später zu Hause oder in der Stadtbücherei tausend Stichworte nachschlagen.

»Ist doch uninteressant. Skelette gibt es auch in der Schule in der Biosammlung«, sagte ich.

»Das ist nicht dein Ernst. Die sind doch aus Plastik«, sagte Tobi. »Und vielleicht ist noch was anderes übrig, Haut oder Federn oder so was.«

»Glaub ich nicht.«

»Ich will doch nur mal nachsehen. Was hast du denn?« fragte er.

Ich versuchte es anders. Ich erklärte ihm, daß diese kleinen Tiere Seelen besessen hätten, die den unseren gleichberechtigt waren, und so werde jede Störung ihrer letzten Ruhe zur Grabschändung, die ich nicht dulden könne.

Ich fragte ihn, wie er es fände, wenn nach seinem Tod die Menschen kämen und aus lauter Neugier sein Grab aufwühlten, einfach, um nachzusehen, wie weit seine Verwesung fortgeschritten sei. Tobi zögerte keinen Moment zu erwidern, daß im Dienste der Wissenschaft alles erlaubt sei, daß Archäologen exakt dasselbe täten, daß auch ihr Antrieb wenig mehr als reine Neugier sei. Trotzdem profitiere die Gesellschaft von ihrer Tätigkeit.

Er hockte noch immer auf dem Boden und sah zu mir hoch. Ich wußte, ich würde es nicht erklären können. Es machte mich hilflos, daß meine Argumente ihn nicht überzeugten, er tat sie mit einer einzigen abfälligen Bemerkung ab (er nannte es »ideologisches Bestatter-Gewäsch«, er behauptete, Leute wie mein Vater und ich hinderten mit unseren überkommenen Moralvorstellungen die Wissenschaft an den entscheidenden Durchbrüchen), und wir standen so kurz vor einem handfesten Streit, daß ich mir in diesem Moment wünschte, so stark zu sein, daß ich ihn einfach packen und wegtragen konnte von diesem Ort, den ich ihm in meiner grenzenlosen Dummheit und pubertären Sentimentalität selbst gezeigt hatte.

Ich mußte etwas tun, mir etwas einfallen lassen, den einen richtigen Satz sagen, der Tobi davon abhielt, mit dem Graben anzufangen und vor meinen Augen die kleinen Ruhestätten zu öffnen.

Ich hatte schon viele Verstorbene gesehen, ich hatte sie angefaßt und gerochen, manche hatte ich herumlaufen sehen und mit ihnen gesprochen, bevor ich ihnen in unserem Keller wiederbegegnete. Wir benutzten das Wort »Tote« so gut wie nie, die Menschen, mit denen wir zu tun hatten, waren verstorben, verschieden, und solange ich mich mit ihnen beschäftigte, waren sie in einem Zustand des Verstorbenseins. Aber wenn sie unter die Erde kamen, waren sie tot. Es war nicht der Gedanke an die lichtförmigen Seelen, die die hier bestatteten Körper einmal bewohnt hatten, der mich beunruhigte, es war das Totsein.

Ich führte Tobi in einem großen Bogen nach Kleinulsby zurück, um ihn zu verwirren, damit er nicht zurückkommen und auf eigene Faust den Friedhof schänden konnte, aber ich wußte selbst, daß das eine ziemlich dürftige Maßnahme war, um Tobi von einer Unternehmung abzuhalten. Warum er nicht ohne mich wieder hinging, obwohl seine Neugier über die Maßen groß gewesen sein muß, kann ich nur vermuten.

Als wir uns dort ansahen und er alle meine Argumente entkräftete, stieg in mir Panik auf. Mein Atem wurde schwer und keuchend, ich verspürte wieder eine fürchterliche Bedrängnis wie in jenen Minuten, in denen ich auf der Liege im Hygieneraum gelegen hatte. Ich wollte mit dem Totsein dieser Tiere nichts zu tun haben, und ich fürchtete, ohnmächtig zu werden, sobald Tobi den ersten Maulwurf freilegte. Also sprach ich langsam, entschlossen und mit pfeifendem Atem zu ihm. Ich glaube nicht, daß ich mehr sagte, als daß wir jetzt bitte nach Hause gehen sollten, aber ich muß dabei furchterregend ausgesehen haben, denn Tobi starrte mich eine Sekunde lang an, erhob sich dann, wischte sich den Dreck von den Knien und folgte mir wortlos und ohne weiteren Widerstand auf Umwegen zurück ins Dorf.

Die weite Welt

Auch wenn Kohlmorgen sicherlich anderer Meinung war, so hatte ich doch keinen festen Freund mehr gehabt seit meiner Schulzeit in Eckernförde. Ich hatte Affären, auch Beziehungen, für die es offiziell keine Bezeichnung gab, wie die zu dem Mann von Unten, die im Grunde gar nicht existierten und nur eine Reihe von One-Night-Stands mit derselben Person waren.

Die Vorweihnachtszeit lief in ihre heiße Phase. Ich hinterließ im Esoterikladen in der Schauenburger Straße einige vorgedruckte Gutscheine für Tarotsitzungen, die konnten die Kunden im Laden erwerben und zu Weihnachten verschenken. Das hatte im letzten Jahr sehr gut funktioniert. Die Sitzungen wurden gleich bezahlt, der Gutschein stellvertretend von der Ladenbesitzerin unterschrieben, und in der Woche nach Heiligabend kam ich, um abzurechnen (und manchmal auch früher, wenn ich etwas Bargeld brauchte). Nach Weihnachten würde ich wieder mehr arbeiten. Nach Weihnachten würde ich keine Ausrede mehr gelten lassen, ich würde Termine notieren und einhalten, egal, ob sie am Wochenende oder am frühen Abend waren.

Noch waren diese Zeiten reserviert für Malte, noch richtete ich mich nach seinem Tagesablauf, nur noch eine kleine Weile, nur noch bis nach Weihnachten, dann würde ich wieder pflichtbewußt werden und meine Arbeit ernst nehmen – wenn bis dahin nicht alle meine Kunden verschwunden wären. Ich hatte zuweilen zwei Stimmen in meinem Kopf, wie die des Engels und des Teufels: die Stimme meines Vaters und die von Malte. Mein Vater übernahm den klassischen Engel-Part, Malte war der Teufel, und ich ließ sie in meinem Kopf Wortwechsel führen, um mich am Ende mit einem heimlichen Gefühl des Triumphes immer auf Maltes Seite zu schlagen. Manchmal verwendeten beide sogar dasselbe Argument: Man lebt nur einmal. Aber ich hörte sowieso nicht richtig zu, ich stellte mich einfach aus Prinzip gegen meinen Vater.

Er jedoch fand andere Wege, um meine Aufmerksamkeit auf sich zu ziehen.

»Dein Vater schickt dir tote Katzen?« fragte Malte, aber er fragte es nicht so, als halte er mich für verrückt.

Wir standen über eine verendete Katze gebeugt, der man von außen die Verletzungen nicht ansah, die sie bei dem Zusammenprall mit einem Auto erlitten haben mußte. Sie war noch am Straßenrand gestorben; ein kleines Rinnsal Blut, das ihr aus der Nase lief, gab einen Hinweis darauf, wie sie von innen aussah.

Malte stieß den toten Körper mit seiner Schuhspitze an. Er trug Stiefeletten aus Wildleder mit hohem Absatz zu einem knielangen Rock und betonte, seit wir das Haus verlassen hatten, immer wieder, ihm sei gar nicht kalt an den Knien. Die tote Katze war sogar noch ein bißchen warm. Für einen kurzen Moment hatte ich den absurden Gedanken, man könnte ihre Resttemperatur benutzen, um Maltes Knie anzuwärmen.

»Nicht nur Katzen«, sagte ich. »Alles mögliche.«
»Warum?«

»Damit ich nicht aus der Übung komme, nehme ich an, und um mich an meine Pflicht zu erinnern«, sagte ich.

Einmal hatte mein Vater zu mir gesagt: »Man kann seine Berufung nicht verleugnen. Wenn man etwas besser kann als andere, dann hat man die Pflicht, dieses Talent zu pflegen, denn nur so kann man der Gesellschaft dienen.«

»Was machst du mit den Tieren, wenn du sie findest?« wollte Malte wissen.

»Ich beerdige sie irgendwo, ganz formlos.«

»Deinem Vater zuliebe?«

Ich wußte es nicht. Ich wußte nicht genau, ob ich derselben Meinung war wie er, daß es eine Berufung und eine Pflicht gab, wenn es darum ging, der Gesellschaft zu dienen.

»Hast du schon mal ein totes Tier einfach liegenlassen?« fragte Malte.

»Nur Insekten. Wespen, Fliegen und so weiter«, sagte ich.

»Ab heute wollen wir uns beide an meinen Leitsatz halten: Wir machen nichts mehr, wozu wir uns verpflichtet fühlen«, verkündete Malte. »Das bloße Gefühl einer Verpflichtung ist ein Warnsignal. Wenn man es spürt, muß man sofort gegensteuern, denn die Erfüllung der Pflicht wird sonst am Ende den ganzen Organismus von innen auffressen. Ab heute probierst du mal aus, wie es sich anfühlt, nur das zu tun, wozu man selber Lust hat. Gut?«

Ich nickte.

»Dann heb die Katze auf und wirf sie dahinten in den Mülleimer«, sagte Malte.

»Wir können doch damit anfangen, sie einfach liegenzulassen«, wandte ich ein.

»Falsch«, sagte Malte. »Wir müssen mit einer großen Geste anfangen. Wir fangen nicht damit an, eine lästige Pflicht einfach zu unterlassen, sondern damit, uns bewußt gegen sie aufzulehnen. Glaub mir, das ist sehr wirksam.«

Also hob ich die Katze auf, spürte die Wärme, die ihr Körper noch ausstrahlte, spürte das Fell, das am Bauch schmutzverkrustet war, schaute auf die kleine Blutbahn, die auf dem Asphalt kennzeichnete, wo sie gelegen hatte, und dann trug ich sie langsam zum nächsten Mülleimer. Es war, als würde ich mich durch Gelee bewegen, wie in einem Alptraum, in dem man versucht, sich zu beeilen und es dabei kaum schafft, einen Fuß vor den anderen zu setzen. Das Gefühl allerdings, das mich durchströmte, nachdem ich den toten Körper in den Abfall hatte plumpsen lassen, stand im kompletten Gegensatz dazu. Ich fühlte mich leicht, erleichtert, mir war nach Lachen zumute.

»Na?« fragte Malte.

»Man sollte das Wegwerfen von toten Katzen in Zukunft viel häufiger zu therapeutischen Zwecken einsetzen«, sagte ich. »Hast du mal überlegt, daß du mit solchen Ratschlägen eine Menge Geld verdienen könntest?«

»Ach, ich wette, diese Therapie gibt es schon längst«, sagte Malte. Ich versuchte, seine Hand zu nehmen, aber er entzog sich mir und hakte sich statt dessen bei mir ein.

»Besser, du wäschst dir erst mal die Hände, was?«

Das Lokal, für das wir uns an diesem Abend entschieden, kannten wir bereits.

Wir suchten uns einen Platz am Fenster, obwohl man in der Scheibe nur den Raum und uns darin gespiegelt sehen konnte, weil es draußen dunkel war. Auf dem Tisch stand eine tropfende Kerze, deren Flamme von einem Luftzug zur Seite geblasen wurde, so daß das flüssige Wachs an ihr herunterlief und auf dem Tisch einen See bildete, dessen Oberfläche sich ständig mit neuer Haut überzog. Wir bestellten beide heiße Schokolade mit was drin. Bei unseren letzten Besuchen in diesem Lokal war Malte als Mann angezogen gewesen, und wir hatten beide Bier getrunken.

»Ich glaube, das wird eine echte Mädchenrunde heute abend«, sagte er.

Nach der heißen Schokolade bestellten wir Gin Tonic, weil uns warm geworden war, und mit den eiskalten Gläsern stießen wir auf Maltes Leitsatz an, der von nun an auch meiner sein sollte: Wir machen nichts mehr, wozu wir uns verpflichtet fühlen. Wir brüllten fast vor Lachen, obwohl es gar nicht lustig war, und es machte mir nichts aus, daß alle zu uns herübersahen. Wir waren eine Mädchenrunde, und in Mädchenrunden konnte es schon mal laut werden.

»Du siehst sehr schön aus, wenn du deine Augen schminkst«, sagte er. »Das nächste Mal leihe ich dir eins von meinen Kleidern, da wirst du dich nicht wiedererkennen.« Dann beugte er sich weit über den Tisch, gefährlich nahe über die Kerzenflamme, und küßte mich auf den Mund.

»Falls die Kellnerin mich noch von den letzten Malen kennt, hält sie mich ab jetzt für bisexuell«, sagte ich.

»Vielleicht bist du das ja auch.«

Er winkte der Bedienung, deutete auf unsere leeren Gläser und hielt zwei Finger hoch.

»Malte«, sagte ich, »wenn du nichts mehr machst, wozu du dich verpflichtet fühlst, warum gehst du dann noch zur Arbeit?«

»Das liegt daran, daß das keine Pflicht ist, sondern etwas,

das ich freiwillig mache, weil es mir Spaß bringt. Vielleicht nicht jeden Tag, aber generell gesehen schon. Und natürlich muß man einen gewissen Lebensstandard halten, nicht wahr«, sagte Malte. Ich war schon ein bißchen beschwipst, aber mir erschien das, was er sagte, so klar und einleuchtend, daß ich wieder lachen mußte.

※

Es war leicht, ausgehend von den Suchbegriffen Licht, Seele und Energie, die Erk Helferich benutzt hatte, die Esoterik zu entdecken. Anders als die Religion bot die Esoterik Tausende von Möglichkeiten, ihre Theorien selbst zu überprüfen. Das war genau das, was Tobi wollte, und es war von der ersten Lektüre über die Wiedergeburt ein relativ kleiner Schritt bis zum Pendeln, Kartenlegen und sogar einigen unbeholfenen Versuchen zu channeln.

Es waren Sommerferien, und natürlich fuhren wir nicht in den Urlaub. Aber auch Tobis Familie fuhr nur für zwei Wochen nach Tunesien, und danach stand er wieder bei uns vor der Tür, strahlend und braungebrannt und voller neuer Ideen, die geprüft und untersucht werden mußten. Der Sommer in Schwansen war üppig; man hatte den Eindruck, die Pflanzen würden von der Wärme zu träge, um Sauerstoff zu produzieren. Wenn man im Winter nur einen Atemzug gebraucht hatte, um den eigenen Blutkreislauf mit ausreichend Sauerstoff zu versorgen, so brauchte man nun drei. Die Campingplätze, die die Eckernförder Bucht säumten, waren voller Urlauber, und ich stellte fest, daß ich in einem Bikini gar nicht so schlecht aussah (dank meiner Mutter besaß ich mehrere).

Es war der Esoterik-Sommer und der Sommer der vielen Aufträge, denn die Hitze in jenem Jahr – die extremste seit zwei Generationen – bescherte uns eine ganze Menge Todesfälle, vorwiegend alte Menschen, deren Organismus den Temperaturen nicht standgehalten hatte. Und so teilte ich meine Sommerferien auf zwischen der kühlen Reinlichkeit des Hygieneraums und den quietschenden Ledersesseln des Beratungszimmers, der Abgeschlossenheit meines Zimmers und der Lebendigkeit des Kleinulsbyer Strandlebens. Tobi kam fast jeden Tag, aber er hatte schnell gelernt, daß er in diesem Sommer vorher anrufen mußte, um zu fragen, ob ich auch Zeit für ihn hatte. Zeitweilig waren beide Kühlzellen belegt, und wir klappten die zweite Liege aus. F. Lauritzen Bestattungen hatte es geschafft, und meine Mutter ging oft mit mir einkaufen in diesen Wochen.

Tobi und ich gingen in bewährter Weise vor. Wir lasen und diskutierten, und dann probierten wir aus. Tobi gab sein Taschengeld aus für ein Pendel und ein Deck Tarotkarten, und stundenlang saßen wir in meinem Zimmer auf der Matratze und pendelten Antworten auf alle Fragen der Welt aus. Ich würde keine Kinder bekommen, Tobi dagegen vier, einen Jungen, ein Mädchen und Zwillinge. Ich machte Witze darüber, daß sich auf diese Weise die Frage, ob wir eine gemeinsame Zukunft hätten, von selbst beantwortete, aber er wandte ein, daß die Kinder auch ebensogut unehelich sein konnten, während er bis zu seinem Tode mit mir verheiratet wäre.

Mit den Karten konnte er nicht viel anfangen. Er starrte auf die Bildchen, legte geduldig kleine Formationen, wie es im Tarotratgeber aus der Eckernförder Stadtbücherei vorgegeben war, dann las er das Ergebnis aus dem Buch vor.

Die Münzen standen für Reichtum, die drei Schwerter, die das Herz durchbohrten, deuteten zukünftigen Liebeskummer an, es klang immer ein bißchen wie die armseligen, eindimensionalen Weissagungen beim Bleigießen an Silvester. Ich sah mehr. Ich konnte sehen, daß die Karten Reihen bildeten, daß sie Geschichten erzählten davon, was geschehen konnte, wenn man ihrem Weg folgte. Ich konnte erkennen, daß sie niemals nur eine Möglichkeit zuließen, daß jede Karte unendlich viele Facetten aufwies und sich erst im Kontext festlegen ließ, so daß sich aus den verschiedenen Kombinationen noch einmal unendlich viele Möglichkeiten ergaben. Sie ließen niemals eine einfache Antwort zu, und gerade das erschien mir logisch und sinnvoll. Denn selbst wenn man sich dafür entschied, eine bestimmte Richtung einzuschlagen, blieb alles offen, keinesfalls ließ sich mehr als eine Tendenz feststellen, und das war doch viel richtiger, viel realer als eine Antwort wie die des Pendels, das vorgab, genau vorausbestimmen zu können, wie viele Kinder man bekommen würde. Die Sprache, die die Karten benutzten, war lebensnah; alles, was sich aus ihnen herauslesen ließ, bezog sich unmittelbar auf das Dasein, und während die Esoterik ansonsten eher mit Themen wie Wiedergeburt oder der Rückkehr zum großen Energiezentrum aufwartete, war die Domäne der Tarotkarten ausschließlich die des irdischen Lebens. Und mit dem Leben, und nur damit, wollte ich mich jetzt beschäftigen.

Leider mochte Tobi mir dabei nicht folgen. Er verkaufte mir sein Tarotspiel für einen Blick auf meinen Backfischbusen ohne Bikinioberteil und wandte sich fortan wieder den theoretischen Aspekten der esoterischen Wissenschaften zu.

Ich wurde nicht braun, wenn ich am Strand lag, nur rötlich. Ich hatte dunkle Haare, aber eine sehr weiße Haut, die entweder gar nicht auf Sonneneinwirkung reagierte oder gereizt. Tobi dagegen wurde sofort braun, während seine Haare noch weiter ausblichen, und ich beneidete ihn, er sah so gesund aus. Verbissen versuchte ich mit ausdauerndem Sonnenbaden und rigorosem Eincremen, mich zu bräunen. Meine Mutter wollte mich trösten, indem sie behauptete, blasse Haut sei vornehm und es sei nur eine Frage der Zeit, bis sie wieder in Mode komme. Tobi und ich lagen nebeneinander in praller Sonne im Sand auf unseren großen Handtüchern, auf dem Rücken oder auf dem Bauch, und redeten, ohne uns dabei anzusehen. Ab und zu wanderten Füße an uns vorbei, manchmal drehten wir uns zufällig beide gleichzeitig um, alle halbe Stunde cremte ich nach. Ins Wasser gingen wir nicht, wir waren beide nicht allzu begeisterte Schwimmer. Tobi fürchtete sich, sobald er den Boden unter den Füßen verlor, und ich hatte eine unbestimmte Abneigung gegen den Anblick meines eigenen Körpers unter Wasser.

So lagen wir also träge, mit halbgeschlossenen Augen, und redeten.

»Wußtest du, daß der Graf von St. Germain in Eckernförde begraben ist?« fragte Tobi.

»Mhm.«

»Du wußtest das?«

»Nein«, sagte ich.

»Weißt du denn, wer der Graf von St. Germain ist?«

»Nein«, sagte ich.

»Ja, warum fragst du dann nicht?« fragte Tobi.

»Du erzählst mir doch sowieso gleich alles von ihm, ganz

egal, ob ich es schon weiß oder nicht«, sagte ich. Tobi war keine Sekunde lang beleidigt, sondern verstand meinen Kommentar als Aufforderung, die Schleusen zu öffnen und endlich seinen Vortrag zu halten.

»Der Graf von St. Germain hat im achtzehnten Jahrhundert gelebt. Er war so was wie ein Genie, er war Musiker und Komponist, sprach acht Sprachen ohne den geringsten Akzent und hatte ein übermenschliches photographisches Gedächtnis. Außerdem konnte er versiegelte Briefe lesen, ohne sie zu öffnen. Aber das Interessanteste kommt erst noch. Seine Lebensdaten sind belegt von sechzehnhundertsechsundneunzig bis achtzehnhundertzweiundzwanzig. Wie viele Jahre sind das, Felix?«

»Hundertsechsundzwanzig.«

»Genau. Aber er hatte zeit seines Lebens das Aussehen eines etwa Fünfundvierzigjährigen. Er konnte sich an Ereignisse erinnern, die Hunderte von Jahren zurücklagen; er behauptete, dabeigewesen zu sein. Er war an fast allen wichtigen Entscheidungen des achtzehnten Jahrhunderts beteiligt, er war überall, er verschwand und tauchte irgendwo wieder auf. Und hier ist er gestorben und begraben, und zwar im Jahre siebzehnhundertvierundachtzig! Was sagst du dazu?«

»Hast du nicht eben achtzehnhundertzweiundzwanzig gesagt?«

»Ja, das habe ich«, sagte Tobi. »Soll ich dir mal den Rükken eincremen?«

Er setzte sich auf meinen Hintern, ließ Sonnenmilch auf meinen Rücken tropfen und verteilte alles mit großzügigen Bewegungen und leisem Schmatzen auf meiner Haut. Ich hatte den Kopf zur Seite gedreht und spürte den Sand an meiner Wange.

»Du sagst also, es ist unwahrscheinlich, daß er hier gestorben ist, ja? Du meinst, es hat den Anschein, als hätten wir es hier mit einem Unsterblichen zu tun, jemandem, der durch die Jahrhunderte wandert und sich in die Geschichte einmischt, richtig? Natürlich bist nicht nur du dieser Ansicht. Eine seiner wichtigsten Arbeiten ist nach seinem angeblichen Tod datiert, bei der Französischen Revolution soll er die Finger im Spiel gehabt haben. Aber trotzdem existiert hier in Eckernförde ein Grab.«

Er machte es sich wieder neben mir auf seinem Handtuch bequem.

»Es heißt, er trank immer einen speziellen Kräutertee«, sagte Tobi. »Selbst wenn er irgendwo eingeladen war.«

»Meinst du, er hat seinen Tod hier irgendwie inszeniert?« fragte ich.

»Vielleicht hatte es mit diesem Tee zu tun, irgendeine spezielle Mischung, die unsterblich macht«, sagte er.

»Ob sie dann einen ganz anderen hier beerdigt haben?« fragte ich.

Inzwischen gab es eine gewisse Nachfrage nach anonymer Bestattung, auch bei uns, und natürlich war das nicht besonders gut fürs Geschäft, weil es uns fast überflüssig machte. Mein Vater war der Meinung, anonyme Beisetzung unterwandere auf Dauer unsere Bestattungskultur. Aber auch ein ungekennzeichnetes Grab war immer noch ein Grab.

Wichtig war nur, daß es einen Ort für das Grab gab, und sei er noch so vage bezeichnet, darin bestand das Prinzip, ohne Ort ging es nicht, ohne Ort konnte es keine Erinnerung geben und auch niemals die Gewißheit, daß jemand tot war. Was also war mit dem armen Menschen, der im

Grab des Grafen von St. Germain lag? Er hatte keinen eigenen Ort, und die Vorstellung, ein Grab mit Absicht falsch zu beschriften und denjenigen, der dort lag, für immer unter anderem Namen in Erinnerung zu behalten, kam mir in diesem Augenblick geradezu kriminell vor.

»Hörst du mir zu?« fragte Tobi.

»Ja«, sagte ich, »du erzähltest gerade etwas von einem Unsterblichkeitstee.«

»Ich meine es ernst«, sagte er. »Stell dir vor, es gäbe ein Rezept für diesen Tee. Stell dir vor, ich könnte das Rezept herausfinden. Dann hätte ich unendlich viel Zeit. Dann könnte ich alle Bücher der Welt lesen. Ich könnte auch acht Sprachen ohne Akzent lernen, ich könnte ebenfalls ein großartiger Musiker werden, denn ich hätte die Ewigkeit, um zu üben.«

»Aber ich würde dir raten, mit dem Teetrinken noch etwas zu warten. Wenn du jetzt damit anfängst, spazierst du womöglich durch die Jahrhunderte mit dem ewigen Aussehen eines Vierzehnjährigen«, sagte ich.

Tobi sagte: »Man könnte alle möglichen Berufe ausprobieren.«

Ich dachte, daß man niemals erfahren würde, wie es ist, tot zu sein.

Als ich mich aufsetzte, um meine Beine einzucremen, schaute ich mit zusammengekniffenen Augen über die Eckernförder Bucht. Gerade in diesem Augenblick entfaltete sich eine dunkle Silhouette im flacheren Wasser, jemand, der sich bis dahin unter der Oberfläche bewegt haben mußte, rappelte sich hoch und begann, in Richtung Strand zu waten. Meine Augen gewöhnten sich an das helle Licht, und ich konnte erkennen, daß die Figur einen Neoprenanzug mit

Kapuze trug, kurz darauf bemerkte ich die Sauerstoffflasche auf ihrem Rücken. Der Taucher bewegte sich direkt auf mich und Tobi zu, schob seine Beine durch das Wasser, bis er den Strand erreichte, und kämpfte sich flappend auf seinen Schwimmflossen über den Sand. Er hatte seine Brille hochgeschoben, und ich konnte sein Gesicht sehen, das von der engen Kapuze eingerahmt und zugleich zusammengedrückt wurde. Es war Gunnar, und er watschelte konzentriert an mir vorbei, ohne mich zu erkennen.

※

Weihnachten brach über die Stadt herein wie eine fiebrige Krankheit. Während überall die Schaufenster geschmückt wurden, während sich die Bäume und Häuserfassaden mit Lichtern zierten, gärte unter der heiteren Oberfläche etwas Dumpfes und Tragisches in den Menschen. Einer Kundin legte ich nur Schwertkarten, sie begann zu weinen und saß tränenüberströmt und untröstlich vor mir, bis der Termin vorbei war. Der Mann von Unten stritt sich in einer Woche zweimal mit seiner Freundin, und das Knallen der Wohnungstür war bis in mein Wohnzimmer zu hören. Ich ließ ihn in der Küche warten, bis meine Kundschaft gegangen war, machte ihm ein paar Brote, während ich seinen Klagen lauschte, und schlief dann mit ihm. Ich glaubte nicht, daß Malte mir das übelnehmen würde, aber ich ließ es nicht darauf ankommen und behielt es für mich. Von Kohlmorgen bekam ich eine Postkarte aus Holland, auf der stand, wie leid es ihm tue, daß er sich so lange nicht habe blicken lassen, er werde nach Weihnachten einige Tage am Stück freibekommen und gedenke, sie mit mir zu verbringen, das

Leben sei öde und leer ohne mein Lachen. Randi ging mir aus dem Weg, so schien es, seit sie Malte zu Gesicht bekommen hatte, dafür traf ich ihre Mutter im Treppenhaus, die versuchte, mir Unicef-Weihnachtskarten zu verkaufen und mir – etwas verfrüht, wie ich fand – mit Hilfe eines Handzettels die Grundidee der Initiative »Brot statt Böller« zu erläutern.

Aber Randi, Kohlmorgen und der Mann von Unten waren zu Randexistenzen geworden. Nach dem Erlebnis mit der toten Katze an jenem Abend hatte ich das sichere Gefühl, daß ich von Malte sehr viel lernen konnte, und ich war begierig, alles zu erfahren. Meinen letzten Kunden bestellte ich mir am frühen Nachmittag, damit ich selbst freihatte, wenn Malte von der Arbeit nach Hause kam. Ich fuhr nicht zu seiner Wohnung, sondern wartete geduldig in meiner, bis er sich meldete. Manchmal rief er sofort an, wenn er zu Hause war, manchmal erst viel später, wenn es bereits Abend geworden war, ein paar Mal hörte ich gar nichts von ihm. Ich war hoch zufrieden mit meinem Verhalten. Wenn jemand stundenlang in Hörweite des Telefons blieb, dann war er eindeutig verliebt. Wenn jemand sich die Augen schminkte, weil ein anderer gesagt hatte, das gefalle ihm, dann ging es unzweifelhaft darum, den anderen zu beeindrucken (zwar waren meine Augen während der Arbeitszeit immer schwarz umrandet, aber immerhin schminkte ich mich für Malte nicht ab). Manchmal hätte ich gern mit Randi darüber gesprochen, die vielleicht noch mehr Anzeichen von Verliebtheit an mir hätte entdecken können, aber sie blieb verschwunden in dieser Zeit vor Weihnachten, sie besorgte sich offensichtlich woanders Zigaretten und etwas zu essen, und ich beschloß, meinem neuen Grundsatz folgend, mich nicht verpflichtet zu fühlen, mir Sorgen zu machen. Es war ja nicht so, daß sie ein Waisenkind war. Gerade erst war mir doch ihre Mutter leibhaftig im Treppenhaus begegnet und hatte ihr Engagement für die Kinder dieser Welt unter Beweis gestellt.

Wenn Malte anrief, verabredeten wir uns meistens bei ihm. Von der Aschenputteltaktik hatte ich gelernt, wie wirksam es sein konnte, nicht sofort verfügbar zu sein, also ließ ich das Telefon oft sehr lange klingeln oder wartete, bis er ein zweites Mal anrief, manchmal sagte ich ihm, ich hätte erst in zwei Stunden Zeit für ihn. Danach zog ich mich warm an und fuhr mit meinem Roller in die Holtenauer Straße. Wenn ich vorhatte, bei ihm zu übernachten, stellte ich meinen Roller im Hof ab. Dort warf ich einen Blick nach oben und spürte, wie es in meinem Bauch kribbelte in der Erinnerung an meine Kletterpartie in den vierten Stock, an das viele Nichts mit dem Betonboden unter mir. Als ich ihm erzählte, in meinem Bauch kribbele es, wenn ich zu seiner Wohnung hochschaute, war er wirklich gerührt und gestand mir, ein ähnliches Gefühl habe er gehabt, wenn er meinen Roller irgendwo stehen sah, in der Zeit, bevor er mich kannte.

Wir verbrachten die Abende so, wie wir Lust hatten. Denn Malte meinte, wenn man den Leitsatz von der Pflicht umdrehte, dann kam der Satz heraus: Ab heute tue ich nur noch, wozu ich Lust habe. Ich widersprach nicht, ich wollte mich nicht mehr um Grauzonen kümmern, und es klang so einfach, daß das Gegenteil von Pflicht Lust sein sollte.

Meistens hatte Malte als erstes Lust auf mich. Er war in dieser Hinsicht wahrlich kein Romantiker, er schickte niemals wie Kohlmorgen ein Bekenntnis seiner Zuneigung voraus oder wie der Mann von Unten ein kompliziertes Vorspiel aus Worten und Gefühlsausbrüchen; wie in der ersten Nacht ging er stets sachlich und zielstrebig vor, und das kam mir entgegen. Auch ich fand keinerlei romantische Regung in mir, wenn es um Sexualität ging. Was ich persönlich daran am meisten schätzte, war, daß es keine andere Möglichkeit gab, einem Menschen so nahe zu sein; jedenfalls hatte ich noch keine vergleichbare gefunden. Dieses Gefühl, jemanden nahe bei sich gehabt zu haben, konnte man eine ganze Weile mit sich herumtragen, es wärmte einen von innen, so lange, bis es aufgebraucht war und erneuert werden mußte.

Egal, wo wir gerade waren oder was wir gerade taten, Malte bewegte sich plötzlich auf mich zu, wenn er Lust auf mich hatte, küßte mich fordernd, manchmal mitten im Satz, nahm meine Hand und zog mich hinter sich her ins Schlafzimmer. Dort plazierte er mich fachgerecht auf dem Bett, entfernte meine und seine Kleider, schob mich in die Position, die ihm vorschwebte, und fing an. Eine andere Möglichkeit war, daß er mir die Verantwortung übertrug, dann packte ich seine Hand und zog ihn hinter mir her, und alles ereignete sich genauso, mit vertauschten Rollen.

Wenn wir fertig waren (was immer erfrischend schnell ging), mußten wir herausfinden, worauf wir als nächstes Lust hatten.

Pizza und fernsehen, im Bett bleiben, ausgehen, um etwas zu trinken, ausgehen, um im Kino einen Film zu sehen, Essen gehen, einen langen, kalten Spaziergang am Hafen, Hand in Hand? Und wenn wir ausgingen, dann als Mann und Frau oder als Frau und Frau? Und wenn als Frau und Frau, was sollte man anziehen? Mit Gunnar war die Frage in solchen Fällen lediglich gewesen, welches Objekt wir uns diesmal zum Klettern vornehmen sollten, und im nachhinein erschien mir ein lilafarbener Spielanzug als einziges in Frage kommendes Kleidungsstück unglaublich praktisch. Mit Tobi waren die Möglichkeiten bereits vielfältiger gewesen, sie spalteten sich in theoretische und praktische Recherche, Bücher oder Exkursionen, aber eine solche Fülle von Vorschlägen und Folgeentscheidungen, wie sie sich mit Malte ergab, machte mich ein wenig schwindelig. Wenn wir uns gar nicht entscheiden konnten, wurde gewürfelt, und das gefiel mir von allem am besten.

Wir ließen uns nicht anstecken von dem Unmut, der den Menschen die Mundwinkel herabzog in dieser hektischen Zeit kurz vor Weihnachten. Auf unseren Spaziergängen drehten wir kichernd Glühbirnen aus Lichterketten oder hängten Bonbonpapiere und benutzte Taschentücher als Dekoration an die geschmückten Tannenzweige vor den Häusern. Was kümmerte es uns, wenn die anderen Menschen nicht begriffen, wie einfach es war, sich zu amüsieren, wie wenig mehr es dazu brauchte als einen vernünftigen Leitsatz, in dem Lust das Gegenteil von Pflicht war.

※

Im selben Jahr, in dem ich den Führerschein machte und einen Roller bekam, damit ich nicht mehr mit dem Schulbus nach Eckernförde fahren mußte, bekam Tobi endlich eine Brille, und die Begeisterung, mit der er mich auf Dinge aufmerksam machte, die in knapp hundert Meter Entfernung lagen, brachte mich immer wieder zum Lachen.

Ich war ungemein in die Höhe geschossen, überragte Tobi um mehr als zwei Zentimeter und hatte eine Schuhgröße bekommen, die meiner Mutter viel Kummer bereitete. Sie schenkte mir zu jeder passenden Gelegenheit Kosmetik, damit mein weiblich geschminktes Gesicht die Größe meiner Füße wettmachen konnte, und während ich wenig Interesse an Lippenstift, Mascara und Abdeckstift zeigte, so übten sie – wie zu erwarten gewesen war – auf Tobi eine unwiderstehliche Faszination aus. Er verlangte, daß ich mich schminkte und er dabei zusehen dürfe. Aber ich war schlau genug zu handeln, inzwischen wußte ich, welche Preise Tobi bereit war zu zahlen, um einen Blick auf die Welt der Frauen werfen zu dürfen. Nach und nach kaufte ich ihm all seine esoterischen Kinkerlitzchen ab, das Pendel, die Bücher, die Kristalle und schließlich sogar die teure tibetanische Klangschale, die sein Cousin ihm von einer Reise mitgebracht hatte (für letztere allerdings mußte ich etwas mehr bieten als ein Schauschminken). Tobi hatte für diese Dinge keine Verwendung mehr, er hatte sich anderen Fragen zugewandt und Gebiete gefunden, in denen die Beweisführung eindeutiger war und mehr den Gesetzen der Logik unterworfen als in der Esoterik. Er las alles über Optik, als er seine Brille bekam, und fand über die menschliche Anatomie rasch zur Chemie, die ihn lange Zeit beschäftigte. Er verzieh mir, daß ich nicht dieselbe Begeisterung aufbrachte wie er, solange ich ihm weiterhin aufmerksam genug zuhörte.

Der Roller bescherte mir von heute auf morgen Unabhängigkeit und Freiheit. Kein Warten mehr an Bushaltestellen, kein Ausrechnen, wie lange es dauern würde, von Helferich & Senf zum Bus zu laufen, wann der fuhr, und um welche Zeit man folglich dort losgehen mußte. Der

Roller war rot und mein Helm auch; wenn ich damit unterwegs war, fühlte ich mich wahrhaftig inkognito. So wie Tobi und ich auf dem Fahrrad meiner Mutter gefahren waren, so saßen wir jetzt auf dem Roller: Ich lenkte, er hielt sich an mir fest. Tuckernd und nach Abgasen stinkend, erkundeten wir zu zweit Schwansens geteerte Straßen und berauschten uns an der Geschwindigkeit. Wir befuhren die Straßen nach Damp und Kappeln, nach Louisenlund und Sieseby, ließen die Landschaft vorbeiziehen und kauften uns in Fleckeby ein Eis.

Einträchtig eisessend saßen wir danach nebeneinander auf einer Holzbank, den Roller gleich daneben geparkt, und beobachteten eine Schlechtwetterfront, die sich im Westen zusammenzog, aufbaute und unsere Richtung einschlug. Tobi erzählte davon, daß man sich intensiver mit Meteorologie befassen sollte – einem Fachgebiet, das in der Schule viel zu oberflächlich behandelt wurde.

Wind kam auf, die Bäume über uns rauschten, und man konnte am Horizont bereits die grauen Schleier niedergehender Regenschauer erkennen. Tobi machte sich Gedanken über die Unterschiede zwischen mediterranem und maritimem Klima, ich überlegte, ob wir nicht besser schleunigst zurückfahren sollten.

Wir aßen unser Eis auf, stiegen auf den Roller und fuhren mitten in das schlechte Wetter hinein. Kurz hinter Hohenstein stießen wir mit der Unwetterfront zusammen. Der Regen ging auf die Straße nieder wie ein Vorhang. Dort, wo wir uns befanden, war es noch trocken, aber jenseits einer unsichtbaren Grenze, direkt an der Wolkenkante, ergossen sich Sturzbäche vom Himmel. Beherzt gab ich Gas und durchstieß mit dem Roller den Vorhang aus Regen. Sofort prasselte es um uns herum und auf meinen Helm, daß ich Angst hatte, die Orientierung zu verlieren. Man konnte keine fünf Meter weit sehen, mein Visier beschlug, von außen lief das Wasser daran herunter. Bei der nächsten Gelegenheit bog ich in eine Seitenstraße ein und sah plötzlich aus dem Grau, das uns umgab, die Silhouette des Hünengrabs von Karlsminde auftauchen. Ich fuhr so dicht wie möglich heran, sprang vom Roller, Tobi tat es mir gleich, und wir rannten, so schnell es eben ging, wenn man einen Roller dabei schob, auf den langgestreckten Hügel zu. Naß und frierend krochen wir beide in eine der Öffnungen zwischen den Steinen, der Roller mußte draußen bleiben, und dann saßen wir dampfend in einer Grabkammer und sahen in den herrlichen, unerbittlichen, ewigen Regen.

Tobi sprach nun nicht mehr von Meteorologie, sondern hielt zur Abwechslung den Mund. Wir schauten und froren und warteten einfach ab. Ich erinnerte mich gut an die Nacht, die ich wachend und zusammengekauert neben einem hellen Fleck verbracht hatte, wahrscheinlich – wie ich jetzt wußte – einer traurigen, uralten Seele, die den Weg zurück zum großen Lichtzentrum nie gefunden hatte.

»Das hier ist eine Grabkammer«, sagte ich zu Tobi, ohne den Blick zu wenden, immer weiter in den Regen starrend. »Hier gehören eigentlich Tote rein.«

»Hör mal«, sagte Tobi, »du interessierst dich doch sicher für die tibetanische Klangschale, die ich habe.«

»Was willst du dafür?« fragte ich. »Mich oben ohne sehen?« (Dafür hatte ich immerhin schon das Tarotdeck bekommen.)

Tobi sagte: »Die ist mehr wert, meinst du nicht? Für die will ich auch anfassen dürfen.«

Ich zögerte; nicht weil es mir etwas ausgemacht hätte, Tobi anfassen zu lassen, sondern weil ich durchkalkulieren mußte, wieviel Kapital ich hinterher noch haben würde. Aber ich entschied, falls er irgendwann etwas besäße, das ich auf jeden Fall haben wollte, so konnte ich ihm immer noch einen Kuß anbieten, erst normal und dann mit Zunge. Also erlaubte ich es ihm. Da wir in unserer Grabkammer und dazu noch bei diesem Wetter garantiert unbeobachtet waren, erlaubte ich es ihm gleich vor Ort. Mit klammen Fingern zog ich mein dunkelgrünes Oberteil hoch (dunkelgrün war inzwischen von meiner Mutter genehmigt worden), klemmte mir den Stoff unterm Kinn fest, damit ich die Hände frei hatte, und öffnete meinen BH am Rücken. Mit beiden Händen packte ich die Bügelverstärkung der Körbchen, stülpte sie nach oben und gab den Blick auf meine Brüste frei. Tobi hatte seinen ganzen Körper mir zugewandt und schaute mir mit einer Mischung aus Sehnsucht und Belustigung in den Augen zu. Er traute sich lange nicht, mich zu berühren. Ich bekam eine Gänsehaut, die Brustwarzen standen steif ab vor Kälte, und ich sagte ein wenig ungeduldig: »Nun mach schon, ich hol mir hier den Tod.«

Tobi streckte vorsichtig eine Hand aus, und mir gefiel es sehr, daß er so ehrfürchtig vorging. Zuerst strich er nur leicht mit den Fingerkuppen, dann legte er langsam eine kühle, etwas feuchte Hand von unten gegen meine linke Brust und schien sie einen Moment lang nachdenklich zu wiegen, bevor sich auch seine andere Hand vortraute und sich der rechten Seite annahm. Wir lachten beide ein bißchen, dann sagte ich, es sei genug, und klappte den BH wieder herunter.

Als der Regen nachgelassen hatte, setzte ich Tobi an der Bushaltestelle in Ludwigsburg ab und fuhr nach Hause. Dort wartete Arbeit auf mich, meine Mutter empfing mich gleich im Hausflur.

»Dein Vater ist unterwegs und holt jemanden ab. Wenn er hier ist, mußt du ihm tragen helfen, mein Rücken macht das nicht mit.«

»Ist gut«, sagte ich.

Meine Mutter sah mich merkwürdig an, plötzlich wurden ihre Augen feucht, sie strich mir über die Wange und sagte: »Wenn wir dich nicht hätten.«

Ich nickte ihr zu, ging die Treppe hoch und zog mir in meinem Zimmer trockene Sachen an. Mein Vater kam kurz vor dem Abendessen mit einer Verstorbenen von irgendeinem kleinen Bauernhof in der Umgebung, einer älteren Frau mit runden Wangen und amüsiert aufgeworfenen Lippen, von der ich sofort dachte, sie müsse eine sehr nette Großmutter gewesen sein. Ich half meinem Vater, sie in den Hygieneraum zu tragen, aß mein Abendbrot, las noch etwas für die Schule und ging schlafen. Am nächsten Morgen wachte ich mit einer Erkältung auf, die innerhalb einer Woche zu einer Lungenentzündung wurde.

❦

Weihnachten war nicht meine liebste Zeit im Jahr. Es war Familienzeit; egal, wie weit man während des Jahres auseinanderdriftete, zu Weihnachten fand man sich wieder zusammen, entweder direkt unter dem Tannenbaum oder wenigstens in Form von Grußkarten, Geschenkpäckchen und einem sentimentalen Anruf. Meine Eltern ließen mich in

Ruhe, und in der diskreten Stille, die von ihnen ausging, brüllte mein schlechtes Gewissen sich die Kehle aus dem Hals. Hatte ich nicht einen Pakt mit den Großen Mächten gemacht? Hatten sie mir nicht geholfen, Cary Grant zu erobern? Jetzt war ich ihnen ein Opfer schuldig, ich mußte meine Eltern anrufen, aber ich tat es nicht. Ein bißchen wollte ich noch warten, es mußte eine bessere Gelegenheit geben, eine neutralere als ausgerechnet Weihnachten.

Letztes Jahr hatte ich bei Randi gefeiert, ihre Mutter hatte die meiste Zeit schnarchend im Sessel gelegen, erschöpft von den Spendenaktionen, die zu Weihnachten besonders viel Energie fraßen. Dieses Jahr hatten sie mich nicht eingeladen. Kohlmorgen war zu seinen Eltern gefahren, aber er hatte mich immerhin übers Telefon gefragt, ob ich mitkommen wolle, er hätte ihnen so gerne seine zukünftige Braut vorgestellt, aber ich sagte dankend ab.

Also taten Malte und ich uns zusammen, denn seit er seine Frau verlassen hatte, war auch er sozusagen familienlos. Zwar rief sie an, stand auch einmal persönlich vor der Tür, während ich mich im Badezimmer versteckte, aber Malte sagte ihr in recht deutlichen Worten, wie wenig sie von ihm als Ehemann noch zu erwarten habe. Er ließ sie nicht einmal in die Wohnung, obwohl sie ein bißchen weinte und einen kleinen Karton mit Weihnachtsschmuck aus ihrem Haus mitgebracht hatte, damit er nicht alles neu kaufen mußte. Er nahm den Karton, und später packten wir ihn aus und behängten das graue Fahrrad auf dem Balkon mit roten Kugeln und Strohsternen.

Am Heiligabend trafen wir uns bei ihm, besoffen uns nach Strich und Faden und liefen die halbe Nacht durch ein friedliches, frostiges Kiel, grölend und wankend. Malte hatte eine Dose Sprühsahne mitgenommen und dekorierte parkende Autos mit Sahneschneegirlanden, wir amüsierten uns köstlich und übertönten mein schlechtes Gewissen um einige Dezibel.

»Ich glaube, das ist das beste Weihnachten, das ich je hatte«, sagte ich zu Malte.

»Wie war das denn früher bei euch, als du kleiner warst?« fragte er.

»Ganz normal. Geschenke, Weihnachtsbaum, allerdings ein sehr diskreter.« Wir schütteten uns aus vor Lachen. »Heiligabend passiert meistens nichts. Die meisten halten den Abend noch durch und sterben erst am Weihnachtsmorgen. Das ist fast immer so, bei allen Feiertagen, der nächste Tag ist der schlimmste«, sagte ich mit vom aufquellenden Lachen dünner Stimme. »Weißt du eigentlich, wann die meisten Menschen Selbstmord begehen? An einem Montagvormittag im Frühling. Das ist statistisch belegt. Montagvormittag.« Ich konnte kaum sprechen und prustete animalisch, Malte wiederholte wiehernd die ganze Zeit »Montagvormittag«, und plötzlich fing es an zu schneien.

AM NÄCHSTEN MORGEN war die Welt weiß. Das Fahrrad auf dem Balkon hatte Schnee auf dem Sattel, die roten Kugeln kleine weiße Hauben, Malte und ich blinzelten mit schmerzenden Augen in das helle Licht des ersten Weihnachtstages. Wir bekämpften das Dröhnen in unseren Köpfen mit viel Flüssigkeit, nahmen etwas feste Nahrung zu uns, und dann kündigte Malte an, der Tag müsse zu etwas Besonderem gemacht werden und deshalb stehe ein Ausflug an. Um ihm zu gefallen, umrandete ich meine Augen schwarz, er duschte lange zusammen mit einer ganzen

Armada von Duftstoffen, und dann waren wir bereit für einen waschechten Feiertagsausflug.

Sobald wir die Stadt mit ihren grauzermatschten Straßen hinter uns gelassen hatten, fuhren wir durch eine Landschaft aus sanften weißen Hügeln, die in einem schweren, silbrigen Dämmerlicht lag, der Himmel hing niedrig. Wir sangen die Lieder aus dem Radio mit, die wir auswendig konnten, weil sie jedes Jahr in jedem Kaufhaus der Stadt gespielt wurden. Malte saß am Steuer und bestimmte die Richtung.

Wir hatten kein besonderes Ziel, nur nach Norden wollten wir, Malte sagte, im Winter solle man immer nach Norden fahren, aber er hatte keine plausible Begründung dafür, abgesehen von der Tatsache, daß der Weihnachtsmann angeblich im Norden wohnte. Ich merkte bald, daß wir uns auf der Strecke Richtung Eckernförde befanden, aber das war an sich ungefährlich. Erst als Malte keine Anstalten machte, die Stadt zu umfahren, wurde ich nervös. Es war mir peinlich, weil es unübersehbar war.

»Sollen wir lieber woanders langfahren?« fragte Malte, als es ohnehin schon zu spät war – wir hätten umkehren und eine ganz andere Straße nehmen müssen, wenn wir Eckernförde jetzt noch hätten umfahren wollen.

»Ich versteh das auch nicht«, sagte ich. »Es ist ja nicht so, daß meine Eltern am Straßenrand stehen und mir mit dem Zeigefinger drohen werden.«

»Vielleicht wird es Zeit für eine Fortsetzung meiner Katzen-Wegwerf-Therapie«, sagte Malte. Wir näherten uns dem Ortseingang, rechts von uns eröffnete sich der Blick auf die Eckernförder Bucht. »Ich schlage vor, du zeigst der Stadt, wie egal sie dir ist. Wenn wir jetzt durch Eckernförde fahren, möchte ich, daß du aus dem Fenster guckst und dabei deine Zunge so weit wie möglich rausstreckst.«

Im Radio lief »Santa Claus is coming to town«, Malte sang laut mit, ich streckte meine Zunge raus und zeigte der Stadt, wie egal sie mir war, während wir sie durchquerten. Ich hielt durch, obwohl wir an zwei Ampeln halten mußten, und hinterher war meine Zunge trocken.

»Eine großartige Therapie«, sagte ich, als wir wieder über Land fuhren.

»Ich bin selber stolz auf mich«, sagte Malte. In diesem Moment überfuhr er einen Hund, und unser schöner Feiertagsausflug endete auf einem nahen Bauernhof mit einem heulenden Kind.

Die Blütezeit war vorüber, und das Geschäft ging wieder bergab. Vielleicht war es ein Fehler gewesen, zu sehr am bewährten Konzept festzuhalten, vielleicht hätte mein Vater versuchen sollen, sich dem Markt besser anzupassen, aber vielleicht waren unsere potentiellen Kunden bloß launisch und verteilten ihre Gunst nach einem undurchsichtigen System, dem folgen zu wollen sinnlos war. Mein Vater fand wieder mehr Muße, mich zu unterrichten, wogegen meine Mutter weniger Geld zur Verfügung hatte, um mit mir einkaufen zu gehen.

Sie änderte die Kleidung, die ich bereits besaß, machte sie enger, weil ich nach der Lungenentzündung reichlich mager geworden war. Sie steckte die Sachen ab, während ich sie anhatte, lief um mich herum und klagte darüber, wie klein meine Oberweite geworden sei. Damit ich wieder zunahm, kochte sie vor allem Gerichte, die ich gerne aß und die viele Kalorien hatten, und machte für sich kleine Extraportionen von gedünstetem Gemüse, weil sie ihrerseits gerne ein wenig abnehmen wollte. Die Erkrankung war für meine Eltern ein Schock gewesen, von dem sie sich überhaupt nicht mehr erholten. Eine Nacht lang hatten sie ernsthaft um mein Leben gebangt, und als ich wieder auf dem Wege der Besserung war, konnte ich schnell feststellen, daß sich ihr Verhalten mir gegenüber geändert hatte. Sie waren weniger streng, erkundigten sich oft, ob ich müde sei oder viel Arbeit in der Schule hätte, ich wurde regelrecht geschont, auch nachdem ich schon lange wieder bei Kräften war.

Ich selbst hatte gelernt, wie schnell aus einer Erkältung eine Lungenentzündung werden konnte. Die Blicke, die meine Eltern sich und mir zuwarfen, als ich krank im Bett lag, hatten mich erschreckt; in ihnen lag etwas, das ich nicht näher definieren konnte, mein erschöpftes Gehirn verweigerte mir den Dienst. Später hielt mich die Erinnerung an meinen eigenen Schrecken davon ab, mich noch einmal damit zu beschäftigen, und am Ende blieb diese Krankheit für immer ein schwarzer Fleck in meiner Biographie, über die ich doch so lange und oft nachdachte und in der ich nach Antworten suchte für das, was aus mir geworden war, ein Fleck, der so eng mit dem Gefühl des hilflosen Grauens verbunden war, daß ich ihn, so gut es ging, zu ignorieren versuchte. Jedenfalls war uns in dieser verwirrenden Zeit klargeworden, wie schnell und ohne Vorankündigung mir etwas zustoßen konnte – das wäre das Ende der kommenden Generation von F. Lauritzen Bestattungen gewesen. So wurden wir allesamt ein wenig vorsichtiger im Umgang mit mir.

Die Stimmung in unserem Haus war gedrückt, mein Vater grübelte und war schweigsam, wenn wir alle zusammensaßen, und wenn wir allein waren und gemeinsam die Papiere durchgingen (inzwischen war ich alt genug, um auch die Buchhaltung zu lernen), sprach er plötzlich über Pläne, die er hatte, für das Unternehmen und für mich. Ich könnte studieren, wenn ich wollte, Betriebswirtschaft beispielsweise, oder aber – und das wünschte er sich noch viel mehr – Kurse beim Bestatterverband belegen und ein staatliches Zertifikat erwerben. Ich würde einen echten Leichenwagen haben und eine Urnenausstellung in der Garage, wir würden uns die Arbeit aufteilen, ja, wir würden sie aufteilen müssen, weil sie für einen nicht mehr zu bewältigen wäre, wenn erst einmal das Neubaugebiet ins richtige Alter gekommen sei. Ich verstand, daß dies seine Art war, zärtlich zu mir zu sein. Aber ich wußte auch, daß es schlecht stand um unser Unternehmen.

Es gab immer wieder gute Gründe, bei Helferich & Senf vorbeizuschauen, ganz besonders, wenn die Zeiten düster waren. Diesmal waren wir gekommen, um den Lagerbestand zu sichten. Wir hatten die üblichen Zeremonien hinter uns gebracht, wir waren bei der Ankunft ignoriert, dann wortkarg begrüßt worden, hatten jeder einen Kaffee bekommen und uns gemütlich im Raum verteilt. Mein Vater hob an, ein wenig aus dem Nähkästchen zu plaudern, unterbrach sich aber bald selbst und schwieg nachdenklich.

»Läuft nicht so gut bei euch zur Zeit?« fragte Dirk Senf, um ihm eine Vorlage zu liefern, damit er sein Herz ausschütten konnte.

»Nein«, sagte mein Vater. »Nicht so gut.«

»Das wird schon wieder, das ist wahrscheinlich nur eine geschäftliche Flaute«, meinte Dirk Senf.

»Ich verstehe die Leute nicht«, sagte mein Vater. »Weiß denn niemand mehr eine solide, diskrete Arbeit zu schätzen? Wollen denn jetzt alle plötzlich ihre Särge selber gestalten, ihre Urnen bunt bemalen und eine Beerdigungsfeier, genau so wie die, die sie neulich in einer Fernsehserie gesehen haben? Das soll kreativer Umgang mit dem Tod sein? Wenn man Särge mit Transparentpapier beklebt und den Verstorbenen schminkt und in einen Sessel setzt?«

Er machte eine Pause, aber niemand sagte etwas, da es offensichtlich war, daß es in meinem Vater arbeitete und gleich wieder aus ihm herausbrechen würde. Erk Helferich kratzte sich mit einem Bleistift unter dem Tirolerhut, Dirk Senf schenkte meinem Vater frischen Kaffee in den noch halbvollen Becher.

»Ich hab mir überlegt«, sagte mein Vater, »ob man nicht doch etwas Neues probieren sollte. Ich kann und will meine Methoden nicht ändern, aber wenn die Kunden wegbleiben, muß man sich eben neue Kunden suchen. Ich dachte an Tierbestattungen. Hunde und so was. Das ist doch neuerdings auch so ein Trend, nicht wahr? Aber ich weiß nicht so genau. Womöglich verscheucht das die klassischen Kunden.« Er sah tatsächlich ein wenig ratlos aus.

Erk Helferich sagte seelenruhig: »Wenn ich zum Friseur gehe, fände ich es jedenfalls komisch, wenn vor mir ein Pudel dran wäre.«

»Genau«, sagte Dirk Senf. »Schlag dir das aus dem Kopf, Fritz. Das paßt nicht zu dir.«

»Und denk an die Stammkundschaft«, sagte ich. »Da

kommt doch in den nächsten Jahren noch einiges auf uns zu.«

»Ehrlich gesagt, ich habe gehofft, daß ihr versucht, es mir auszureden«, sagte mein Vater.

»Die Menschen sind Hohlköpfe«, sagte Dirk Senf. »Jetzt schau mal raus in den Garten. Da stehen all die schönen Flamingos, da steht die Venus von Milo, verdammt noch mal! Da steht Kunst! Und die bleibt da auch stehen, weil niemand sie kauft. Aber nimm einmal eine Comicfigur ins Sortiment – die Leute reißen sie dir aus den Händen, wir kommen kaum hinterher mit der Produktion.«

Wir gingen ins Lager, auch dafür war ich inzwischen alt genug, während Erk Helferich wie immer auf seinem Stuhl sitzen blieb, den Verkaufsraum bewachte und dabei Zeitung las.

Helferich & Senf hatten keine Neuigkeiten in ihrem Sortiment an Grabsteinen, mein Vater und ich waren gekommen, um uns einen Überblick über die Materialien zu verschaffen, die zur Verfügung standen, aber inzwischen war uns allen klar, daß mein Vater nur jemanden zum Reden gesucht hatte. Also standen wir zu dritt etwas untätig im Lager herum, mein Vater befühlte Steinblöcke und ging dann dazu über, mich abzufragen: Name des Steins und Herkunft. Ich machte keinen Fehler, ich kannte die Sorten, die Helferich & Senf verwendeten, ebensogut wie er.

Noch am frühen Abend hatten wir ein Trauergespräch. Die Tochter der Verstorbenen und ihr Mann kamen pünktlich zum vereinbarten Termin, mein Vater und ich warteten im Wohnzimmer, bis die Lampe leuchtete, dann rückte mein Vater seinen Krawattenknoten zurecht, entfernte einen

Fussel von meinem Kragen, und wir erschienen wie aus dem Nichts im Beratungszimmer. Ich setzte mich, nachdem ich den beiden Kunden die Hand gegeben und mein Beileid ausgesprochen hatte, auf meinen Stuhl neben dem Schreibtisch, die anderen ließen sich in den Ledersesseln nieder.

Es war ein einfaches Gespräch. Die Kunden waren sehr gefaßt, hörten aufmerksam zu und hatten keine extravaganten oder unvorschriftsmäßigen Wünsche. Ab und zu faßten sie sich an den Händen, ein paar Mal atmete die Frau sehr tief und straffte ihre Haltung, während sie die Persönlichkeit ihrer Mutter zu beschreiben versuchte. Später standen alle auf, stellten sich vor die Schrankwand und ließen sich mit Hilfe des Anschauungssargs die Möglichkeiten erklären. Ich saß in der ganzen Zeit auf meinem Stuhl und war geistig ein wenig abwesend, weil dieses Gespräch einen so durchschnittlichen Verlauf nahm. Dann kamen die Grabsteine an die Reihe. Die Kunden wollten sich gerne beraten lassen und stimmten zu, die Entscheidung gleich jetzt zu treffen, damit man alles in einem Aufwasch erledigt hätte. Ich wartete auf den Wink meines Vaters, das Grabsteinalbum aus seinem Schreibtisch zu holen und den Kunden zu bringen, aber mein Vater stand selber auf, stellte sich zu mir und sagte: »Sie müssen mich leider einen Augenblick entschuldigen. Meine Tochter Felizia, die auf diesem Gebiet ebenso kompetent ist wie ich, wird Ihnen das Angebot erläutern, wenn Sie einverstanden sind.«

Die Kunden lächelten und nickten, mein Vater klopfte mir leicht auf die Schulter und verschwand durch die Tür zum Wohnzimmer.

Überrumpelt und verwirrt stand ich auf, holte das Album und gesellte mich zu den Kunden. Noch einmal streckte ich ihnen meine Hand hin, um mein Beileid auszusprechen, das schien mir die richtige Einleitung zu sein, für den Fall, daß sie meine Anwesenheit während des Gesprächs vergessen hatten.

»Es tut mir aufrichtig leid, daß Sie Ihre Mutter verloren haben«, sagte ich zu der Frau. »Ich verstehe, daß es ein großer Verlust sein muß, einen so nahen Verwandten gehen zu lassen. Zumal man sehr häufig gerade zur Mutter ein besonders enges Verhältnis hatte.«

Ich wollte das alles gar nicht sagen. Ein einfaches »Es tut mir aufrichtig leid« hätte vollauf genügt. Aber die Worte quollen in mir hoch, schlüpften aus meinem Mund, und gleichzeitig konnte ich spüren, wie meine Augen heiß wurden. Ich setzte mich und legte das Album auf den niedrigen Tisch.

»Jeder der Steine, die Sie hier sehen, kann nach Ihren persönlichen Wünschen oder den Wünschen der Verstorbenen umgearbeitet werden. Zur Inschrift kommen wir gleich, zunächst sollten Sie sich für eine Form und ein Material entscheiden«, sagte ich.

Während die Kunden langsam, über den Tisch gebeugt, das Album durchblätterten, versuchte ich, wie mein Vater es mich gelehrt hatte, ihren Wunsch zu erraten, bevor sie ihn selber kannten. Sie blätterten viel zu schnell. Jede Abbildung konnte erläutert werden, mußte erläutert werden, ich mußte die Kosten ansprechen, die Witterungsbeständigkeit, aber am besten mußte ich ihnen sofort und zielsicher den einen vorschlagen, den sie ohnehin wählen würden. Ich überlegte fieberhaft. Was würde ich für meine Mutter aussuchen? Plötzlich hörte ich mich sagen: »Es ist natürlich auch möglich, eine anonyme Bestattung durchzuführen. Viele Angehörige empfinden es sogar als tröstlich, die Erinnerung an den Verstorbenen keinem festen Ort zuzuordnen.«

Ich mußte trocken schlucken und gab dabei einen häßlichen Laut von mir. Die Kunden hatten aufgehört, im Album zu blättern, und starrten statt dessen mich an.

»Ich meine, es ist schon merkwürdig, daß, wenn jemand verstorben ist, alles, was einen erinnern soll, ein kleines Blumenbeet mit einem gravierten Stein ist. Ich will nur sagen, ich bin mir bewußt, wie schwer es für Sie sein muß, die Lücke, die der Tod Ihrer Mutter in Ihrem Leben hinterläßt, auszufüllen. Und sich in dem Zusammenhang für einen Grabstein entscheiden zu müssen, führt einem das nur noch deutlicher vor Augen, kann ich mir vorstellen.« Und dann fing ich leider an zu weinen.

Die beiden Kunden waren sofort bei mir. Während die Frau meinen Arm packte und ihn sich gegen den Busen drückte, tätschelte der Mann meine Hand und sagte mit einer freundlichen Stimme, die klang, als wäre er ein Märchenerzähler: »Sie war schon sehr alt. Wir haben das alle schon lange erwartet, wir haben sogar darauf gehofft, der Tod war eine Erlösung für sie. Marlies? Ist doch so, oder? Natürlich ist es traurig, aber es ist doch vor allem eine Erleichterung, wahrscheinlich für alle...« So redete er ohne Unterbrechung, die Frau drückte und rieb meinen Arm, und ich versuchte, mit dem Heulen aufzuhören, was es nur noch schlimmer machte, denn ich begann, unkontrollierbar zu schluchzen und zu hicksen; das Ganze war mir unsäglich peinlich. Ich sehnte mich nach meinem Bett, nach meiner Mutter, nach Erk Helferich, nach Tobi und nach dem weichen Busen der Kundin, aber erlöst wurde ich in diesem Moment von meinem Vater, der wie aus dem Nichts auftauchte, sich bei den Kunden entschuldigte und das Gespräch übernahm.

Wie sich später herausstellte, hatte er die ganze Zeit hinter der Tür gehockt und die Situation durch das Guckloch beobachtet.

Später beim Abendessen sagte er, es sei vielleicht einfach zu früh gewesen, um mich so ins kalte Wasser zu werfen, aber die Kunden hätten sehr verständnisvoll reagiert.

»Häufig tut es den Trauernden gut, selber Trost spenden zu können«, sagte er, und meine Mutter sagte: »Am Anfang ist es immer schwer.« Und ich sagte, wie es von mir erwartet wurde: »Ich lerne das sicher noch.«

※

Gleich nach Weihnachten war ich wieder mehr für meine Kunden da, so wie ich es mir vorgenommen hatte. Noch waren es nicht allzu viele, denn zwischen Weihnachten und Neujahr waren die Leute entweder selbst zu beschäftigt oder sie vermuteten, ich könnte Urlaub machen, die klassischen Tarotsitzungen zum Jahresbeginn fanden meistens erst Mitte Januar statt. Malte dagegen hatte frei, und zwar die ganze Zeit zwischen den Feiertagen; er war voller Tatendrang, und ich mußte mich wirklich bemühen, meine Termine einzuhalten, weil er meine Pläne, wieder verläßlicher zu sein, mit Absicht sabotierte, indem er mich nicht gehen ließ, unangekündigt bei mir vor der Tür stand, um mich abzuholen, oder mich morgens nicht rechtzeitig weckte, wenn ich über Nacht blieb.

Die Menschen waren wieder freundlicher geworden, das Fieber war abgeklungen, die Stadt versank in gräulichem

Schneematsch, und die düstere Spannung, die die Vorweihnachtszeit für mich stets begleitete, war gewichen, als hätte es eine große Entladung gegeben. Randi blieb verschwunden, ich übte mich in Sorglosigkeit.

Am Silvesterabend, als ich auf einen Anruf von Malte wartete, klingelte es bei mir an der Tür. Draußen stand die Andere Frau – Malte mit Perücke und langem Seidenrock.

»Bitte, ich möchte mein Schicksal erfahren«, sagte er mit alberner Fistelstimme.

»Sie haben Glück, daß ich gerade Zeit habe«, sagte ich. »Kommen Sie herein.«

Ich führte ihn ins Wohnzimmer, entzündete die Kerzen, stellte die Musik an und verschwand noch einmal im Flur, um mir meinen Turban zu binden. Wir setzten uns auf dem Boden gegenüber, ich mischte die Karten und legte sie im Halbkreis aus.

»Haben Sie eine konkrete Frage, oder wollen Sie nur Allgemeines wissen?« fragte ich, ein wenig dümmlich, wie ich fand.

»Ich möchte mein Schicksal erfahren«, wiederholte er mit einem Kiekser.

Ich legte ihm das Kreuz. Als ich mir die Karten ansah, war ich nicht sehr zufrieden mit dem Ergebnis.

»Hören Sie«, sagte ich in dem Versuch, das Spiel weiterzuspielen, »diese Karten sagen mir, daß Sie nicht das sind, wofür man Sie hält. Und ich sehe eine ganze Menge männlicher Energie. Wenn ich einen Tip abgeben sollte, würde ich sagen, Sie sind in Wirklichkeit ein Mann.«

Tatsächlich wollte ich ihm nicht sagen, was ich sah. Was da vor mir auf dem Boden lag, war die langweiligste Zusammenstellung von Karten, die mir je begegnet war.

Mit seiner normalen Stimme sagte Malte: »Da liegen Sie verdammt richtig, junge Frau. Ich weiß, es fällt schwer zu glauben, daß ich ein Mann bin, aber wenn Sie möchten, kann ich es Ihnen jetzt und hier beweisen.«

»Nicht ich habe es erkannt, sondern die Karten«, antwortete ich. Aber da interessierte sich Malte schon nicht mehr für das Tarot, schob es beiseite und kroch auf mich zu, um mir seine Männlichkeit unter Beweis zu stellen.

Später setzte er seine Perücke wieder richtig auf, schminkte sich nach, und wir gingen aus.

Wir gingen in das Restaurant, in das Malte mich an unserem ersten Abend ausgeführt hatte. Es war ziemlich voll, aber wir hatten eine Reservierung und bekamen einen Tisch an der Rückwand. Wir setzten uns und studierten die Karte. Malte war erfreut, als der Kellner – derselbe wie am ersten Abend – fragte, ob die Damen schon etwas zu trinken wünschten. Wenn er als Frau ausging, hatte er die ganze Zeit das Gefühl, alle Welt an der Nase herumzuführen. Er liebte es, den Leuten dabei zuzusehen, wie sie ihm auf den Leim gingen, und innerlich lachte er sich kaputt über ihre Blindheit.

Wie beim letzten Mal bestellten wir beide Fisch, dazu Weißwein. Während wir auf das Essen warteten, unterhielten wir uns über Filme, die wir mochten; und gerade als ich ihm zu erklären versuchte, was das Faszinierende an Cary Grant und welches seine beste Rolle war, wurde Maltes Blick plötzlich starr und sein Mund ganz verkniffen. Ich unterbrach mich und fragte: »Was ist?«

»Nicht umdrehen«, sagte er scharf. »Gerade ist meine Frau reingekommen.«

Ich saß mit dem Rücken zum Gastraum, drehte unwillkürlich meinen Kopf, und Malte zischte mir zu: »Nicht umdrehen!«

Folgsam schaute ich weiter geradeaus zur Wand, aber Malte unterrichtete mich über alles, was in meinem Rücken vor sich ging.

»Sie spricht mit dem Kellner. Sie hat einen Mann dabei. Anscheinend haben sie einen Tisch reserviert. Ich glaube das nicht. Wer ist der Kerl? Wo hat sie den her? Der sieht aus wie Jürgen von der Lippe, das ist gar nicht ihr Stil. Hawaiihemd mitten im Winter, und mir hat sie immer gesagt, sie könne Vollbärte nicht ausstehen. Sie setzen sich, natürlich ans Fenster. Natürlich. Du solltest ihre Aufmachung sehen, Felix. Nicht umdrehen.«

Ich konnte verstehen, daß es ihn aufregte, seine Frau mit einem anderen Mann zu sehen, und ich bemühte mich, Anteil zu nehmen.

»Vielleicht ist er ihr Anwalt oder so was. Das könnte genausogut ein geschäftlicher Termin sein, so ein Essen«, sagte ich.

»An Silvester? Das ist kein Anwalt. Nicht mit so einem Hemd«, sagte Malte. »Und was sollte sie mit einem Anwalt?«

»Die Scheidung besprechen«, sagte ich.

Malte warf mir einen Blick zu, in dem sich Empörung, Entsetzen und Aggressivität so unangenehm mischten, daß ich froh war, als der Kellner in diesem Moment den Fisch brachte.

»Wir essen in Ruhe auf, und dann gehen wir. Sie erkennt dich sowieso nicht in dieser Aufmachung, wir können ganz gefahrlos an ihrem Tisch vorbei zum Ausgang gehen, und dann machen wir uns zu Hause einen gemütlichen Abend«, sagte ich.

»Nichts da«, sagte Malte. »Wir bleiben so lange, wie sie bleibt. Die Szene lasse ich mir nicht entgehen.«

Wir aßen eine Weile schweigend, schoben das Essen in uns hinein, kippten Wein hinterher, und es fing an, mich zu stören, daß Malte immer nur entweder seinen Teller ansah oder über meine Schulter hinweg in den Gastraum spähte.

»Ich kann einfach nicht fassen, daß sie mit ihm ausgerechnet hierhergeht«, sagte er plötzlich. »Hier war sie normalerweise immer mit mir.«

Und kurz darauf: »Ich habe große Lust, da hinzugehen und ihr den Abend zu verderben. Ich würde mich einfach nett dazusetzen und ein bißchen plaudern mit ihr und Herrn von der Lippe, vielleicht ein paar schöne alte Erinnerungen rauskramen an unsere gemeinsame Zeit und unsere hübschen Abende in diesem Restaurant. Und vielleicht würde ich aus Versehen ein bißchen Wein in ihren beschissenen Ausschnitt kippen. Sie hat wirklich großes Glück, daß ich heute als Frau unterwegs bin.«

Mein Fisch schmeckte fade. Ich mußte mir Gräten von der Zunge pflücken, und so langsam ging mir die ganze Situation auf die Nerven. Daß es jemanden überraschte, wenn er plötzlich seine verlassene Frau in einem Restaurant wiedersah, konnte ich verstehen. Aber was Malte sagte, kam mir ziemlich unerwachsen vor. Er redete immer weiter davon, was er täte, wäre er nicht als Frau hier, und ich hatte mit jedem Satz mehr den Eindruck, wir hätten diesen ganzen Abend nur seinem Aufzug zu verdanken. Wäre er als Mann mit mir hergekommen, wir wären schon längst gegangen und säßen gemütlich zu Hause. Während seine

Verkleidung ihm die Möglichkeit gab, gefahrlos große Reden zu schwingen, so war es doch genau diese Verkleidung, deretwegen wir sitzen bleiben mußten. Ich konnte sehen, daß Malte Angst hatte, seine Frau könnte ihn erkennen, wenn er sich zu auffällig verhielt. Er duckte sich ab und zu unwillkürlich, damit ich ihn verdeckte, vermutlich immer dann, wenn sie ihren Kopf drehte. Wenn seine Frau ihn erkannte, dann flog er auf. Ich hatte immer gedacht, das sei ihm gleichgültig. Es war ihm doch auch egal, für lesbisch gehalten zu werden, wenn wir uns in der Öffentlichkeit zeigten. Ich griff nach seiner Hand und drückte sie, aber er entzog sie mir sofort wieder.

»Jetzt geht sie zum Klo«, sagte er. »Vielleicht ist das eine gute Gelegenheit, dem Hawaiihemd nahezulegen, sich zu verpissen.«

Aber er blieb sitzen. Ich schaute mich um, sah Frau Schmidt mit roten Wangen zwischen den Tischen verschwinden, streifte ihren Begleiter mit einem Blick und fand ihn nicht unsympathisch. Dann sah ich wieder Malte an, der düster in seiner Beilage herumstocherte.

»Komm, wir legen das Geld einfach auf den Tisch und gehen«, sagte ich. Und mir fiel ein Stein vom Herzen, als Malte tatsächlich seine Handtasche öffnete, Geld abzählte und aufstand.

Wir schritten den Gang entlang zur Tür, und ich bemerkte erst, als ich bereits am Ausgang war, daß Malte neben dem Mann mit dem Hawaiihemd stehengeblieben war. Er nahm dessen Weinglas vom Tisch, sagte sehr leise etwas zu ihm und goß dem fassungslosen Mann den Inhalt des Glases sorgfältig vorne über das Hemd. Dann folgte er mir entschlossenen Schrittes nach draußen.

Wir gingen schweigend zu Fuß durch die feuchte Kälte des Abends. Ein feinporiger Nebel lag in der Luft, ich konnte den Frost durch die Sohlen meiner Schuhe spüren. Kinder waren unterwegs und warfen Knaller auf die Straße. Die Autos fuhren langsam, es roch verbrannt. Wir kamen an einem Obdachlosen vorbei, der sich vor einem Schuhgeschäft auf einer Unterlage aus Pappe in einem Schlafsack zusammengerollt hatte. Sein Kopf lag auf einer vollen Plastiktüte, die zugeknotet war, damit keiner den Inhalt stehlen konnte, während er schlief. Sein Atem dampfte und vermischte sich mit dem Nebel.

»Was hast du zu ihm gesagt?« fragte ich.

»Daß ich Jürgen von der Lippe nicht leiden kann«, sagte Malte düster.

»Aber warum hast du das gemacht?«

»Mir war einfach danach«, sagte er, und daraufhin hielt ich meinen Mund.

Wir wanderten die Straßen entlang, ließen die Kälte in unsere Knochen kriechen und in unsere Köpfe, und ich gab mir alle Mühe, nicht nachzudenken über das, was ich gerade miterlebt hatte, und vor allem keine Schlüsse daraus zu ziehen.

»Felix«, sagte Malte plötzlich, und seine Stimme war sanft und tief, wie immer, wenn er Frauenkleider trug, »ich muß aufgemuntert werden. Erzähl mir eine lustige Geschichte.«

»Was denn für eine?« fragte ich.

»Keine Ahnung. Wenn man in einem Bestattungsunternehmen aufwächst, dann muß man doch lustige Geschichten kennen. Erzähl mir eine davon.«

»Gut«, sagte ich, »ich erzähl dir eine. Sie ist erstens lustig und spielt zweitens an Silvester.«

Es war der Silvesterabend des Jahres, in dem ich siebzehn geworden war. Es sollte ein ruhiger Familienabend werden, später wollte Tobi vorbeikommen und auch über Nacht bei uns bleiben. Da er angekündigt hatte, den Nachmittag damit zuzubringen, Böller und Feuerwerkskörper zu frisieren und uns das beste Feuerwerk zusammenzubasteln, das die Welt je gesehen hatte, fuhr ich alleine mit dem Roller durch die Gegend, kletterte in der anbrechenden Dunkelheit auf einen Baum und bei tiefster Dunkelheit wieder hinunter, sah mir eine Weile die Lichter auf dem anderen Ufer der Eckernförder Bucht an und ließ mir eine Menge Zeit, bevor ich wieder nach Hause fuhr. Meine Mutter hatte mir gesagt, ich dürfe ihr auf keinen Fall bei den Vorbereitungen helfen. Sie hatte sich eine Kochzeitschrift gekauft und wollte ein besonderes Abendessen zubereiten. Es war sternklar, herrliche frische Luft und eine friedliche Stille über allem, als ich nach Kleinulsby zurückfuhr.

Ich schloß die Tür auf und betrat das hellerleuchtete Haus pünktlich zur Abendbrotzeit, hängte meine Jacke auf, wand mich aus dem langen Schal und trat mir die Stiefel von den Füßen. Meine Eltern saßen im Wohnzimmer auf den Sesseln und sahen komisch aus. Der Tisch war wunderschön gedeckt mit speziellem Geschirr, weil es Fondue geben sollte; meine Mutter hatte Knallbonbons auf der Tischdecke verteilt, so daß es aussah wie bei einem Kindergeburtstag. Über der Lampe und der Anrichte hingen Luftschlangen, die sich bis auf den Boden kringelten. Dort, mitten auf dem Teppich, lag die Transporttrage mit einem großen Hügel, der von einem Tuch bedeckt wurde.

»Gut, daß du da bist, Felix«, sagte mein Vater und stand auf. »Aus dem Wagen haben wir ihn noch bekommen, aber gerade als wir über die Türschwelle waren, hat deine Mutter einen Hexenschuß gekriegt. Ich habe ihn ins Wohnzimmer gezogen, weil er den ganzen Flur versperrt hat. Komm, faß mal mit an, dann tragen wir ihn in den Keller.«

Meine Mutter sagte schwach: »Gottseidank hatte ich alles vorbereitet. Die Sachen stehen in der Küche, du mußt sie nur reinholen, wenn ihr unten fertig seid. Dann können wir gleich essen.«

Mein Vater und ich stellten uns an Kopf- und Fußende des Verstorbenen auf, packten die Griffe, warfen uns einen Blick zu und hoben gleichzeitig an. Mein Vater brachte sein Ende ein bißchen höher als ich meines, aber insgesamt hoben wir die Trage nur ein paar Zentimeter.

»Wenn du ihn aus dem Flur ins Wohnzimmer ziehen konntest, vielleicht könnten wir ihn bis zur Kellertreppe ziehen und dann runterrutschen lassen«, schlug ich vor.

»Auf gar keinen Fall. Wir haben schon genug gezogen«, sprach mein Vater. »Der Verstorbene wird getragen oder gar nicht bewegt.«

Wir versuchten noch ein paar Mal, die Trage anzuheben, aber mit jedem Versuch schienen wir schwächer zu werden. Dann rief mein Vater einen Freund in Damp an, der kommen und helfen sollte, aber der war nicht zu Hause. Er versuchte es bei einem Bekannten in Eckernförde, aber der sagte, er könne unter keinen Umständen weg, schon gar nicht den ganzen Weg nach Ulsby und wieder zurück, sie hätten eine große Silvestergesellschaft bei sich, und damit war das Repertoire der Freunde meines Vater, die er an einem solchen Abend um einen Gefallen bitten mochte, erschöpft.

»Nachher kommt Tobi«, sagte ich. »Dann können wir es

zu dritt versuchen.« Und darauf einigten wir uns schließlich.

Ich trug die vorbereiteten Platten mit gewürfeltem Fisch und Gemüse, Saucen und Beilagen aus der Küche ins Wohnzimmer, mein Vater deckte derweil den Couchtisch, weil meine Mutter sich zwar in der Lage fühlte zu essen, aber keinesfalls, sich aus ihrem Sessel zu bewegen. Ich konnte es mir nicht verkneifen, die Abdeckung anzuheben und mir anzusehen, mit wem wir es zu tun hatten. Der Verstorbene war ein noch nicht sehr alter Mann mit beträchtlichem Übergewicht. Er lag friedlich, sein rundes Gesicht war entspannt und heiter, er hatte eine wächserne Glatze und fleischige Ohrläppchen und war nur mit einem burgunderfarbenen Schlafanzug bekleidet. Sein Bauch ragte in die Höhe, und mein Vater hatte ihm einen extralangen Gurt umgelegt, damit seine Arme nicht herunterfielen.

»Für den brauchen wir einen Doppelsarg«, sagte ich. Ordentlich legte ich die Abdeckung zurück, zog sie glatt und achtete darauf, daß nichts unbedeckt blieb. Dann konnten wir anfangen zu essen.

Wir mussten die Platten um uns herum auf dem Boden und dem Sofa abstellen, weil nicht alles auf den kleinen Tisch paßte. Mein Vater und ich versorgten abwechselnd meine Mutter, die steif dasaß, mit konzentriertem Gesichtsausdruck kaute und uns Anweisungen gab, was sie als nächstes zu essen beabsichtigte. Es gab verschiedene Fischsorten, Pilze, Gemüsestreifen und -scheibchen, die sich aufspießen und in der heißen Brühe garen ließen. Es war ein langsames Essen, bei dem man jeden Bissen einzeln kochen mußte, es zog sich über Stunden hin, und ich haßte es von der ersten Minute an, weil es am Couchtisch stattfand und nicht am Eßtisch, weil meine Mutter immer, wenn sie sich bewegte, sofort das Gesicht vor Schmerz verzog, und vor allem, weil neben mir auf dem Boden ein toter Fleischberg lag, der unter seiner Decke heiter lächelte und überhaupt nicht hierhergehörte. Das Wohnzimmer war bislang ein reiner Privatraum gewesen, wenn man von der Meldelampe auf der Anrichte absah, ein Ort, an dem man vor Verstorbenen, Angehörigen, Trauer und Verlust verschont geblieben war.

»Woran ist er denn gestorben?« fragte ich schlechtgelaunt. »An Herzverfettung?«

»Ich gebe zu, in manchen Fällen ist es nicht leicht, sich an die Regeln zu halten, vor allem wenn man eines Tages Buddha vor sich auf der Bahre liegen hat, aber du weißt genau, daß man einen Verstorbenen keinesfalls verunglimpfen darf. Begriffe wie ›Herzverfettung‹ sollte man grundsätzlich aus seinem Wortschatz verbannen«, sagte mein Vater.

Meine Mutter japste ein bißchen und verzog vor Schmerzen ihr Gesicht. »Buddha«, wiederholte sie, schloß die Augen und lachte vorsichtig in sich hinein.

»Außerdem ist dies ein Familienabend«, sagte mein Vater. »Wir wollen es gemütlich haben und ein bißchen feiern und nicht über die Arbeit sprechen. Die Lage unseres Betriebs ist traurig genug.«

»Aber wenn die Arbeit hier bei uns auf dem Teppich liegt, ist es nicht so einfach, sie zu ignorieren«, sagte ich.

Meine Mutter lachte immer heftiger, ihre Schultern zuckten, und gleichzeitig rannen Tränen des Schmerzes über ihre Wangen.

»Schluß jetzt!« befahl mein Vater streng. »Jeder Verstorbene verdient unseren Respekt im selben Maß, egal, ob er im Sarg in einer Kapelle liegt oder unter einem Tuch in unserem Wohnzimmer! Gerda, was soll ich dir aufspießen?«

Meine Mutter brachte mühsam »Pilz« hervor. Ich wäre am liebsten aufgesprungen, hätte den Dicken auf dem Fußboden kräftig in den Wanst getreten und wäre türenknallend in meinem Zimmer verschwunden. Ich konnte nicht verstehen, was meine Mutter so witzig fand, ich war wütend, daß mein Vater mich zurechtwies wie ein Kind, mir war die ganze Situation zuwider, und ich begriff nicht, wieso meine Eltern so taten, als sei alles ganz normal. Es war nicht immer leicht, sich an die Regeln zu halten.

*

Ein paar Mal lachte Malte, als ich ihm von diesem Abend erzählte, doch am Ende sagte er: »Tut mir leid, aber das ist eigentlich keine sehr lustige Geschichte.«

Wir waren inzwischen bei seiner Wohnung angekommen, und ich entschloß mich, nach Hause zu fahren, obwohl Silvester war und ich den Roller vorsorglich im Hof abgestellt hatte. Er versuchte nicht, mich zum Bleiben zu überreden. Der Abschiedskuß fiel nüchtern aus, ich wollte nicht lange geküßt werden.

Schließlich tuckerte ich allein durch die nächtlichen Straßen, die inzwischen so voller zündelnder Kinder und Knallfrösche waren, als hätte es ein geheimes Zeichen für sie gegeben, aus ihren dunklen Löchern zu kriechen.

Im Treppenhaus, direkt auf dem Absatz vor meiner Wohnung, stand Randi mit einem kurzgeschorenen Jungen und küßte ihn so heftig, daß sie nicht bemerkte, wie ich mich näherte. Die beiden hielten sich engumschlungen und sogen geräuschvoll aneinander, Randi hielt mit beiden Händen seinen Hintern fest. Aus einer der unteren Wohnungen dröhnte Partymusik.

»Na?« sagte ich, um auf mich aufmerksam zu machen.

Die beiden lösten sich voneinander und schauten mich an.

»Ihr steht ein bißchen im Weg.«

»Entschuldigung«, sagte der Kurzgeschorene.

»Lange nicht gesehen«, sagte Randi.

Es behagte mir nicht, daß sich in meinem Treppenhaus Pärchen küßten, wenn ich nach einem solchen Abend mit Malte nach Hause kam. Nach einem solchen Abend wollte man Ruhe, ein bißchen Schokolade vielleicht oder ein Schaumbad oder auch eine gut bestückte Hausbar. Aber die Höflichkeit verlangte, daß ich stehenblieb und mich eine Weile mit dem Pärchen und seinem Glück beschäftigte.

»Das ist Martin«, sagte Randi, und Martin streckte mir seine Hand hin und blinzelte einmal in Zeitlupe, als wolle er mir seine Vertrauenswürdigkeit signalisieren. Er trug ein blaues Hemd mit Button-down-Kragen, darüber einen Marinemantel, der ziemlich teuer aussah, seine Lippen waren für meinen Geschmack zu fleischig und schienen sämtliches Blut, das seinem bläßlichen Gesicht zur Verfügung stand, für sich zu beanspruchen.

»Tag«, sagte ich und hoffte, daß es abweisend klang.

»Ich muß denn auch mal wieder«, sagte Martin, und man hörte deutlich die Kieler Einfärbung in seiner Sprache.

Randi küßte ihn zum Abschied weitere dreißig Sekunden lang, die ich nutzte, um mich an den beiden vorbeizudrücken und meine Wohnungstür aufzuschließen. Martin verschwand die Treppe hinunter, und Randi folgte mir in meine Küche. Dort setzte sie sich an den Tisch und lachte mich an, als sei sie nie weg gewesen. Selbst hier hörte man die vibrierenden Bässe der Musik von der Party weiter unten.

Weil es kurz nach Weihnachten Adventssachen billiger gab, hatte ich statt normalen Mandeln Gewürz- und Kakaomandeln im Schrank; ich öffnete eine Tüte, steckte mir einige in den Mund, kaute und konnte augenblicklich spüren, wie es mir besserging.

»Wie findest du ihn?« fragte Randi.

Ich kaute in Ruhe zu Ende, schluckte und fragte: »Seid ihr zusammen?«

»Seit Weihnachten«, sagte Randi stolz. »Er ist vier Klassen über mir.« Sie stand auf, holte eine Schüssel aus dem Küchenschrank, nahm mir die Mandeln ab und schüttete sie hinein. Dies sollte eindeutig ein Frauengespräch werden.

»Es ist Silvester, Randi. Warum bist du nicht mit deinem neuen Freund zusammen?« fragte ich.

»Weil er noch mit seinen Kumpels weggeht, und dabei sind Frauen nicht erlaubt.«

»Warum bist du dann nicht auf einer Party mit deinen Klassenkameraden, wo ihr Bleigießen und Flaschendrehen spielt?«

»Die sind doch alle langweilig«, sagte Randi. »Kann ich nicht hierbleiben?«

»Was ist mit deiner Mutter?«

»Die schläft«, sagte sie. »Du bist meine beste Freundin. Ich muß mit dir reden. Mit wem soll ich denn sonst reden?«

Ich seufzte, fügte mich in mein Schicksal und setzte mich.

»Er ist großartig«, fing sie an. »Er hat fast nur Einsen, und er ist wahnsinnig nett. Er hat mir bei Mathe geholfen, und dabei ist es dann passiert.« Sie kicherte albern. Daß sie sich in Schulfächern helfen ließ, hatte ich nicht gewußt. »Du mußt ihn unbedingt besser kennenlernen. Er weiß alles. Er war in Amerika, sechs Monate lang, in Tennessee, und er hat schon einen Führerschein, den darf er hier nur noch nicht benutzen. Und er mag mich, er mag mich wirklich. Er sagt, er findet mich hübsch und ich bin sehr reif für mein Alter.«

Randi trug an diesem Abend einen engen Strickpullover in Altrosa, dessen Wolle mit Silberfäden durchzogen war. An den Füßen hatte sie passende Turnschuhe in Rosa mit silbernen Schrägstreifen, allerdings ohne Schnürsenkel. Ich schwieg und aß weiter Mandeln. Auf keinen Fall wollte ich schon wieder anfangen, mütterliche Gefühle für sie zu entwickeln.

»Ich habe ihn gesehen – und das war's. Ich hätte natürlich nie gedacht, daß er was von mir wollen könnte, nie im Leben. Aber ich wollte gleich. Ich guck ihn an, und mir werden die Beine ganz weich. Ich kann meine Hände kaum bei mir behalten, wenn er in meiner Nähe ist, sie wandern dann automatisch immer zu ihm rüber, und wenn ich dann extra versuche, ihn nicht anzufassen, dann bekommen meine Finger eine solche Sehnsucht, daß ich überhaupt nicht mehr stillsitzen kann. Er riecht wahnsinnig gut, und er schmeckt sogar. Manchmal, wenn wir uns geküßt haben, denke ich hinterher, ich brauch eine Brille, weil alles ganz unscharf ist. Das ist wie besoffen sein.«

»Nur billiger«, sagte ich. Randi sah mich erschrocken an.

»Du magst ihn nicht«, sagte sie.

»Um meinen Geschmack geht es ja auch nicht.«

»Also, ich finde ihn toll. Er hat nicht mal Haare auf der Brust. Ich kann Männer nicht leiden, die Haare auf der Brust haben. Du? Das ist eklig, die sollten sich rasieren. Aber Martin hat von Natur aus gar keine. Und unter den Armen nur ganz wenige. Bei ihm sind immer seine Eltern zu Hause, aber bald, wenn meine Mutter mal wieder nicht da ist, gehen wir zu mir und tun es. Ich kann's kaum erwarten.«

Darum also ging es. Das Ganze war eine Falle gewesen, da war mit voller Absicht vor meiner Wohnungstür geküßt worden, um mich abzupassen und auszuquetschen über das erste Mal, ob es weh tun würde und was man falsch machen könne und ob man dabei mit anfassen muß oder ob alles ganz automatisch vonstatten geht.

»Dann würde ich dir raten, den Mann von Unten mal aufzusuchen«, sagte ich. »Der hat immer Kondome in den Hosentaschen, da gibt er dir sicher gern eins von ab.«

Randi senkte den Blick auf ihre Hände, während sie versuchte, mit einem abgekauten Fingernagel einen anderen abgekauten Fingernagel zu reinigen. Wir schwiegen, ich fraß Mandeln. Schließlich hob sie ihren Kopf, sah mich an und sagte: »Ich dachte, du freust dich für mich.«

Das hatte ich auch gedacht. Randi war schon so lange auf der Jagd nach einem festen Freund, daß ich ihr ihren Erfolg nun wirklich hätte gönnen sollen. Was ging es mich an, daß er aussah, als verkaufte er in seiner Freizeit Versicherungen? Was störte es, daß Randi erst dreizehn war, wenn sie sich reif genug fühlte für all das? Und war es nicht über die

Maßen erfreulich, daß sie jemanden gefunden hatte, der sie offensichtlich nicht ausnutzen wollte, jemanden, der sie nicht besoffen machte und dann flachlegte, wie ich es immer befürchtet hatte? Daß ihr die Liebe widerfuhr, vor all den anderen schlechten Erfahrungen, die sie erwarteten? Wieso freute ich mich nicht?

»Sag mal, Randi«, sagte ich, »was du eben so blumig beschrieben hast, das mit der Sehnsucht in den Fingern und den weichen Knien und daß er dir gut schmeckt, hast du das nur gelesen und redest es dir jetzt mit aller Macht ein, oder ist das wirklich so? Wenn das nämlich so ist, dann bin ich tatsächlich ein bißchen neidisch.«

»Soll ich dich umarmen und drücken?« fragte Randi.

»Ja«, sagte ich, »bitte.«

SIE VERORDNETE UNS BEIDEN einen Fernsehabend, weil sie fand, ich wirkte bedrückt, und fernsehen hatte in der Vergangenheit immer geholfen, wenn einer von uns beiden Kummer hatte. Ich konnte sehen, daß Randi müde war, aber schließlich war Silvester, da hatte man wach zu bleiben, außerdem wollte sie dasein, falls ich reden wollte (so sagte sie), und als Krönung ihrer Fürsorge ließ sie mich den Film aussuchen. Ich entschied mich für »Über den Dächern von Nizza«, in dem Cary Grant eine so unmögliche Hose trägt, daß es mich jedesmal zuverlässig aufmunterte.

Ich wollte Randi, die heute so glücklich war, nichts von Malte und von meiner Enttäuschung erzählen und auch nicht über mich, darüber, daß ich den Malte, dem ich an diesem Abend im Restaurant gegenübergesessen hatte, nicht besonders mochte, und darüber, daß ich – wenn ich endlich einmal ehrlich zu mir war – nicht annähernd in seiner Gegenwart die körperlichen Symptome entwickelte, die Randi geschildert hatte. Wenn ich Cary Grant dabei zusah, wie er in seiner unmöglichen Hose über den Blumenmarkt von Nizza schlenderte, immer schneller ging und schließlich rannte, die Polizei dicht auf den Fersen, dann war ich mehr als bereit, in seine Arme zurückzukehren.

❧

Nach unserem gemeinsamen Nachmittag während eines Unwetters im Hünengrab von Karlsminde mußte Tobi eine ganze Weile warten, bis er mich wiedersah, weil ich zunächst meine Lungenentzündung auskurierte. Die Zeit der Trennung spornte seinen Entdeckerehrgeiz nur noch mehr an, und er begutachtete und schätzte seinen gesamten Besitz und stellte zufrieden fest, daß er genug Sachwerte besaß, um sich nach und nach in meinen Körper einzukaufen.

Ich sollte bald wieder zur Schule gehen, lief bereits überall im Haus herum, aber es kam vor, daß ich mich plötzlich müde fühlte und auf der Stelle hinsetzen mußte. Als Tobi mich besuchen kam, brachte er Blumen mit; seine Mutter hatte ihm dazu geraten, und in Anbetracht der Tatsache, daß er gekommen war, um Geschäfte mit mir zu machen, hatte er es für richtig gehalten, auf sie zu hören. Meine Mutter nahm sich der Blumen an.

Wir gingen in mein Zimmer und schlossen die Tür. Tobi kam schnell zur Sache.

»Was bekomme ich für diesen Walkman?« fragte er und präsentierte das Stück, als wären wir auf einer Auktion.

»Ich würde sagen«, antwortete ich, »er ist nicht so viel

wert wie die Klangschale. Also wird es heute wohl beim Gucken bleiben.«

»Erstens ist er genauso viel wert wie die Klangschale, und zweitens würde ich für einmal Anfassen jetzt nicht mehr so viel bezahlen wollen, weil ich es schon kenne«, sagte Tobi. Da hatten wir es – Inflation. Alles, was ich zu bieten hatte, verlor seinen Wert massiv, sobald ich es einmal freigegeben hatte.

Ich dachte eine Weile über seine Worte nach, während er mir den Walkman anpries: »Er funktioniert einwandfrei, ich würde sagen, neuwertig. Ein Markenprodukt, außerdem gehören Batterien und Kopfhörer dazu. In Deutschland hergestellt.«

»Das ist doch gelogen«, sagte ich in dem Versuch, ihn runterzuhandeln. »Die Einzelteile werden alle im Ausland hergestellt, er wird nur in Deutschland zusammengesetzt.«

»Ich würde sagen, er ist deinen Hintern wert«, sagte Tobi. Ich war überrascht, daß Tobi meinen Hintern ähnlich hoch einzuschätzen schien wie meine Brüste, aber ich fand, daß ich dabei ein gutes Geschäft machte, weil es mich kaum Überwindung kostete.

»Gut«, sagte ich. »Sofort bezahlen?«

»Sofort bezahlen«, sagte Tobi.

Er blieb auf der Bettkante sitzen, ich stellte mich vor ihm auf, so daß mein Hintern auf seiner Höhe war, zog meine Hose ein Stück herunter und schob dann meine Unterhose hinten ein wenig nach unten. Tobi legte seine Hände auf, streichelte andächtig und lehnte dann ganz zart seine Wange gegen meine Pobacken.

»War das abgemacht?« fragte ich streng, aber in Wahrheit gefiel mir sehr, was Tobi machte. Das durfte ich ihm nur auf gar keinen Fall sagen, um ihn nicht den geschäftlichen Vorteil wittern zu lassen.

BEIM NÄCHSTEN BESUCH bekam ich einen kleinen Photoapparat, beim übernächsten einen kompletten Aquarellfarbenkasten, und nach und nach erleichterte ich Tobi um seine Sonnenbrille, einen Eishockeyschläger, einen großen Stapel Kassetten für den Walkman, eine beträchtliche Briefmarkensammlung, ein Handtuch, das seinen Namen eingestickt hatte, und ein Paar Nike-Turnschuhe (die ihm allerdings von Anfang an nicht richtig gepaßt hatten). Es war offensichtlich, daß ich mich übers Ohr hauen ließ. Tobi bot mir nur Sachen an, die er selbst nicht benutzte, und ich verkaufte Stück für Stück meinen Körper. Aber spätestens bei der Briefmarkensammlung fand auch für mich unser Geschäft nur noch statt, um die Form zu wahren. Schon für den Eishockeyschläger hatte Tobi einen langen Kuß mit Zungeneinsatz bekommen, und das hatte mir selbst so gut gefallen, daß ich plötzlich befürchtete, er könnte genug haben und sich aus unserem Handel zurückziehen, also wurde ich immer billiger.

Meine Furcht war vollkommen unbegründet, denn Tobi war nicht nur ein gewitzter Geschäftsmann und unersättlicher Forscher, sondern, wie sich herausstellte, obendrein auch noch heftig verliebt, und als ich zustimmte, für ein Paar Turnschuhe, die uns beiden nicht paßten, meinen ganzen Körper eine halbe Stunde lang zum Anfassen bereitzustellen, begriff er, daß wir einen Schritt weitergekommen waren, hörte auf, mir Tauschhandel anzubieten, und fragte ganz direkt, ob ich mir vorstellen könne, ihn auch in der Öffentlichkeit zu küssen.

So kam es, daß aus Tobi und mir nach fast sechs Jahren gemeinsamen Forschens ein Paar wurde.

Ich wusste nicht, ob ich verliebt war in Tobi, eigentlich sah ich ihn noch immer mit denselben Augen wie mit zwölf oder dreizehn, aber ich genoß es, daß er nun mein fester Freund war. Ich hatte nicht gewußt, wieviel Nähe zwischen zwei Menschen möglich war. Eine freundliche Umarmung von Erk Helferich war nichts im Vergleich zu dem Gefühl, mit Tobi zu schlafen oder ihn zu küssen. Auch wenn wir zusammen auf meinem Roller fuhren, spürte ich seinen Körper, der sich gegen meinen drückte, seine Hände, die sich an mir festhielten, intensiver als zuvor. Ich konnte fühlen, wie das Leben durch meine Adern strömte, wenn meine Haut mit seiner in Kontakt kam. Es machte nicht den Eindruck, als würden diese Empfindungen mit der Zeit nachlassen, sie ließen sich beliebig oft wiederholen, und ich fragte mich, ob meine Eltern so etwas in ihrem Leben überhaupt kennengelernt hatten. Nie sah ich, daß sie sich berührten, außer an den Händen oder gelegentlich an der Schulter, daraus mußte ich schließen, daß sie nicht wußten, wie lebendig man sich fühlen konnte nach einem Kuß, und sie taten mir leid.

»Sag mir, wie es sich anfühlt, wenn ich *so* mache«, sagte Tobi. Und ich bemühte mich, ihm zu erklären, was ich empfand, weil ich sehen konnte, daß er es mochte.

»Frauen sind Verbalerotiker«, verkündete Tobi. »Worte machen sie an.«

»Sex findet zu neunzig Prozent im Gehirn statt«, behauptete Tobi. »Das meiste erledigt die Phantasie.«

»Frauen brauchen ein langes Vorspiel«, erklärte Tobi. »Sie lieben die langsame Steigerung.«

Ich widersprach ihm nicht, da ihn seine eigenen Vorkenntnisse doch so offensichtlich glücklich machten.

IN DER SCHULE waren Tobi und ich immer Außenseiter geblieben, die anderen ließen uns in Ruhe, und wir waren uns selbst genug. Zu mir waren die Mädchen nach wie vor freundlich, auch wenn sie es aufgegeben hatten, mich einbeziehen zu wollen in ihre Spiele, Gespräche, Kreise und Cliquen. Ich galt als unnahbar, bestenfalls geheimnisvoll, schlimmstenfalls merkwürdig. Man schätzte meine Diskretion und Unparteilichkeit, ich verbreitete keinen Tratsch und keine Gerüchte, ich war an keiner Intrige beteiligt und hatte folglich auch keine Feinde, weshalb man mich für objektiv hielt. Es dauerte nur wenige Tage, nachdem ich Tobis offizielle feste Freundin geworden und Hand in Hand mit ihm herumspaziert war, bis die ersten Mädchen sich mir näherten.

Es war nichts Konkretes, das sie von mir wollten, sie wollten lediglich mit mir zu tun haben. Daß ich die Freundin von jemandem war, machte mich interessant. Fortan war es gesellschaftlich gebilligt, sich mit mir abzugeben, ja, wahrscheinlich war es sogar chic. Ein paar andere hatten bereits feste Freunde, von denen wiederum einige gar nicht zu existieren schienen, ob erfunden oder weit weg lebend war dabei eigentlich dasselbe; was mich von ihnen unterschied, war die ungeklärte Möglichkeit, daß Tobi und ich schon viel länger im geheimen zusammen waren, als wir es zugaben. Das Gerücht kursierte, in Wahrheit seien wir schon seit der fünften Klasse ein Paar, hätten uns deshalb jahrelang abgesondert und erst jetzt die Sache publik gemacht, weil wir vorher den Zorn unserer Eltern fürchteten.

Entspräche dieses Gerücht der Wahrheit, so hätte ich den größten sexuellen Erfahrungsschatz des ganzen Jahrgangs vorzuweisen, und mein gesellschaftlicher Wert wäre damit unschätzbar. Vielleicht war es aber auch nur so, daß ich den anderen Mädchen durch meine Beziehung mit Tobi plötzlich menschlich erschien und sie sich vorher einfach nicht getraut hatten, in meine Nähe zu kommen.

Wer ihnen gesagt hatte, daß ich mich mit Tarot beschäftigte, wußte ich nicht, womöglich hatte ich das selber irgendwann erzählt. Die Mädchen, die sich dafür interessierten, fielen nicht gleich mit der Tür ins Haus, sie arbeiteten sich an mich heran. Sie schlichen um mich herum, hielten sich in meiner Nähe auf, luden mich zu sich nach Hause ein (was ich meistens ablehnte), wollten mich in Kleinulsby besuchen, und endlich wagte eine sich vor und fragte mich, ob ich, da ich im Ruf stände, eine Wahrsagerin zu sein, ihr nicht bei Gelegenheit ihre Zukunft voraussagen könne. Ich zuckte mit den Achseln, sagte, warum nicht, ich könne ihr gern die Karten legen, aber ob eine Zukunftsvoraussage dabei herauskommen werde, könne ich nicht sagen. Sofort fanden sich andere, die es ebenfalls probieren wollten, also lud ich sie alle für kommenden Samstagnachmittag nach Kleinulsby ein.

Als am Samstag dann tatsächlich fünf Mädchen aus Eckernförde vor der Tür standen, verlor meine Mutter beinahe die Fassung vor Glück. Ihre Wangen glühten, sie machte sich in der Küche an einem Waffelteig zu schaffen, denn es sollte Kaffee und Kuchen geben, natürlich sollte es das, sobald alle Mädchen ihre Zukunft erfahren hatten. Dies war der Kindergeburtstag, den meine Mutter sich ihr Leben lang für mich gewünscht, auf den sie mittlerweile nicht mehr zu hoffen gewagt hatte.

Während sie die Waffeln vorbereitete, verschwanden die Mädchen und ich in meinem Zimmer, setzten uns auf den Fußboden, und ich mischte die Karten.

»Es sind achtundsiebzig verschiedene Karten«, erklärte ich und mischte dabei immer weiter, denn es war gut, es so lange zu tun, bis es wahrscheinlich war, daß man jede einzelne dabei berührt hatte.

Die fünf Mädchen sahen mich stumm und gespannt an.

Also redete ich weiter. Ich dachte mir irgend etwas aus, erzählte davon, wie die Karten zu mir sprachen, wie der Kosmos durch sie Kontakt zu mir aufnahm, wie ich mich zum Medium machte, um zwischen ihnen und der Sprache der Karten zu übersetzen, und je unlogischer und geheimnisvoller ich daherredete, desto aufmerksamer wurden ihre Gesichter. Gerade weil ich solch einen Unsinn erzählte, schienen sie mir zu vertrauen.

Ich verteilte die Karten um mich herum in einem Halbkreis, und dann sagte ich meinen Schulkameradinnen so fundiert die Zukunft voraus, wie sie es sich nur wünschen konnten.

Hochzufrieden kamen wir zwei Stunden später die Treppe herunter und ließen uns von meiner glücklichen Mutter Waffeln mit heißen Pflaumen servieren.

※

Ich fühlte mich nicht wohl, spürte eine Erkältung heraufziehen und schonte mich daher ein wenig. Malte meldete sich nicht. Wir hatten uns seit dem verkorksten Silvesterabend nicht gesehen, und ich war froh darüber. Als ich bei ihm anrief, war er nicht zu Hause und reagierte auch nicht auf meine Nachricht auf dem Anrufbeantworter. Ich versuchte, mich nicht zu ärgern, um den Viren keinen psychosomatischen Nährboden zu bescheren, dafür verbrachte ich viel Zeit damit, mit Schlaf mein Immunsystem zu stärken, und brachte es auf bis zu zwölf Stunden am Stück. Ich ernährte mich fast nur noch von Mandeln, weil ich mich nicht aufraffen konnte, einkaufen zu gehen, und auch, weil das Greifen, In-den-Mund-Stecken und Kauen ein so beruhigend einfacher Vorgang war, von dem ich gar nicht genug bekommen konnte.

Randi zog wieder mit Martin herum und ließ sich nicht blicken. Die Kunden saßen in ihren Startlöchern und warteten auf die Mitte des Monats, so daß ich viel Zeit hatte, nachzudenken und bei Malte anzurufen. Wenn er vorhatte, zu seiner Frau zurückzukehren, was sollte ich dann tun? Ich rief an, wenn er bei der Arbeit war, und ärgerte mich, daß er nicht ans Telefon ging. Dann wiederum ging ich selber nicht ran, wenn er abends zurückrief, wir spielten Anrufbeantworter-Pingpong, und als wir endlich direkt miteinander sprachen, erzählte er etwas von Überstunden und daß das Computersystem der Firma den Jahreswechsel schlecht überstanden habe. Selbstverständlich wolle er mich am Wochenende treffen, er vergehe vor Sehnsucht, allerdings müsse er aus den bekannten Gründen auch am Samstag einige Stunden in der Firma verbringen, aber er vergehe vor Sehnsucht etc. Ich erklärte meinerseits, daß ich krank sei und das Haus nicht verlassen könne, daß ich am Wochenende arbeiten müsse, der Januar sei voller Kunden. Und als wir aufgelegt hatten, da kam mir das ganze Telefonat komisch vor, verdächtig, und ich dachte über jeden Satz nach, den er gesagt hatte. Was sollte ich tun, wenn Malte sich von mir abwandte? Das war eine Erfahrung, die ich mir und meinem schwachen Immunsystem um jeden Preis ersparen wollte. Plötzlich war die ganze Sache mit Malte und der möglichen Beziehung gefährlich geworden für mich. Daran hatte ich nicht gedacht, als ich ihm hinterherjagte, ihn in mich verliebt machte, meine Zeit auf ihn einstellte. Lieber war ich alleine, als in der Gefahr zu schweben, von Malte Schmidt verlassen zu werden. Ich mußte ihn unbedingt zuerst abservieren.

Vorher hatte ich Gelegenheit zu üben. An einem Nachmittag ohne Kundentermin nahm ich gerade ein heißes Kräuterbad, als Kohlmorgen pfeifend die Wohnungstür aufschloß.

»Felizia, mein Licht«, rief er auf dem Flur.

»Ich bin zu Hause«, rief ich zurück. Ich konnte hören, wie seine Schritte vor der Badezimmertür innehielten. Jetzt stand er davor, aber er kam nicht herein, dazu war er viel zu wohlerzogen.

»Freust du dich, daß ich wieder da bin?« fragte er durch die geschlossene Tür.

»Natürlich, das weißt du doch«, sagte ich, stemmte mich mühsam und sehr langsam aus der Wanne, weil mir von dem heißen Bad ein wenig flau war. Während ich mich abtrocknete, prüfte ich mich und stellte fest, daß ich mal wieder keine Lust auf Kohlmorgen hatte.

»Sag bloß, du hast gerade ein Bad genommen«, sagte er durch die Tür.

»Ja, hab ich«, sagte ich.

»Ich wette, du riechst wundervoll.«

»Es war ein Kräuterbad, ich rieche wahrscheinlich nach

Pizza und Salbeitee«, sagte ich und war der guten Kinderstube von Kohlmorgen so dankbar wie nie zuvor, denn ich hatte nicht abgeschlossen und fühlte mich nicht in der Verfassung, ihm nackt und naß entgegenzutreten. Meine Kleider lagen auf dem Klodeckel übereinandergehäuft, ich zog sie nach und nach an und wickelte ein Handtuch um meine Haare.

»Felizia«, sagte Kohlmorgen durch die Tür, »ich liebe dich.«

Ich sank auf den Wannenrand. Wenn ich jetzt das Badezimmer verließ, stand auf dem Flur ein hünenhafter Fernfahrer mit riesigen Pranken, bereit, mir alle Kleider, die ich gerade angezogen hatte, wieder vom Leib zu schälen, offensichtlich noch nicht einmal hungrig, müde oder durstig genug, um mir noch eine halbe Stunde Gewöhnungszeit zu gewähren. Er hatte seinen Satz gesagt, jetzt stand er draußen und wartete darauf, daß ich meinen Part erfüllte in diesem Spiel, das er für uns erfunden hatte, jetzt war ich dran mit Hemdaufknöpfen oder Ohrenknabbern oder irgendeiner anderen erotischen Initiative. Mit Malte zusammen war es soviel einfacher, sich an seinen Leitsatz zu halten und nur das zu tun, wozu man Lust hatte. Wenn man allein war, warteten überall Verpflichtungen.

»Hast du mich gehört?« fragte Kohlmorgen. Ich stand auf, straffte mich und öffnete die Tür.

Er hatte ein sauberes, gebügeltes Hemd an, war frisch rasiert und roch nach Aftershave. Er mußte zurücktreten, damit er die Tür nicht ins Gesicht bekam. Ich nahm seine Hand, zog ihn ins Wohnzimmer und drückte ihn auf eines der Kissen nieder, die auf dem Boden lagen. Er wartete gehorsam, während ich in die Küche ging und mit zwei dampfenden Tassen wiederkam, in denen traurige Teebeutel schwammen. Ich setzte mich ihm gegenüber, wie ich mich bei einem Termin meinen Kunden gegenübersetzte. Kohlmorgen sah mich gespannt an, so als erwartete er jetzt eine besondere Kamasutra-Praktik von mir. Aber ich ignorierte einfach, was ich gehört hatte, und versuchte ein normales Gespräch.

»Wie lange bleibst du diesmal?« fragte ich.

»Ich habe mir etwas überlegt«, sagte er. »Ich könnte meine Sachen bei dir reinstellen. Viel ist das nicht, und genügend Platz gäbe es ja.« Er sah sich um und nickte dann zufrieden seiner Teetasse zu.

Ich wußte nicht, was ich sagen sollte.

»Wir würden zusammenleben, richtig zusammenleben, nicht so wie jetzt«, sagte er.

»Was wäre daran denn anders? Du bist doch sowieso immer hier, wenn du nicht unterwegs bist.«

»Für mich wäre das noch viel mehr ein Nachhausekommen, wenn ich dann nach Hause komme«, sagte er und blickte mir in die Augen. Wir warteten beide auf meine Antwort, und als sie auszubleiben schien, machte Kohlmorgen einen neuen Anlauf: »Ich liebe dich, Felizia, meine Prinzessin.«

»Genau das ist das Problem«, sagte ich, erleichtert, weil ich einen Einstieg gefunden hatte. »Ich liebe dich nämlich nicht.« Dann wußte ich wieder nicht recht weiter.

Kohlmorgen schwieg betroffen. Dann packte er meine Hand mit der ihm eigenen zärtlichen Grobheit und knetete sie zwischen seinen Fingern.

»Ich frage dich ernsthaft, Felizia: Willst du meine Frau werden?«

Ich konnte mich nicht entscheiden, ob er mir über die Maßen leid tat oder ob ich ihn und seine Standardsätze lächerlich finden sollte. Ich schluckte hart.

»Für den Rest unseres Lebens. Du und ich. Für immer. Ich würde für dich da sein und auf dich aufpassen. ›Felizia Kohlmorgen‹, klingt das nicht schön?«

In diesem Moment wußte ich nichts sicherer, als daß Felizia Kohlmorgen das letzte war, was ich sein wollte.

»Man tut niemandem einen Gefallen, wenn man um den heißen Brei herumredet«, pflegte mein Vater zu sagen. »Man muß den Tatsachen ins Auge sehen und die passenden Worte dafür finden. Dem Trauernden ist keinesfalls geholfen, wenn der Bestatter versucht, ihm die Sache leichter zu machen, indem er rumdruckst.«

»Nein«, sagte ich fest. »Ich brauche niemanden, der auf mich aufpaßt. Ein für alle Mal: Ich werde dich nicht heiraten. Gar nicht.«

»Dann hat unsere Beziehung keine Zukunft?« fragte er und räusperte sich kraftlos.

»Keine.«

»Dann machst du mit mir Schluß?« fragte er.

»Nein, ich beende unser Verhältnis«, sagte ich und kam mir schäbig vor, weil ich ihm nicht einmal seine Formulierung lassen wollte. Kohlmorgen sackte in sich zusammen. Er hatte meine Hand losgelassen, und seine Pranken lagen nutzlos auf den Oberschenkeln. Sein Oberkörper schwankte leicht, und ich fürchtete für einen Moment, er könne umkippen und das Regal mit der Stereoanlage und den ionisierenden Kristallen mit sich reißen, dieser Hüne von einem Mann.

※

Wir saßen am Hafen auf einer Bank, Tobi und ich. Jeder von uns hatte einen großen Pappbecher mit Cola in der Hand und eine Tüte Pommes frites aus dem Imbiß. Wir sahen uns die Schiffe an, die vor Anker lagen, ließen uns von der späten Nachmittagssonne bescheinen und redeten nicht.

Tobi aß mechanisch Pommes frites, seine Hand bewegte sich präzise und effektiv zwischen der Tüte und seinem Mund hin und her. Die Sonne spiegelte sich auf seinen Brillengläsern.

Ende Mai hatten wir die mündlichen Prüfungen hinter uns gebracht und warteten nun auf unsere Abiturzeugnisse. Unsere Beziehung hatte durchgehalten, weil unsere Neugier durchgehalten hatte, und Tobi wollte auch jetzt noch wissen, was dabei herauskommen konnte, wenn wir einfach weitermachten. Für ihn war ich als Forschungsobjekt noch nicht ausgeschöpft; wenn es nach ihm ginge, so würde er mich als nächstes schwängern, einfach, weil er es kaum erwarten konnte, einer Frau dabei zuzusehen, wie sie Mutter wurde, am lebenden Beispiel zu beobachten, wie der biologische Prozeß, den er mit seinem eigenen Samen ausgelöst hatte, vor sich ging.

Aber Tobi hatte beschlossen, nach Hamburg zu gehen, weil es für alle, die in Schleswig-Holstein aufwuchsen, die Stadt der Verheißung war, die Stadt der tausend Möglichkeiten, deren Namen man selbst im Ausland kannte, und genau dort wollte Tobi hingehen und sich seinen Anteil holen von den tausend Möglichkeiten. Beim Bund war er ausgemustert worden aufgrund seines schwachen Rückens, seiner schwachen Augen und noch etwas anderem, das er mir nicht erzählen wollte. Sobald er sein Abiturzeugnis hatte, würde er sich für einen Studienplatz bewerben, er hatte sich nur noch nicht für ein Fach entschieden. Fest stand, daß er sich mit den Naturwissenschaften beschäftigen wollte, sein Plan war es, sie alle nacheinander zu durchdringen und am Ende das Gegenteil einer Spezialisierung zu erreichen. Er wollte Generalwissenschaft studieren, und wenn es das nicht gab, so war es höchste Zeit, daß es erfunden wurde. Seiner Meinung nach existierten die Wissenschaften viel zu losgelöst voneinander, man forschte nebeneinander her und würde es auf diese Weise nie schaffen, umfassende Ergebnisse zu erzielen. Er wollte Wissenschaftler werden, nicht Physiker, Chemiker oder Biologe. Er hatte sich nur noch nicht entschieden, mit welchem Fach er anfangen wollte. Ich hätte nur ein Wort sagen müssen, und er hätte mich mitgenommen.

Auf der Brücke, die am schmalen Ende über das Hafenbecken führte, spazierten Fußgänger, vermutlich Touristen. Zwei Männer reinigten das Deck auf einem der Fischerboote. Wir konnten ihre Stimmen hören, ohne genau zu verstehen, was sie sagten.

Der Sommer war in diesem Jahr spät gekommen und ganz plötzlich heiß und sengend hereingebrochen. Tobi nahm seine Brille ab, um sie zu putzen, ich fühlte mich müde und schloß für einen Moment die Augen.

»Sag mir die Lebensdaten des Grafen von St. Germain«, sagte ich nach einer Weile. Ich wollte Tobi zum Reden bringen.

»Sechzehnhundertsechsundneunzig bis siebzehnhundertvierundachtzig«, antwortete er. »Jedenfalls laut Kirchenbucheintrag hier in Eckernförde.«

Mehr sagte er nicht.

»Und was ist die Wahrheit?« fragte ich und öffnete die Augen. Tobi setzte seine Brille mit einer unnachahmlich nachdenklichen Geste wieder auf.

»Wie meinst du das?«

»Ich meine, glaubst du immer noch, daß er unsterblich ist, weil er einen besonderen Tee erfunden hat?«

»Ich entnehme deinen Worten, daß du nicht daran glaubst und daß du meinst, es sei nur unserer Jugend und unserer Naivität zu verdanken, daß wir diese Theorie überhaupt entwickelt haben. Aber wir sind nicht die einzigen, die seinen Tod hier in Eckernförde angezweifelt haben. Es gibt historische Quellen. Außerdem vergißt du, daß man bei einer Öffnung des Grabes keinen Leichnam gefunden hat.«

»Das hast du mir gar nicht erzählt«, sagte ich.

»Du hast nicht gefragt.«

»Oh doch. Ich weiß genau, daß ich gefragt habe.«

Tobi trank einen letzten Schluck Cola, wobei er laut durch den Strohhalm schlürfte, dann stellte er den Becher neben sich auf die Bank, zerknüllte die Pommes-frites-Tüte und stopfte sie in den Colabecher.

»Also glaubst du an den Tee?« fragte ich.

»Ja«, sagte Tobi. »Der Wissenschaft ist vieles möglich.«

»Und du glaubst, daß man die Sterblichkeit einfach so überwinden kann? Mit Kräutern?«

»Warum nicht«, sagte er, und danach sprachen wir nicht mehr.

Kohlmorgen war die Generalprobe gewesen. Als nächstes war Malte dran. Ich wählte den Samstag, an dem er ein paar

Stunden bei der Arbeit hatte sein wollen oder bei seiner Frau oder wo auch immer. Als Randi und ich den Plan machten, ihn zu erobern, hatten wir damit angefangen, mein Selbstbewußtsein aufzubauen und mich zu bestärken. Diesmal fing ich damit an, alles aufzuzählen, was mich an Malte störte, um auch den letzten Zweifel an meinem Vorhaben zu ersticken.

Mir gefiel nicht, daß er von Lust erzählt hatte und sie mit Verantwortungslosigkeit zu verwechseln schien. Daß er die Welt an der Nase herumführte und sich dabei über sie lustig machte. Er hatte so souverän gewirkt, so selbstbewußt und tolerant, und dann hatte er dem Begleiter seiner Frau Wein übers Hemd geschüttet. Er hatte seine Frau verlassen, um so leben zu können, wie er es wollte, aber er hatte es nicht für nötig gehalten, sie darüber zu informieren, und im Grunde hatte er immer einfach nur den Weg des geringsten Widerstandes gewählt. Er ging jeden Tag zur Arbeit und behauptete, das habe nichts mit Pflichterfüllung zu tun; er verweigerte sich Weihnachten, nicht, weil es ihn – wie mich – traurig machte, sondern weil er es verachtete; er ruft nur an, wenn es ihm paßt, und wenn ihm gerade danach ist, steht er einfach vor der Tür, und dabei übersieht er, daß sich in einer Beziehung nur einer dieses Verhalten leisten kann; indem er sich seine Freiheit nimmt, schränkt er andere ein; und das Schlimmste von allem: Er bringt mich dazu, einer Stadt aus einem fahrenden Auto die Zunge herauszustrecken.

Ich konnte immer klarer sehen, daß er ganz und gar keine Ähnlichkeit hatte mit Cary Grant, weder äußerlich noch im Charakter. Er paßte nicht zu meinem Leben, und je mehr Argumente ich dafür fand, desto deutlicher war zu erkennen, daß man jemanden wie ihn einfach nicht lieben *konnte*.

Er öffnete mir mit vollem Mund, weil er gerade ein Nutellabrot aß. Er hielt es in der Hand, kaute und leckte sich mit der Zunge die Schokolade aus dem Mundwinkel. Mit dem Brot machte er eine einladende Geste, um mich zum Eintreten aufzufordern, aber ich schüttelte den Kopf und blieb vor der Tür stehen.

Er kaute schneller, schluckte und fragte mit einer komischen, kehligen Stimme, die entweder von seinen Emotionen kam oder davon, daß der Brotbrei ihm noch im Hals hing: »Ich verstehe. Du willst mir sagen, daß das mit uns nichts werden kann, weil ich Jürgen von der Lippe beleidigt habe.«

»Beleidigt ist sehr vorsichtig ausgedrückt«, sagte ich.

»Was willst du?« fragte er. »Daß ich mich bei diesem Affen entschuldige? Oder womöglich bei meiner Frau? Soll ich zu uns nach Hause gehen und zu ihr sagen: Liebling, es tut mir leid, das war ich neulich abend, ich war die Dame, die das Hawaiihemd ruiniert hat, und vielleicht ist das eine gute Gelegenheit, dir zu erzählen, wer dein rosa Baumwollkleid gestohlen hat? Wenn du willst, daß ich das mache, dann mache ich das. Mir ist egal, was sie von mir denkt.«

»Das glaube ich dir nicht«, sagte ich.

»Doch, das ist es. Es ist mir vollkommen egal.«

Wenn er schon nicht ehrlich sein konnte, so wollte ich es jedenfalls sein. Ich nahm meinen Mut zusammen und sagte die schrecklichen Worte, die ich schon an Kohlmorgen geübt hatte, und die sich in meinem Mund anfühlten wie Sägemehl: »Ich liebe dich nicht.«

Malte sagte gar nichts, stand einfach weiter im Türrahmen mit seinem Nutellabrot in der Hand und wußte nichts zu antworten. Ich hätte den Satz gern gleich wieder zurückgenommen, einen so mächtigen Satz, der jeden, der ihn hörte, für Minuten zu lähmen schien.

»Wenn ich an deinem Handtuch schnuppere, dann spüre ich kein Kribbeln im Bauch«, sagte ich. Malte starrte mich an, als traute er seinen Ohren nicht.

»Wenn ich auf deinen Anruf warte, muß ich aufpassen, daß ich nicht einschlafe. Ich versinke nicht in deinen Augen, und ich bekomme auch keine Gänsehaut, wenn du mir sagst, wie gern du mich hast. Ich habe gedacht, wenn man so viel Aufwand betreibt, um sich einen Mann zu angeln, wie ich es bei dir getan habe, dann verliebt man sich automatisch, immerhin habe ich für dich mein Leben riskiert und bin in den vierten Stock geklettert, aber das stimmt leider nicht. Ich habe mich ernsthaft bemüht, mich zu verlieben, ich habe alle Regeln beachtet und sämtliche Maßnahmen ergriffen, aber es hat leider nicht geklappt. Ich gehe sehr gerne mit dir ins Bett, und wir hatten wirklich lustige Zeiten zusammen, auch wenn ich inzwischen über die Tote-Katzen-Therapie anders denke und auch darüber, einer Stadt die Zunge rauszustrecken, und es insgesamt betrachtet so aussieht, als hätte ich lediglich eine zweite Pubertät durchlebt, aber es wäre unfair, dir zu verschweigen, was ich fühle oder eben nicht fühle, und wenn ich nach all der Zeit nicht geschafft habe, mich in dich zu verlieben, dann glaube ich auch nicht, daß das noch kommen wird. Wenn man bedenkt, daß du es fertiggebracht hast, dich in meinen Roller zu vergucken, nachdem ich ihn ein paar Mal auf der Straße habe stehen lassen …«

»Ich verstehe«, sagte Malte.
»Wirklich?« fragte ich.
»Wirklich.«
»Mach's gut«, sagte ich, drehte mich schnell weg und ging zur Treppe.
»Felix!« rief Malte. Ich blieb stehen, wandte mich um und konnte gerade noch dem angebissenen Nutellabrot ausweichen.

Zurück in der Yorckstrasse, wanderte ich nachdenklich durch das Treppenhaus. Vor der Tür des Mannes von Unten und seiner Freundin zögerte ich kurz. Ich überlegte, ob ich, wo ich nun schon einmal dabei war, in meinem Leben Großreinemachen zu veranstalten, auch bei ihm klingeln sollte, aber ich entschied, daß das nicht nötig war. Von ihm hatte ich nichts zu befürchten, weder daß er mich verließ noch, daß er zu mir ziehen wollte, und außerdem erschien es mir nicht ratsam, gleich sämtliche Männer zu vertreiben. Er war der Gelenkigste von allen, und er konnte ein Kondom mit einer Hand aus der Folie befreien und überstreifen; ich würde ihn vorerst behalten.

Ich fühlte mich niedergeschlagen und befreit zugleich. Ich wünschte mir, daß Randi vor meiner Wohnung wartete, tränenüberströmt und am Boden zerstört, weil Martin sich als Ekel entpuppt hatte, ich hätte jetzt gerne jemanden zum Trösten gehabt. Aber Randi saß nicht da, und ich schloß die Wohnungstür auf und spürte, wie in den Räumen mein altes Leben auf mich wartete, stumm und ergeben und womöglich ein bißchen enttäuscht von mir.

Ratlos stand ich im Wohnungsflur und wußte nicht, was ich als nächstes tun sollte, da mußte ich plötzlich dreimal hintereinander niesen und beschloß, sofort einen Kräutertee zu trinken und ins Bett zu gehen. Nachdenken über das, was ich heute getan hatte, konnte ich morgen noch. Viel wichtiger war, daß ich jetzt meinem Immunsystem unter die Arme griff und mich schlafen legte.

Die nächsten Tage versuchte ich, es mir in meinem Leben wieder gemütlich zu machen. Der Startschuß war gefallen, und die Kunden kamen scharenweise. Es tat mir gut, so viel zu arbeiten. Ich schaffte zwei bis drei Kunden am Vormittag und noch einmal so viele am Nachmittag. Die Gutscheine für Tarotsitzungen waren in diesem Jahr noch besser angekommen als beim letzten Mal, ich hatte viele neue Kunden, für die ich mir ein bißchen mehr Zeit nehmen mußte.

Ich war nicht bei der Sache, aber das schadete nicht im geringsten, solange die Karten mich nicht im Stich ließen. Ich sagte wahr im Akkord.

Abends sah ich mir Filme an, meine Videosammlung von vorn bis hinten, dazu aß ich vitaminreiche Salate und gesundes Vollkornbrot.

Als ein Termin abgesagt wurde, nutzte ich die Zeit, mir die Haare mit rotem Henna zu färben (hinterher sahen sie genauso aus wie vorher). Von Kohlmorgen kam ein Brief in großer Handschrift, in dem er sich ausführlich für die schöne Zeit mit mir bedankte. An Malte dachte ich gar nicht. Ich dachte im Grunde sowieso nicht in diesen Tagen. Nur einmal fiel mir ein, daß ich meine Eltern ursprünglich hatte anrufen wollen, falls es mit Malte klappte. Nun, es hatte nicht geklappt.

Nachdem während einer Sitzung, in der ich einer Kundin lauter erfreuliche Karten legte, eine Meise gegen mein

Wohnzimmerfenster geflogen und im Fallen unglücklich am äußeren Sims abgeprallt war, ging ich in den Hof und fand sie dort tot zwischen den parkenden Autos. Ich vergrub sie auf dem schmalen Rasenstreifen unter der Wäschestange.

In einer Mittagspause, eine gute Woche, nachdem ich in mein Leben zurückgekehrt war, wechselte ich ein paar Kerzen im Wohnzimmer, schüttelte die Sitzkissen auf, und plötzlich ließ ich mich nieder, nahm das Kartendeck und begann zu mischen. Ich breitete die Karten mit der Rückseite nach oben fächerförmig in einem Halbkreis um mich herum aus. Mit geschlossenen Augen ließ ich meine Hand darüberwandern, dabei atmete ich ruhig und tief. Als ich einen Impuls spürte, hielt meine Hand inne, senkte sich auf eine Karte hinab, zog sie behutsam zwischen den anderen hervor und drehte sie um.

Einen Augenblick saß ich so, die Augen geschlossen, eine Karte in der Hand. Dann legte ich sie zurück, die Rückseite nach oben, öffnete die Augen und schob alles wieder zu einem Stapel zusammen.

Um nicht ins Nachdenken zu verfallen, holte ich den Staubsauger aus dem Besenschrank und saugte das Wohnzimmer sehr gründlich. Danach war ich todmüde. Ich sah auf die Uhr und stellte fest, daß ich eine Dreiviertelstunde Zeit hatte bis zum nächsten Termin. Also legte ich mich rasch noch ein bißchen ins Bett.

Ich war gerade eingeschlafen, unter zwei Decken, als das Telefon klingelte.

Ich tauchte aus dem Schlaf auf wie aus einem Koma, begriff zunächst nicht, was mich geweckt hatte, kletterte aus dem Bett und tappte zum Telefon.

Ich meldete mich mit »Lauritzen, Tarot und Lebensberatung«.

»Felizia? Hier ist deine Mutter«, sagte eine Stimme, die mir in meiner Benommenheit nicht sehr bekannt vorkam.

»Bist du noch dran?«

»Ja.«

»Du mußt herkommen«, sagte meine Mutter in mein Ohr. »Dein Vater ist heute gestorben.«

※

Ich hatte es Tobi gesagt, ich hatte nicht vor, mich an ihn zu binden, mich an irgend jemanden zu binden, auch wenn ein Fortführen unserer Beziehung meinen Eltern vielleicht deutlich machen würde, daß ich nicht vorhatte, das Familienunternehmen weiterzuführen. Ich könnte die Ehefrau von Tobi werden, der ganz sicher eine Karriere in der Forschung vor sich hatte, ginge mit ihm nach Hamburg und wäre F. Lauritzen Bestattungen damit für immer verloren. Statt dessen hatte ich mich entschieden, in Kiel ein Jurastudium zu beginnen, weil ich hoffte, daß es mich weit wegführen würde von allen Ansprüchen, die meine Eltern an mich stellten. Als vielbeschäftigte und erfolgreiche Anwältin wäre ich ähnlich sicher vor ihnen wie als Ehefrau von Tobi.

Aber meine Eltern gaben mich noch nicht auf. Sie hielten mir beide eine Predigt, jeder auf seine Art, und der Rest war mir überlassen. Mein Vater erklärte mir, daß ich eine großartige Ausbildung genossen hätte, daß ich alles wisse, was es über unser Gewerbe zu wissen gab, was im Grunde bedeutet, daß ich bereits einen Beruf hätte (und die Routine mit den Trauergesprächen werde ganz sicher noch kommen). Natürlich würde er es begrüßen, wenn ich die Ausbildungsmöglichkeiten nutzte, die der Verband der Bestatter anbot, damit ich am Ende ein Zertifikat erwerben könne, aber er werde mir keinesfalls vorschreiben, welchen Weg ich zu gehen hätte. In seinen Augen jedoch sei es eine große Sünde, seinem Talent und seiner Berufung nicht zu folgen, es sei der gerade Weg zum persönlichen Unglück. Selbstverständlich sei er voreingenommen als mein Vater und Mentor und lasse sich womöglich von falschen Hoffnungen in seinem Urteilsvermögen beeinflussen, aber seiner Meinung nach sei es nicht zu übersehen, daß meine Berufung das Handwerk des Totengräbers sei. Und dann klopfte er mir auf die Schulter und versicherte, er sei der letzte, der mich zu etwas zwingen würde, ich solle frei und selbständig entscheiden. Er sei zuversichtlich, daß ich eines Tages klar würde sehen können, wozu ich berufen sei, und niemals habe es jemandem geschadet, in die Welt hinauszuziehen und sich die Hörner abzustoßen, ganz im Gegenteil. Er werde in Kleinulsby das Familienunternehmen ganz im geplanten Sinne weiterführen und mich mit offenen Armen willkommen heißen, sollte ich früher oder später den Weg zurück finden.

Meine Mutter dachte ganz ähnlich. Sie hielt viel von meiner Idee, eine Weile in einer größeren Stadt zu leben, Kiel sei für mich die beste Schule, in der ich lernen würde, mich unter Menschen zu bewegen, die freie Marktwirtschaft stets deutlich vor Augen, ebenso wie die neuen Ideen, Trends und Strömungen, die einen so abgeschiedenen Ort wie Ulsby nicht erreichten (und für die mein Vater sich blind stellte). Und falls ich das Glück hätte, in der Stadt einem anständigen Mann zu begegnen, einem, der zu mir hielte, anstatt nach Hamburg zu ziehen und sich um seine eigene Karriere zu kümmern, so würde sie das sehr glücklich machen, und sie würde ihn selbstverständlich mit offenen Armen in die Familie aufnehmen. All das sei meine Entscheidung, sie würde mir niemals Vorschriften machen, und besonders während der Zeit, als ich die schreckliche Lungenentzündung hatte, sei ihr klargeworden, wie wenig echten Einfluß man habe, wie wenig mehr man für sein Kind tun könne, als ihm alles Gute zu wünschen und still zu hoffen, daß sich alles zum Besseren wenden werde. Sie gab allerdings zu bedenken, daß meine Entscheidung, nach Kiel zu gehen, meinen Vater nicht besonders glücklich mache, daß er sich meinen Weg anders vorstelle, ich müsse also Verständnis haben, wenn er in nächster Zeit ein wenig niedergeschlagen wirke.

Bemerkenswert an den Worten meiner Eltern erschien mir, daß beide unabhängig voneinander den Ausdruck »mit offenen Armen« verwendeten, obwohl doch das Schulterklopfen und Wangenkneifen in unserer Familie üblich war. Benutzten sie diese Formulierung nur, weil sie normalerweise in solchen Zusammenhängen verwendet wurde, oder war es tatsächlich eine Art Versprechen, ein Hinweis auf das, was mich erwartete, sollte ich mich tatsächlich entscheiden, das Unternehmen weiterzuführen? Jedenfalls war ich ihnen dankbar, daß sie so diskret waren, nicht zu erwähnen, was wir alle dachten: daß sie mich nämlich aus dem einen und einzigen Grund gezeugt, auf die Welt geholt und aufgezogen hatten, damit ich eines Tages mein Erbe antreten und F. Lauritzen Bestattungen in sein goldenes Zeitalter führen konnte, das Zeitalter der Stammkunden und Laufkunden und der reichen Ernte.

Tobi war es, der als einziger fragte, warum ich wegging. Er hatte mich ernsthaft gebeten, mit nach Hamburg zu kommen, es mit ihm zu versuchen, und als ich abgelehnt und ihm gesagt hatte, daß ich Jura studieren würde, da erkundigte er sich nicht danach, wieso ich nicht mit ihm käme, sondern weshalb ich nicht Bestatter werden wolle. Ich hatte es ihm nicht erklären können. Ich sagte ihm, ich bekäme Atemnot, wenn ich mit Verstorbenen zu tun hätte, und er gab sich zufrieden. Wieder einmal muß ich auf eine unlogische Art überzeugend gewesen sein, die Tobi davon abbrachte, tiefer zu graben.

※

Ich fuhr mit dem Zug nach Eckernförde, mein alter Roller hätte die Strecke wahrscheinlich nicht mehr verkraftet. In Eckernförde stieg ich in den Linienbus nach Kleinulsby und ließ mich vorbeifahren an all den Ortsschildern, deren Namen ich auswendig aufsagen konnte: Hemmelmark, Hohenstein, Gast, Karlsminde, Ludwigsburg.

Rechts von mir mußte die Bucht liegen mit ihrem flachen, freundlichen Wasser, gesäumt von Strand, Steilküste und Campingplätzen, ich schaute aus dem schmutzigen Busfenster, konnte fast gar nichts erkennen und dachte an Schwansen, das im Dunkel des frühen Winterabends da draußen lag. Die kahlen Bäume, die alten Eichen, ragten neben der Straße auf, wenn die Lichter des Busses sie erfaßten.

Das Hünengrab war nicht zu sehen, aber ich wußte, wo es sich befand. Im Vorbeifahren las ich das Schild »Karlsminde«, und ich dachte an Tobi, der nach all den Jahren stets zu meinem Geburtstag anrief, aus Treue oder aus Neugier, weil ich noch immer sein liebstes Forschungsobjekt war. Von diesen Telefonaten wußte ich, daß er an seiner Dissertation arbeitete und zwei Kinder hatte, einen Jungen und ein Mädchen, und um sein Glück komplett zu machen, fehlten ihm nach eigener Aussage nur noch der Doktortitel und die Zwillinge.

Wir passierten Ludwigsburg. Das Herrenhaus wurde von Scheinwerfern beleuchtet und strahlte arrogant und überirdisch zwischen den Bäumen. Von Gunnar hatte ich nie wieder etwas gehört; vielleicht war er inzwischen Taucher geworden. An seine Mutter mußte ich denken, an die Bauernhofküche und den stinkenden Käse auf unseren Broten. Was sollte ich zu meiner Mutter sagen, wenn ich sie wiedersah?

»Mein aufrichtiges Beileid«, sagte ich, und das klang so steif und ausgetrocknet als Begrüßung, daß meine weinende Mutter grinsen mußte.

»Gleichfalls«, sagte sie. »Komm rein.«

Das Haus hatte sich verändert. Die Einrichtung war fast dieselbe geblieben, aber alles sah anders aus, als ich es in Erinnerung gehabt hatte, kleiner, älter, schäbiger, und erst als ich den Mut fand, mit der Hand über die Oberfläche der Möbel zu streichen, stellte sich eine Verbindung her zwischen ihnen und meiner Vorstellung.

»Leg doch deine Tasche erst mal hierhin«, sagte meine Mutter. »Ich mache uns einen Tee, und dann können wir reden.«

Sie hatte aufgehört zu weinen; als sie mir die Tür geöffnet hatte, waren ihr Tränen über das Gesicht gelaufen, aber nun hatte sie nur noch rote Augen und eine dicke Nase, und ich dachte, daß Teemachen und Reden genau das war, was sie jetzt brauchte.

»Tee ist gut«, sagte ich. Sie ging in die Küche, und ich stand unschlüssig im Wohnzimmer, wußte nicht, ob ich ihr helfen sollte, wußte nicht, wo ich anfangen sollte mit meiner Ankunft. Schließlich begann ich, über das Sofa zu streichen, zuerst mit dem Bein im Vorbeigehen, dann mit der Hand. Ich berührte die Anrichte, auf der eine Verfärbung im Holz die Stelle anzeigte, wo die Meldelampe gestanden hatte. Mein Blick folgte der Spur des Kabels, dem Verlauf der schmalen Schmutzbahn an der Decke, wo es mit Klebeband befestigt gewesen war, das all die Jahre hindurch niemals ausgewechselt werden mußte. Langsam bewegte ich mich zur Zwischentür zum Beratungszimmer. Für einen kurzen Moment war ich in Versuchung, mich hinzuknien und zuerst durch das Guckloch ins Zimmer zu schauen, weil ich mich fürchtete, die Tür zu öffnen. Dann ging ich hinein.

Die Sessel und der Tisch waren beiseite gerückt worden, so daß sie verirrt und nutzlos aussahen; den entstandenen Platz hatte meine Mutter mit Topfpflanzen aufgefüllt. Zwei Yuccapalmen, ein Monstrum von einem Fensterblatt, eine Zimmerlinde machten sich breit wie Eindringlinge, Hausbesetzer, die mit ihrer bloßen Anwesenheit den ganzen Raum zweckentfremdeten. Der Schreibtisch stand, wo er immer gestanden hatte. Er war nicht einmal besonders aufgeräumt, mein Vater mußte ihn bis zuletzt benutzt haben. Ich bahnte mir einen Weg zwischen den grünen Invasoren hindurch zum Wandschrank. Ich war erleichtert zu sehen, daß der Sarg noch darin stand, poliert und abgestaubt, ebenso die vier Urnen. Ich schob vorsichtig die Gardinen zur Seite und schaute auf die Straße, die menschenleer war, dunkel, frostig kalt und verlassen, aus dem Haus gegenüber kam der flackernde blaue Schein eines Fernsehers. Das Schild mit der Aufschrift *F. Lauritzen Bestattungen* war abgenommen worden.

Meine Mutter brauchte lange, um Tee zu machen. Als ich in die Küche schaute, stand sie neben dem Wasserkocher, der fauchte und zischte, eine Hand erhoben, bereit zuzupacken und den Tee aufzugießen, sobald das rote Lämpchen erlosch.

»Wo ist er?« fragte ich.

»Unten«, sagte sie, und in diesem Moment brodelte es laut im Kocher. »Der Tee zieht drei Minuten«, sagte sie.

Das schien mir Zeit genug zu sein, und ich stieg die Treppe hinunter in den Hygieneraum.

MEIN VATER WAR GRAU GEWORDEN, sein Haar schütterer, aber seine Haut war ledrig wie eh und je. Er lag auf der Liege, die Tür zur Kühlzelle stand offen, und die Kühlung war ausgestellt. Ich stellte mich neben ihn, und alles war falsch und verdreht und gehörte in Wirklichkeit ganz anders. Ich konnte nicht recht begreifen, was mir hier widerfuhr. Mein Vater sah ernst aus, mit einem bitteren Zug um die Mundwinkel, der mir, solange er lebte, nie aufgefallen war, und meine Augen waren so trocken, daß sie brannten.

»Menschen, die nicht weinen können, haben es schwerer, ihre Trauer zu überwinden«, hatte mein Vater einmal erklärt. »Wenn die Kunden weinen, dann laß sie, denn es ist ein gutes Zeichen.« In diesem Moment wollte ich nichts mehr als ein paar Tränen zur Verfügung haben, die den Schmerz hinter den Augäpfeln linderten.

Das, was ich an all den Menschen beobachtet hatte, die zu uns gekommen waren, um einen Verwandten zu begraben, das, was ich am meisten fürchtete, weil es unumkehrbar war, weil es das Leben zerteilte in ein Vorher und ein Nachher, und manche von denen, die es getroffen hatte, überrumpelt, entsetzt und gramerfüllt aussehen ließ, hatte nun auch mich ereilt, obwohl ich jede Maßnahme getroffen hatte, mich davor zu schützen. Es hatte alles nichts geholfen. Hier stand ich nun und spürte den Verlust mit jeder Faser meines Körpers.

Das heftige Bedürfnis, mich auf meinen Vater zu werfen, ihn zu schütteln und zu ohrfeigen, damit er seine Augen aufschlug, das Bedürfnis, mir hier und jetzt einen spitzen Gegenstand ins Herz zu rammen und mich neben ihn zu legen wie Romeo neben Julia, unterdrückte ich und stand mit hängenden Armen, bis es vorbei war.

»Die Trauer hat vier Phasen«, hatte mein Vater gesagt. »Die erste ist der Schock. Er dauert oft nur wenige Stunden und weicht dann der kontrollierten Phase. Das ist die Situation, in der wir es meistens mit den Kunden zu tun bekommen. Sie haben sich im Griff, organisieren, regeln das Nötige und handeln vernünftig und sinnvoll.«

Die übliche Atemnot stieg in mir auf, ein schwerer Druck legte sich auf meine Lungen, und ich schloß für einen Moment die Augen, japste und schlürfte die Luft ein, konzentrierte mich auf mein Zwerchfell. Oben war der Tee sicher schon fertig gezogen, meine Mutter hatte die Kanne auf ein Stövchen gesetzt und Kandis und Milch bereitgestellt, obwohl das keiner von uns beiden nahm, aber es sah so hübsch aus und gehörte alles zum selben Service. Sobald ich wieder regelmäßig atmen konnte, stieg ich die Treppe hoch.

Das letzte Mal hatte ich mit meinem Vater am Telefon gesprochen.

Ich wohnte mittlerweile in einem kleinen Zimmer in einer Wohngemeinschaft nahe der Kieler Uni und fühlte mich nicht besonders glücklich. Das Studium war von Anfang an uninteressant, die Universität glich einem riesigen Ameisenhaufen. Ich hoffte auf das bewährte Rezept, unauffällig sichtbar zu sein, das Rezept, das mir Tobi eingebracht hatte, das mich auf Kindergeburtstagen so beliebt gemacht hatte, ich war einfach immer da und wartete, daß ich gebraucht würde.

Ich wußte bald, daß Jura nicht das Richtige für mich war, aber ich fürchtete, wenn ich aufhörte zu studieren, würde mich das geradewegs wieder zurück nach Kleinulsby treiben. Dabei vermißte ich meine Eltern, Tobi und unser Haus sehr. Ich träumte nachts von dem Geruch nach chemischer Reinigung, den die Anzüge meines Vaters verströmten. Zwei Semester hielt ich durch. Dann wurde ich krank; ich hatte ständig ein merkwürdiges Ziehen im Unterleib und manchmal auch einen dumpfen, tauben Druck, und sobald ich mich ein wenig hinlegte, Tee trank und mich entspannte, wurde es besser, weshalb ich letztlich nie zum Arzt ging. Zunächst besuchte ich nicht mehr die Vorlesungen, um meine Gesundheit zu schonen, und als ich feststellte, daß die Schmerzen ganz ausblieben, wenn ich nicht zur Uni ging, aber zuverlässig wiederkamen, wenn ich meine Tasche für die Vorlesung packte, entschied ich, daß ein Studium an sich meiner Gesundheit nicht zuträglich war, und ging fortan gar nicht mehr hin.

Meine Eltern überwiesen mir regelmäßig Geld auf ein Konto, um mir das Studium zu finanzieren. Weil ich nicht genau wußte, wie es weitergehen sollte, erzählte ich ihnen nicht, daß ich aufgehört hatte, damit sie mir weiter Geld überwiesen. Wenn sie anriefen, beantwortete ich ihre Fragen nach der Universität vage und einsilbig. Ich fühlte mich ihnen gegenüber fürchterlich, aber ich wußte, daß das mit jedem Schritt, den ich von ihnen weg machte, weniger werden würde. Ich hatte meinem Gewissen widerstanden und war nach Kiel gegangen. Jetzt hatte ich sie angelogen und nahm einfach weiter ihr Geld. Sie das nächste Mal zu enttäuschen, würde mir sicherlich bereits leichter fallen.

Ich hing in der Wohngemeinschaft, in die ich gezogen war, herum, machte mir Gedanken, was ich machen wollte, schlief sehr viel, um seelischen Streß zu vermeiden, putzte ein bißchen, sah ein bißchen fern, und in dieser Zeit entdeckte ich Cary Grant. Es traf mich nicht mit einem Blitzschlag, ich sah lediglich ein paar Filme, in denen er mitspielte, und fand ihn attraktiv. Damals war ich noch sicher, daß ich mich eines Tages verlieben würde, wie meine Mutter es vorausgesagt hatte. Erst später, als mir nach und nach Zweifel kamen, ob ich mich denn jemals für einen Mann wirklich interessieren könnte, wurde Cary Grant mein Strohhalm, mein Beweis, daß ich in der Lage war, romantische Gefühle für jemanden zu entwickeln.

Zu jener Zeit hatte ich parallel zwei Affären mit Studenten, bei denen mein Rezept, einfach immer dazusein, gewirkt hatte. Ich war einsam, und ich konnte nicht einfach zu Helferich & Senf hinausfahren, um mir eine Umarmung abzuholen, wenn ich Trost brauchte. Daß Tobi anrief, um mir zu erzählen, wie viel Spaß ihm sein Studium bringe, machte es nicht besser. Auch wenn ich die beiden Studenten langweilig fand, so waren sie doch die einzige

Quelle körperlicher Nähe, die für mich greifbar war. Der eine verliebte sich irgendwann in mich, der andere in eine Australierin, die Germanistik studierte, und so verschwanden beide aus meinem Leben, während ich mich zum ersten Mal ernsthaft wunderte, daß alle Welt sich ständig verliebte.

Um eine Richtung zu finden, beschäftigte ich mich mit dem Tarot, das ich Tobi abgekauft hatte. Ich brütete über den Karten, bis ich die Bilder mit geschlossenen Augen hätte zeichnen können, ich wollte ihnen die winzigste Nuance ihrer Geheimnisse entlocken, ich betrachtete die Reihen, die sich bildeten, wenn man sie in ihre Gruppen sortierte, die davon erzählten, wie der kalte Verstand am Ende immer nur zu Zweifel und Zerstörung führte; von den Gefühlen, bei denen schönste Harmonie gleich neben abgrundtiefer Enttäuschung lag und man, um sie zu begreifen, in die Kindheit reisen mußte; von der Weisheit, die ihre Tiefe erst durch Arbeit und sehr viel Geduld erhielt; und vom Leben, das nur in der Auseinandersetzung mit andern funktionieren konnte und zur Last wurde, wenn man versuchte, nur für sich selbst zu kämpfen. Es waren meine Mitbewohnerinnen, die mich darauf brachten, daß man mit diesen Dingen Geld verdienen konnte.

Sie waren ganz wild darauf, ihre Zukunft zu erfahren, genau wie die Mädchen aus der Schule in Eckernförde. Am Anfang machte ich es umsonst, aber als sie mich immer weiterempfahlen und ihre Freundinnen anschleppten, stellte ich ein Sparschwein neben die Wohnungstür und bat die Gäste, mir eine kleine Spende zu geben, falls es ihnen gefallen habe, für die Unkosten. Sie alle waren bereit, mich zu bezahlen für meine Dienste, und so recherchierte ich ein wenig und fand heraus, wieviel Honorar man für solche Sitzungen verlangen konnte. Wer einmal dagewesen war, kam meistens in absehbarer Zeit wieder, ich brauchte auf meine Stammkunden keine dreißig Jahre zu warten, und so erhöhte ich zuerst die Preise und ließ mir dann Werbekärtchen drucken.

Die Wohngemeinschaft schien mir irgendwann nicht mehr der geeignete Ort zu sein, um meine Kunden zu empfangen, und ich beschloß auszuziehen.

Ich rief meine Eltern an, und bei dieser Gelegenheit sprach ich zum letzten Mal mit meinem Vater. Ich teilte ihm mit, ich hätte einen Job im sozialen Bereich gefunden, der mich über Wasser halte, und sei nun nicht mehr auf seine monatlichen Zahlungen angewiesen. Die Erleichterung in seiner Stimme war nicht zu überhören, als er mir versicherte, in seinen Augen sei das eine gute Idee, die mir sicherlich eine Menge Lebenserfahrung einbringen werde, solange ich es schaffte, dabei mein Studium nicht zu vernachlässigen. Ich traute mich daraufhin nicht zu fragen, wie die Geschäfte liefen.

Danach zog ich um und vergaß absichtlich, meinen Eltern davon zu erzählen. Ich hatte recht gehabt, das schlechte Gewissen war immer leichter zu ertragen. Sie meldeten sich nicht bei mir, obwohl sie meine Adresse mit Sicherheit von meinen ehemaligen Mitbewohnerinnen bekommen hatten.

Nach zwei Jahren zog ich erneut um und kurz darauf ein drittes Mal, in die Yorckstraße. Als mein Vater starb, hatte meine Mutter meine Nummer im Telefonbuch gefunden.

Tatsächlich hatte meine Mutter im Wohnzimmer mit dem guten Service gedeckt, sogar eine Schale mit Plätzchen hatte sie dazugestellt, obwohl es Abend war und nicht die Zeit für einen geselligen Fünf-Uhr-Tee. Die Bewegungen, mit denen sie uns beiden Tee einschenkte, waren ruhig und kontrolliert, sie hatte inzwischen ihre Nase ein wenig gepudert und sich die Augen trocken getupft. Wir nahmen beide unsere Tassen auf und nippten vorsichtig; beinahe gleichzeitig stellten wir die Tassen auch wieder ab, und es fühlte sich an, als hätten wir gemeinsam einen tiefen Atemzug genommen.

»Wie hast du ihn nach unten getragen?« fragte ich.

»Doktor Bruhns hat mir geholfen. Ich habe ihn geholt, damit er den Totenschein ausstellt, und dann habe ich ihn gebeten, mir beim Tragen zu helfen. Ich habe gesagt, du kommst ganz sicher bald und erledigst den Rest, damit war er dann zufrieden«, sagte sie.

»Wo hast du ihn gefunden?« fragte ich. Als meine Mutter mich anrief, hatte ich keine Zeit mit Fragen verlieren wollen, hatte nur gesagt, ich würde den nächsten Zug nehmen, und dann aufgelegt.

»Ach, das ist eine wilde Geschichte«, sagte meine Mutter und schnaubte laut durch die Nase. »Es war ganz anders, als er es sich erhofft hatte. Es war ... indiskret.« Sie lachte, und ich wußte nicht, ob ich auch lachen durfte, ob es tatsächlich eine lustige Geschichte war oder ob ihr Lachen eine andere Funktion hatte, die ich nur nicht begriff.

»Wir sind zum Baumarkt gefahren, unten in Eckernförde«, sagte sie. »Im Badezimmer ist vorgestern das Waschbecken runtergekracht, wir wollten ein neues kaufen. Er fuhr natürlich, und ich habe nichts Besonderes gemerkt, es ging ihm schon seit einiger Zeit nicht mehr so gut. Und gerade als wir auf den Parkplatz fahren, läßt er plötzlich das Steuer los, um sich mit beiden Händen an die Brust zu fassen. Drei Autos haben wir ineinandergeschoben, bevor der Wagen zum Stehen kam. Ich habe gleich gewußt, daß er tot ist, und ich habe überhaupt nicht nachgedacht, nur gehandelt. Ich bin um den Wagen herumgelaufen, habe ihn mit einer Kraft, von der ich gar nicht wußte, daß ich sie habe, auf den Beifahrersitz geschoben, und dann habe ich mich selbst hinters Steuer gesetzt. Die Besitzer der demolierten Autos waren inzwischen gekommen und noch ein paar andere Leute, und die standen alle herum, redeten durcheinander, glotzten durch die Fenster auf deinen Vater, und ich habe einfach ein paar von den alten Visitenkarten aus dem Handschuhfach genommen und ihnen durch das Fenster gereicht. ›Bitte setzen Sie sich mit uns in Verbindung, dann klären wir das mit dem Schaden. Mein Mann muß dringend ins Krankenhaus, ich werde ihn jetzt hinfahren, bitte vielmals um Entschuldigung.‹ Und dann bin ich wie der Teufel von diesem Parkplatz runtergefahren und zu uns nach Hause. Später habe ich Doktor Bruhns angerufen, und der hat mir geholfen, ihn ins Haus zu tragen.«

»Das Gute ist«, sagte meine Mutter und hielt mir die Schale mit den Keksen hin, »daß wir jetzt völlig frei entscheiden können, was wir machen wollen mit ihm. Wir haben einen Totenschein, wir wissen, wie man alle anderen Papiere besorgt, und es wird niemand Fragen stellen. Bitte, Felix, du mußt doch etwas essen, du bist so mager geworden, und weißt du nicht, daß man beim Trauern sehr viele Kalorien verbraucht, ohne es zu merken? Ich hatte die Idee, ihn im Garten zu bestatten, was meinst du dazu? Das hätte er gerne gewollt, daß er hier am Haus bleibt, und außerdem würden wir die Friedhofsgebühren sparen.«

»Seit wann gibt es F. Lauritzen Bestattungen nicht mehr?« fragte ich.

»Seit einem Dreivierteljahr«, antwortete sie und nahm sich einen Keks.

Mein Vater hatte mir beigebracht, daß man bei einem Trauergespräch die Kunden reden lassen sollte, damit man sich ein Bild machen konnte von ihrer Situation, der Persönlichkeit des Verstorbenen und ihren eigenen Vorstellungen, und so hörte ich einfach nur zu, ohne meine Mutter zu unterbrechen.

»Wir wollten dir eigentlich Bescheid sagen, aber dann hat dein Vater gesagt: ›Wozu sollen wir sie damit belasten?‹ Er meinte, du habest jetzt dein eigenes Leben, und du hättest ja sowieso nichts mehr retten können. ›Wir rufen sie lieber zu einem schöneren Anlaß an‹, hat er gesagt. ›Zu Weihnachten oder zu ihrem Geburtstag.‹ Er dachte, jetzt, wo das Unternehmen pleite war, würdest du auch wieder zu Besuch kommen mögen. Es ging so schleichend. Es lief ja schon seit ein paar Jahren nicht mehr so gut für uns, und dann war alles so alt geworden und hätte erneuert werden müssen, und zwar immer den Vorschriften entsprechend, du kennst das ja, und ich hatte Angst, daß irgendwann einer der anderen Bestatter uns meldet und sie uns den Betrieb schließen, weil es in unserem Keller nicht mehr korrekt gekachelt ist oder weil der Wagen durchgerostet ist oder was weiß ich, die hätten bei uns ganz sicher was gefunden. Wir haben dann überlegt, ob wir investieren sollen, aber wenn man es vernünftig durchkalkuliert hat, dann war das wirklich eine Schnapsidee. Aus dem Neubaugebiet sind die Alten einfach weggezogen, ist ja klar, die Kinder werden erwachsen, und die Häuser sind für die Alten einfach zu groß. Sie haben verkauft, fast alle, an neue Familien mit kleinen Kindern, und selber sind sie nach Eckernförde gezogen oder nach Damp in solche Seniorenwohnanlagen, und das war es dann mit der Stammkundschaft, diese Wohnanlagen sind doch fest in den Händen von irgendwelchen örtlichen Bestattern, die sich nicht zu schade sind, alte Leute zu belästigen und sich einfach vorzudrängeln. Und dann haben die Menschen auch einfach kein Geld mehr. Ich habe ja gesagt, es liegt am Geld, aber dein Vater meinte, es geht bergab mit der deutschen Bestattungskultur. Nur noch Urnenbestattungen in den letzten Jahren oder sogar gleich ganz anonym. Die Kinder überreden ihre alten Eltern, vor dem Tod noch schnell einen Zettel zu schreiben, daß sie eine Feuerbestattung wünschen, damit ihre Lieben Geld sparen. Früher haben die Menschen Vorsorge getroffen, da gab es Versicherungen und Rücklagen, die extra für die Beerdigung gedacht waren, heute werden die Leute zu alt; sie geben ihr Geld aus, und wenn sie älter werden, als sie es geplant haben, dann müssen sie an ihre Rücklagen ran, und heute werden eben alle älter als geplant. Ach Gott, Felix, und ich verstehe das alles auch. Wenn man seine alten Eltern über Jahre hinweg unterstützen muß, weil sie kein Geld mehr haben, dann sieht man nicht ein, warum man ihnen auch noch die teuerste Beerdigung bezahlen soll. Uns geht es doch nicht anders. Ich bin ja selber froh und glücklich, wenn wir wenigstens die Friedhofsgebühren sparen können und die Grabpflege. Wir haben keine Schulden, falls du das denkst. Dein Vater hat immer gesagt, seinem

Kind Schulden zu hinterlassen, sei die größte Sünde, die man begehen kann, und so kann man ein Familienunternehmen einfach nicht führen. Er hätte es gemacht, da bin ich sicher, wenn irgendeine Aussicht bestanden hätte, daß sich das Geschäft auf lange Sicht erholen würde. Wir haben einfach so lange weitergemacht, bis unsere Ersparnisse aufgebraucht waren, und dann haben wir zugemacht. Wir hatten geplant, die Sachen zu verkaufen, aber als ich den Gesichtsausdruck deines Vaters gesehen habe, habe ich gesagt: ›Wir finden eine Lösung. Und bis dahin lassen wir alles, wie es ist.‹ Ich glaube, er hat nie aufgehört zu hoffen, daß ein Wunder geschieht und wir eines Tages wieder aufmachen können. Nur das Schild haben wir aus dem Fenster genommen, dein Vater hat das Beratungszimmer weiterhin als Arbeitszimmer benutzt. Er hat die meiste Zeit an seinem Schreibtisch verbracht und irgendwelche Papiere sortiert oder was weiß ich. Er hat überlegt, bei Helferich & Senf mit einzusteigen, aber denen ging es finanziell auch nicht so besonders. Also hat er bei ihnen mitgeholfen, mehr oder weniger unentgeltlich, er hat im Laden gestanden und darauf gewartet, daß jemand sich für die Grabsteine interessierte, diese Art von Kunden sollte er dann beraten, er wußte ja alles darüber, aber ich glaube nicht, daß es davon auch nur einen einzigen gab. Er hat nicht darüber gesprochen, aber ich kann mir nicht vorstellen, daß bei Helferich & Senf häufig Kundschaft vorbeischaut, die eine Grabsteinberatung wünscht. Ein bißchen Geld habe ich verdient, ich konnte bei Marlene von Blumen-Kröger anfangen, und das hat uns dann auch über Wasser gehalten. Ich verstehe sehr viel von Gebinden und Gestecken, das wissen sie dort zu schätzen. Marlene selbst hat mir jetzt angeboten,

Geschäftspartnerin zu werden, und ich werde das Angebot wohl annehmen. Mir bringt die Arbeit Spaß, das habe ich schon immer am liebsten gemacht von all dem Bestatterkram, ich könnte in eine kleinere Wohnung ziehen, in Eckernförde, andererseits ist das Haus abbezahlt, da spare ich mir die Miete, und viel Erlös wird es bei einem Verkauf nicht mehr bringen, dazu ist es zu alt. Höchstens das Grundstück. Aber wenn wir wirklich deinen Vater im Garten beisetzen, dann geht das sowieso nicht, dann kann ich es nicht verkaufen. Ich habe mir das so gedacht: Wir verzichten auf eine Feier und auf den Friedhof und all das, wir haben alle Möglichkeiten, wir können einfach ein bißchen schummeln bei den Ämtern, ich bin sicher, keiner weiß besser als du, wie das zu machen ist. Wir haben den Totenschein, das ist das Wichtigste, den Rest können wir ganz in unserem Sinne machen, ich überlasse es dir, die Formalitäten so zu bearbeiten, daß alles seine offizielle Richtigkeit hat und niemand Fragen stellen muß. So bald wie möglich machen wir es, vielleicht unter der Nordmanntanne? Wir verschicken einfach ein paar Trauerkarten, auf denen steht, daß die Beisetzung im kleinsten Kreis stattfindet, dann fühlt sich niemand verpflichtet zu kommen. Meine Familie wohnt ja ohnehin viel zu weit weg, und er hat sowieso niemanden, ein Einzelkind, genau wie du, überhaupt keine nahen Verwandten, jedenfalls keine, die er gut kannte, es wird reichen, ein paar Karten zu verschicken, und dann ist das Thema erledigt. Ach, Felix, es ist gut, daß du da bist. Ich kann es kaum glauben, daß du mir hier gegenübersitzt, als wärst du nie weggezogen. Von jetzt ab lassen wir es nicht mehr zu, daß der Kontakt einschläft, ja? Das Unternehmen gibt es nicht mehr, jetzt können wir uns doch wieder häufiger sehen. Es ist mir so schwer gefallen, dich nicht anzurufen und zu fragen, wie es dir geht, aber dein Vater hat immer gesagt: ›Sie wird schon kommen. Je weniger wir sie unter Druck setzen, desto wahrscheinlicher ist es, daß sie wiederkommt.‹ Und so ist es doch auch, ich hab das eingesehen und dich in Ruhe gelassen«, sagte meine Mutter.

※

Ich hatte Malte die Geschichte von dem Silvesterabend mit dem dicken Mann in unserem Wohnzimmer nur zur Hälfte erzählt. Vielleicht hätte er doch gefunden, daß es eine lustige Geschichte war, wenn er sie ganz gehört hätte.

Tobi wurde am späteren Abend von seiner Mutter mit dem Auto gebracht. Sie stieg nicht aus, winkte mir nur zu und brauste gleich wieder davon, während meine hexenschußgeschlagene Mutter im Wohnzimmer vergeblich versuchte, aus ihrem Sessel aufzustehen, um ihr persönlich ein gutes neues Jahr zu wünschen. Tobi hatte eine Sporttasche mitgebracht, in der alle Sachen waren, die er brauchte, um bei mir zu übernachten. Mir erschien die Tasche sehr groß für diesen Anlaß, aber bald wurde mir klar, daß sie mehr enthielt als nur einen Kulturbeutel und einen Schlafanzug. Tobi war begeistert von der Tatsache, daß er bei mir übernachten durfte; er hatte bereits Tage vorher in höchsten Tönen das Prinzip der Privatsphäre gelobt, das in unserem Haus galt, meine Eltern als liberal bezeichnet und das als Kompliment gemeint, wogegen seine Eltern konservative Stockfische seien, die es geradezu herausforderten, angelogen zu werden (er hatte ihnen erzählt, es gebe in unserem Haus ein Gästezimmer), und seine Stimmung steigerte sich noch, als mein Vater ihm im Flur entgegentrat und ihn mit ernster Miene um einen Gefallen bat, der im ersten Moment vielleicht ein wenig befremdlich sei.

Tobi packte trotz seines schwächlichen Rückens nur zu gerne mit an und half uns, den schwergewichtigen Verstorbenen aus dem Wohnzimmer zu entfernen. Für ihn war es ein Triumphzug, dieser mühsame Weg die Kellertreppe hinunter, Stufe für Stufe, zusammen mit mir an einem Ende der Trage, mein Vater am anderen. Er zog mit wehenden Fahnen ein ins Allerheiligste des Familienunternehmens, das ihm so lange verboten gewesen war. Aber im Gesicht meines Vaters suchte er vergeblich nach dem Ausdruck heimlichen Grolls oder zähneknirschenden Sichfügens, für meinen Vater kam die Würde des Verstorbenen selbstverständlich vor der Würde des Unternehmens, und er hätte jederzeit, ohne zu zögern, jedes seiner Prinzipien diesem einen untergeordnet.

Da Tobi versprochen hatte, uns um Punkt zwölf das beste Feuerwerk zu präsentieren, das die Welt je gesehen hatte, übernahm mein Vater es, den Tisch abzudecken und die übers Jahr verstaubten Sektgläser zu spülen, während Tobi und ich im Garten Vorbereitungen trafen und meine Mutter in ihrem Sessel verbissen Arme und Beine in alle Richtungen streckte, um ihre Mobilität wiederherzustellen.

Tobi machte keine halben Sachen. In seiner Sporttasche hatte er einen tragbaren Kassettenrekorder mitgebracht, auf dem er zuerst einen Radiosender einstellte, der uns live die Sekunden anzählen sollte, danach hatte ich die Aufgabe, sofort das Band zu starten, um mit der Feuerwerksmusik von Händel seine Vorführung atmosphärisch zu unterstützen. Nach und nach holte er aus seiner Tasche Böller und Raketen, die er präpariert und miteinander verbunden hatte und nun nach einem speziellen Plan auf dem Rasen aufbaute. Ich holte ihm leere Flaschen aus der Küche, in die er die Raketen stecken konnte, besorgte für meine Mutter einen Liegestuhl aus dem Schuppen und wischte mit einem feuchten Lappen die Spinnweben ab, stützte sie, als sie mit staksigen Beinen durch die Küchentür zu ihrem Platz schritt, nahm von meinem Vater ein gefülltes Sektglas entgegen, positionierte mich neben dem Kassettenrekorder und wartete gemeinsam mit Tobi und meinen Eltern darauf, daß es Mitternacht wurde.

Über der großen Nordmanntanne in unserem Garten war der Mond aufgestiegen, zunehmender Mond, zweidrittelvoll, die Nacht war schwarz und ohne Lichter, weil hinter unserer Hecke ein Feld lag und dahinter wieder eines. Wir hatten die Lampen im Haus gelöscht, standen schweigend, und die ganze Welt war still geworden, still und gespannt. Tobi sagte meinen Namen, damit ich wußte, daß ich das Radio einschalten sollte, und in seiner perfekten Organisation hatte er es fertiggebracht, daß der Sprecher just in dem Moment ankündigte, es sei noch eine Minute bis zum Jahreswechsel.

Zehn Sekunden vorher fingen wir an, den Countdown laut mitzuzählen (und irgendwo aus dem Dorf hörte man synchron dazu eine Partygesellschaft grölen).

»Prost Neujahr«, rief mein Vater mit erhobenem Glas, ich stellte den Rekorder auf Kassettenbetrieb um und startete das Band. Tobi zündete eine Kombination aus Böller und Rakete und schickte eine Funkenbahn in den Himmel. Er lief hin und her mit einem Feuerzeug in der Hand, trat zurück und bewegte sich geschäftig über den Rasen. Meine Eltern und ich stießen derweil mit unseren Sektgläsern an, wünschten uns alles Gute, klopften uns auf die Schultern, wobei meine Mutter im Liegestuhl eine Grimasse machte. In diesem Moment bereute ich es sehr, beim Essen so patzig gewesen zu sein, ich hätte mich gerne entschuldigt, aber das wäre wiederum gar nicht nötig gewesen, also unterließ ich es. Ich wollte meinen Eltern zeigen, wie sehr ich sie bewunderte in ihrer Güte und ihrem Ehrgeiz und ihrer Rechtschaffenheit, wollte ihnen verdeutlichen, daß ich sie verstand, daß ich ihre Ziele respektierte und ihre Sorgen nachvollziehen konnte, aber ich wußte nicht, wie. Tobi hatte mich gewarnt, vor vielen Jahren schon, daß zur Pubertät auch das Pathos gehörte, daß man nicht darum herumkam, gleich nachdem man seinen ganzen Ekel und seinen Haß zum Ausdruck gebracht hatte, die Welt in überdimensionaler Liebe umarmen zu wollen.

Der Augenblick ging vorüber. Wir standen und saßen einträchtig nebeneinander, mein Vater in seinem schwarzen Anzug und ein bißchen kleiner als ich, meine Mutter, die zur Feier des Tages ihre guten Schuhe mit den Absätzen angezogen hatte und sie noch immer trug, obwohl wir anderen alle Hausschuhe anhatten, wir lauschten der Musik und schauten dem weltbesten Feuerwerk zu.

Es sprühte und knallte, jeder Feuerwerkskörper stieß eine neue Portion stinkender Abgase aus, so daß man bald das Gefühl hatte, im Nebel zu stehen, dazwischen eilte Tobi von hier nach dort und entzündete Lunten. Für einen Moment wurde die Choreographie unterbrochen, es wurde ganz dunkel, und unsere Augen sahen gar nichts, nachdem sie in so viele strahlende Lichter geschaut hatten. Wir hörten Tobi »Scheiße« sagen. Sein Feuerzeug glomm auf, eine Rakete zischte in die Luft, mit einem ohrenbetäubenden Sirren und Heulen begann ein Vulkan, bunte Leuchtkugeln auszuspucken, und in ihrem Schein konnten wir Tobi erkennen, der getroffen und verwundet rückwärts taumelte.

Wir holten einen Notarzt. Meine Mutter räumte den Liegestuhl, damit wir Tobi darauf legen konnten, und dort wimmerte er mit geschlossenen Augen und erklärte immer wieder, ihn treffe keinerlei Schuld, er habe aufgepaßt, das alles sei ihm ein Rätsel. Er hatte ein paar kleinere Verbrennungen an Gesicht, Hals und Händen, wurde, als die Sanitäter kamen, fachgerecht verbunden und gesalbt und außerdem väterlich gerügt für seinen Leichtsinn. Lange hielten sie sich nicht auf, sie mußten weiter, die ganze Nacht war voll von Unfällen wie diesem.

Meine Mutter hatte sich inzwischen zum Schlafen auf dem Sofa eingerichtet, weil sie keine Chance sah, je wieder die Treppe hochzukommen. Tobi konnte seine verbundenen Hände nicht benutzen. Unten im Hygieneraum lag ein Verstorbener in einem Schlafanzug, den umzukleiden wir uns für morgen aufgehoben hatten, aber wir konnten unsere Fähigkeiten schon an diesem Abend unter Beweis stellen, mein Vater und ich. Er übernahm es, meiner Mutter in ein Nachthemd zu helfen, ich kümmerte mich um Tobi. Während ich ihm den Pullover auszog, schrie er wie am Spieß, später jammerte er nur noch und fluchte und ließ sich schicksalsergeben von mir aus der Hose schälen. Im Wohnzimmer brüllte meine Mutter vor Schmerz, daß es bis in mein Zimmer zu hören war. Ich legte Tobi ins Bett, deckte ihn vorsichtig zu und ging noch einmal nach unten, um die Decken und den Kassettenrekorder ins Haus zu holen. Draußen traf ich meinen Vater. Er schenkte sich und mir noch ein Glas Sekt ein, das wir im Stehen tranken, den Blick in die Dunkelheit gerichtet.

»Du hättest deine Mutter hören sollen«, sagte er.

»Ich habe sie gehört.«

»Wenn man einen Verstorbenen einkleidet, dann schreit der wenigstens nicht«, sagte er.

Ich konnte nicht glauben, daß er das gesagt hatte. Es hatte sich angehört wie ein Witz, ein Witz über unseren Beruf. Es sah ganz so aus, als würde mein Vater Sekt nicht besonders gut vertragen.

※

Wir begruben meinen Vater hinten im Garten unter der großen Nordmanntanne. Es hatte lange gedauert, im kalten Boden ein Grab auszuheben, und wir hatten in Schichten gearbeitet, bis es tief und breit genug war. Unsere Kräfte wurden sehr strapaziert in diesen Tagen, aber es tat gut, sich körperlich anzustrengen. Wir hoben den Sarg aus dem Wandschrank im Beratungszimmer und trugen ihn ins Wohnzimmer. Wir holten meinen Vater aus dem Keller und legten ihn hinein. Die ganze Zeit fürchtete ich, meine Mutter könnte plötzlich Rückenprobleme bekommen, aber sie hielt durch und trug ihren Teil, ohne zu klagen. Wir hatten Bretter als Rampe schräg ins Grab gelegt, damit der Sarg darauf hinunterrutschen konnte, und als wir sie wegzogen, schlug das Fußende mit einem dumpfen Knall auf.

Von Blumen-Kröger hatte meine Mutter ein paar aussortierte Schnittblumen mitgebracht, die wir schweigend auf den Sarg warfen. Überhaupt schwiegen wir die ganze Zeit, jeder blieb für sich, und seit dem Anzählen für das gemeinsame Anheben des Sargs (den wir innerhalb des Hauses auf einem Teppich geschoben hatten) war kein Wort zwischen uns gefallen. Meine Mutter weinte jetzt wieder. Ich fragte mich, ob ich eine Predigt halten sollte, eine kleine Rede über das, was uns bewegte und über meinen Vater, wie er gewesen war. Ich dachte an die Rede, die ich für den Arm gehalten hatte, unten am geheimen Friedhof neben der Straße zum Strand. Unwillkürlich mußte ich lächeln, weil diese beiden Beerdigungen so vieles gemeinsam hatten.

Ein paar Möwen segelten über das Feld, das hinter unserer Gartenhecke lag. Meine Mutter stand sehr dicht neben mir, sie neigte ihren Kopf und legte die Wange gegen meine Schulter. Wir schwiegen, ich wußte nicht, ob sie betete oder einfach nur ohne Gedanken und mit betäubtem Gehirn vor sich hin weinte. Im Kopf ging ich noch einmal durch, ob wir alles erledigt hatten, ob wir alles bedacht hatten, und bis auf den möglichst unauffälligen Stein, den wir in den nächsten Tagen bei Helferich & Senf aussuchen wollten, gab es nichts mehr zu tun, als einfach nur die Erde zurückzuschaufeln. Ich versuchte, an meinen Vater zu denken, der in seinem Lieblingssarg lag in seinem schwarzen Anzug, aber ich dachte nur an mich selbst.

Daran, wie viele Menschen an einem Leben beteiligt sind, wie viele man beeinflußt mit dem, was man tut und sagt, und wie viele Menschen es braucht, um zu dem zu werden, was man am Ende ist. Und ich dachte daran, daß es nicht geholfen hatte, den Kontakt abzubrechen. Nach meinem Weggang hatte ich meinen Vater so sehr vermißt, daß ich meinte, es könne keine Steigerung mehr geben, aber ich hatte mich geirrt. Meine Mutter bückte sich und warf Erde auf den Sarg, drei Handvoll, und wir lauschten dem

Geräusch, das banal und dramatisch zugleich war. Dann war ich dran, ich hockte mich hin, warf die Erde hinab und dachte daran, daß meine erste selbständig durchgeführte Beerdigung auch die letzte sein würde.

»Wenn die kontrollierte Phase vorbei ist«, hatte mein Vater mir erklärt, »dann kommt die Zeit der tiefen Trauer. Es ist wichtig, daß wir auch in dieser Zeit für unsere Kunden da sind, weil sie oft niemanden haben, der versteht, was in ihnen vorgeht. Häufig sterben die Trauernden einen eigenen rituellen Tod. Die vierte Phase ist die Rückkehr. Man stellt fest, daß man Bindungen hat, Menschen und Dinge, um die man sich kümmern muß. Wenn die Phase der Trauer vorbei ist, folgt die Rückkehr ins Leben.«

Es hatte sich herausgestellt, daß mein Vater in den meisten Fällen recht hatte mit dem, was er sagte.

Diana Verlag

JEANNETTE WALLS

Schloss aus Glas

»Ein komisches, anrührendes Buch.« *Stern*

»Geschichten erzählen kann Walls. Bald will man das Buch gar nicht mehr zuklappen.« *Frankfurter Neue Presse*

»Jeannette Walls berichtet mit Liebe, aber auch mit Wehmut, jedoch ohne Bitterkeit von dieser seltsamen Kindheit in einer unangepassten Familie.« *Elke Heidenreich*

3-453-35135-5

www.diana-verlag.de